完璧なケモノ紳士に狙われています。

綾瀬麻結

Mayu Ayase

EB
エタニティ文庫

目次

完璧なケモノ紳士に狙われています。

序章

紅葉が赤く染まり、日に日に秋が深まってきた十一月下旬。

二十六歳の白井璃歌《しらいりか》は、休日を利用して東京から新潟県長岡市《にいがたけんながおかし》に来ていた。お昼前に上越《じょうえつ》新幹線に乗って遠出した理由は、ただ一つ。趣味の酒蔵巡りをするためだ。

成人した当初は、それほど日本酒に興味はなかった。率直に美味しいと思えるものに出会えなかったからだろう。

でもある日、大学時代の友人に勧められて飲んだ日本酒が、あまりにも芳醇《ほうじゅん》な味わいだったため、それで目覚めてしまった。

友人は酒豪で、いろいろな日本酒を知っていた。璃歌は彼女から教えてもらうたびに日本酒に詳しくなっていき、とうとう飲んだだけでどこの酒蔵が造った日本酒かを当てられるまでになった。

璃歌は、やがてこの趣味を活かした仕事に就きたいと思うようになり、世界各国に日本酒の輸出・販売を行う専門商社〝ＫＵＲＡＳＡＫＩコーポレーション〟の入社試験を受けた。

日本酒は好きだが知識はなく、また一流大学出身でもなければ、語学が堪能なわけでもない。

当然ながら不採用になると思っていた。

ところが璃歌は見事に試験を勝ち抜き、現在、KURASAKIコーポレーションのマーケティング事業部に所属している。

こうして趣味と実益を兼ねた仕事に就けているのは、友人のおかげだと言っても過言ではない。

というのも、会社が取り扱う日本酒を試飲して銘柄を記す試験が行われたのだが、そこで璃歌は全ての銘柄を当てたからだ。

その話が瞬《またた》く間に上層部に伝わり、社長の鶴の一声で内定の判が押されたらしい。

入社後にそれを聞いた璃歌はプレッシャーを感じつつも、楽しく仕事をしていた。

恋人を作るより、日本酒との出会いを優先するほどに……

「大好きなんだから仕方がないよね」

璃歌は口元を緩めて、細い路地に建ち並ぶ日本家屋を眺めた。大正から昭和時代を彷《ほう》彿《ふつ》とさせるそれらは、道の先までずっと続いている。

遅めの昼食に布海苔《ふのり》という海藻を繋《つな》ぎに使ったへぎそばを食べたため、食後の運動も兼ねて歩くことにした。

観光客らしき人たちでごった返す路地を進み、お土産屋《みやげ》、飲食店、お漬物屋などを眺めていると、不意に軽やかな風が吹いた。

深緑色のマキシワンピースの裾と、背中に下ろした髪が弄《もてあそ》ばれるのを感じて、ガラス窓に映る自分に焦点を合わせる。

Vネック型のマキシワンピースはシンプルだが、透《す》かし柄がとても綺麗《きれい》で、身長一六二センチの璃歌に似合っている。今日はそこにスニーカーを合わせ、セミロングの髪を後ろで一つに結んでいた。

フェミニンだが動きやすい恰好がさほど乱れていないのを確認し、再び歩き出す。

徐々に減っていく店舗、視界に広がる田園風景。

璃歌は澄んだ空気を胸いっぱいに吸い込み、スマートフォンの地図と周囲を見比べた。もう少し進めばお目当ての造り酒屋、光富《みつとみ》酒造がある。そこで造られた日本酒は他県には出回らず、地元でしか味わえないらしい。

SNSで知り合った日本酒好きの人たちとグループを作り、時々オフ会を開いているが、その際に是非立ち寄るべき造り酒屋の一つとして教えてもらった。

秋酒として知られるのは〝ひやおろし〟だが、実は出荷時期によって呼び方が異なる。夏越《なご》し酒、秋出し一番酒、晩秋旨酒《ばんしゅううまざけ》と呼び分けられ、時期によって味の深さが違うのだ。

今の時期に飲めるものは、十一月頃に出荷される晩秋旨酒になるだろう。

「ギリギリ秋出し一番酒があるかないか……かな」

秋酒は瓶の開封時期をずらすことで、味わいの変化を楽しめる。

最初は爽やかな軽い味のものが、時間が経つにつれて円熟みを増す。その飲み比べをするのも、造り酒屋を訪れる醍醐味《だいごみ》なのだ。

璃歌がふふっと口元を緩めた時、立派な薬医門《やくいもん》が視界に入った。そこには、光富酒造と書かれた扁額《へんがく》が掛かっている。

「ここね！」

敷地の奥が酒造場になっているようで、いくつもの酒蔵が見て取れる。

蔵開きが行われる春にまた来たいな……

そんな風に思いながら、璃歌は隣接する直売店の戸をくぐった。

「こんにちは」

薄暗い店内に入った途端、真正面の壁一面に積まれた樽《たる》が目に飛び込んできた。その樽《たる》の前には白髪まじりの六十代ぐらいの男性が立ち、カウンター越しに璃歌に無言で頷《うなず》く。

この男性が、光富酒造の〝蔵元さん〟なのだろうか。

蔵元さん――それは酒造元の当主を意味する。日本酒に限らず、蔵を持つ製造元の社長や経営者は、こういう風に呼ばれることが多い。

璃歌は軽く会釈《えしゃく》して店内を見回した。

右奥には瓶詰めにされた日本酒がずらりと並んだ棚があり、左奥には様々な酒器が置かれた部屋があった。自分以外に客はいないのか、シーンと静まり返っている。

そんな状態で少し近寄り難い雰囲気の男性に観察されていると、緊張してしまう。しかし、これからいろいろな種類の日本酒が飲めるかと思うにつれて、わくわくしてきた。

璃歌はカウンターに向かい、メニューを確認する。

注目酒としておすすめされているのは晩秋旨酒だ。それを含めた数種類の日本酒から何種類か選んで飲み比べができる、お得なコースもある。

本当なら、五種類を選べるコースにしたかったが、あまり欲ばるのは良くない。ここは二種類のコースにしておこう。

「すみません。この和《なご》み秋コースをお願いします」

「上の樽《たる》から、二種類の日本酒を選んで」

素っ気なく言われても、璃歌はめげずに男性に微笑みかけて頷《うなず》いた。

これまで多くの酒蔵に出向いたが、中には気難しい蔵元さんもいた。その人たちは、日本酒を造ることに心血を注ぎ、客商売に重きを置いていない。

目の前にいる男性も、そういう人なのだろうか。

「では……お任せで」

そう言った瞬間、無表情だった男性の目に生気が宿る。

「ここにある日本酒について、一番知っているのは蔵元さん――」

璃歌はそこで男性を窺《うかが》う。

璃歌の言葉を否定しないということは、想像していたとおり、この男性は光富酒造の蔵元さんに違いない。

仕事での訪問であれば、代表やオーナーといった呼び掛けをするのがいいのかもしれない。でもここにいる璃歌は、ただの日本酒愛好家。

日本酒好きの人たちが酒蔵を回る時みたいに、敬意をもって〝蔵元さん〟と呼びたい。

カウンターにバッグを置いた璃歌は、目を輝かせて身を乗り出す。

「なので、蔵元さんのおすすめをいただけますか？」

光富酒造の蔵元さん――光富がふわっと口角を上げ、一合枡《いちごうます》を取り出す。まずは晩秋旨酒をなみなみに注ぎ入れると、何も言わずに璃歌の前に差し出した。

「いただきます。……う～ん！」

感嘆の声が漏れた。円熟した旨《うま》みが鼻腔《びこう》を抜けたあと、甘い香りが後追いしてくる。

思わず目を瞑《つぶ》り、うっとりしながら香りを楽しんでしまうほど美味しかった。

それにしても、この香りはいったいなんなのだろうか。お米の旨《うま》み？　これも寝かしが長いせいかもしれない。

「この絶妙な甘い風味は、晩秋旨酒だからこその味なのね」

「なんだって⁉」

ぼそっと呟《つぶや》いただけなのに、光富がいきなり声を張り上げて目を見開いた。

「どうしてそう思った？」

光富は心持ち璃歌に興味を抱いている風に見える。それがいいことか悪いことかはわからないが、相手は日本酒に通じる蔵元さん。ここは正直な感想を言った方がいい。

「特に深い意味はないんです。カドが取れたまろやかな旨《うま》みは時間が経たないと――」

そこまで言った時、左手の奥から鼻で笑うような声が聞こえた。

今の声って……？

そちらに顔を向けて、初めて自分以外に客がいたと知る。

酒器の前に立つ背の高い男性は、三十代ぐらいだろうか。ブラックジーンズに革のジャケットを羽織り、手にした枡に視線を落としている。

それだけなら別に気にも留めないが、なんと男性は意味ありげに含み笑いをしていた。

きっと〝捻《ひね》りのない感想だ〟とでも思ったに違いない。

璃歌は恥ずかしさから顔を背け、光富に意識を戻す。

「気になさらないでください。単にそう思っただけですから」

璃歌はにこっとして、もう一度飲んだ。

この絶妙な甘い風味を出せるのは、彼が日本酒に強いこだわりを持っている証《あかし》。

ああ、こういう蔵元さんと関わっていきたい！

どうしてうちの会社は光富酒造と取引していないのか。是非、契約したい。でも、それができなかったとしてもまた通いたいと思わせるお酒だ。

次は来年の春に行われる蔵開きに来たいな――と思いながら飲み干し、次に出してくれた日本酒に目を向ける。

「淡雪のような濁《にご》り酒ですね」

しばらく置いていたため、下層にかすかに澱《おり》が溜まっている。かき混ぜて飲んでもいいが、上澄《うわず》みの部分を先に飲むのも、濁《にご》り酒の楽しみ方の一つだ。

それにしても、光富はどういう意図があって濁《にご》り酒を出したのか。普通に飲むか、それとも別の飲み方をするのか、璃歌を試しているとか？

璃歌が目線を上げると、璃歌を凝視《ぎょうし》する光富と目が合った。

「飲まないのか？」

「せっかくなので、もうちょっと沈殿させてからいただきます」

本当はすぐにでも飲みたいが、もう少し分離するまで待つことにする。その間に樽《たる》に書かれた酒名を頭の中で読み上げ、光富をそっと窺《うかが》った。

「拝見したところ、こちらの日本酒は他県に出回っていませんよね？　出荷数を増やそうというお考えはないんですか？　実はわたし商社で働いていて――」

と言った途端、光富が急にむっとしてカウンターを出ていってしまった。そのまま右奥へと進み、瓶詰めにされた日本酒のチェックを始める。

「うわぁ、失敗しちゃった」

ここに来たのは、光富酒造の日本酒を純粋に楽しむためだったのに……

璃歌は小声で自分を叱咤《しった》し、額に手を当てて項垂《うなだ》れた。

これほどの日本酒を造っていながら他県に商品が出回っていない理由を、きちんと考えておくべきだった。

この話題を再度振れば、最終的に〝出ていけ〟と言われるだろう。今は引き下がり、またの機会を探るべきだ。

璃歌は濁《にご》り酒が入った枡を手にして、周囲を見回した。右奥には光富がいるため、そちらは遠慮して酒器が置かれた左奥へと歩き出す。

「酒器を見せてもらいますね」

一応光富に声をかけて、酒器が並ぶ部屋に入った。

先ほどいた男性の姿は見当たらない。いったいいつの間に外に移動したのだろうか。

不思議に思いつつも、美しい酒器に自然と目が釘付けになる。

美濃焼や有田焼の徳利《とっくり》や猪口《ちょこ》、花模様が入った盃、冷酒に合う切り子ガラスや大正浪漫《ロマン》ガラスのグラスなど、たくさんの酒器が並んでいた。

日本酒に合わせて酒器を選ぶのも楽しそうだ。

璃歌が心を躍《おど》らせながら濁《にご》り酒に口をつけようとした、まさにその時だった。

重い樽《たる》が床に落ちたかのような大きな音が響き、璃歌はおもむろに動きを止める。

「今の音って……」

もしや、光富がよろけて樽《たる》を落としてしまった？

心配になった璃歌は急ぎ足で戸口に向かい、ひょいと顔を出す。

「くら――」

光富を呼ぼうとした瞬間、いきなり口を覆《おお》われ、背後から肩を抱きしめられた。突然のことに悲鳴を上げそうになるが、同時に視界に入った恐ろしい光景に息を呑む。

なんと覆面を被った中肉中背の男性が、光富にナイフを突き付けていた。

「金を出せ！」

強盗だ。強盗が酒蔵に押し入って、光富を脅している！

光富は両手を顔の横にまで上げて、言うとおりにすると言わんばかりに小刻みに首を縦に振る。

そんな光富の視線が璃歌に向けられた。かすかに顎《あご》を動かして〝奥へ行け〟と指示する。彼の動きに気付いたのか、強盗の肩がぴくりと上がった。

直後、璃歌は後ろへと引っ張られる。抵抗できないまま部屋の端まで連れていかれ、中央のテーブル棚の隅にしゃがまされた。

「決して声を出すんじゃない。いいな？」

男性が璃歌の耳元で囁《ささや》いた。耳朶《じだ》に吹きかけられた息がこそばゆくて声が上擦《うわず》りそうになる。それを必死に堪えて頷《うなず》くと、口元から手が離れた。

璃歌は首を回して、自分を拘束した男性を間近で見つめる。

それは、璃歌と光富との会話を鼻で笑ったあの男性だった。帰ったと思っていたが、そうではなかったのだ。

なんて目を惹かれる男性なのだろう。

背が高いのは遠目にも認識していたが、まさか容姿も素晴らしいとは……

こんな状況にもかかわらず、璃歌の目は男性に釘付けになる。

男性にしては肌のきめが細かく、清潔感にあふれている。整えられた濃い眉、意思の強そうな双眸《そうぼう》、真っすぐな鼻梁《びりょう》、そして柔らかそうな唇。どれを取ってもモデルみたいに魅力的な男性だ。マッシュショートに整えた髪も似合っている。

これほど欠点が見当たらない男性も珍しい。

まあ、わたしには一切関係ないけれど——と、璃歌は目を逸らした。

「そっちに誰かいるのか！」

不意に部屋に響いた、ドスの利いた声。次いで足音が近付いてくる。

璃歌の身体が強張《こわば》った。鼓動が激しくなるにつれて手が上下に揺れ、枡に入った濁《にご》り酒が飛び散り始める。

すると男性が璃歌の肩をしっかり抱き、真剣な眼差しを向けながら自身の唇に指を立てた。

璃歌は再び息を殺し、従順に頷《うなず》く。

自分を抱き寄せている男性の素性はわからないが、彼よりも強盗の方が怖い。

「……気のせいだったか」

強盗が呟《つぶや》いた。

その後足音が遠ざかり、壁を隔てた向こう側から光富の「わかってるから、ちょっと待ってくれ」という恐怖に震える声が聞こえた。

どうにかして光富を助けなければ……

璃歌が腰を浮かしかけた時、男性がスマートフォンを取り出してどこかに電話をかけ始める。

「ちょっ、気付かれ――」

男性の腹部を肘でやんわりと突《つつ》いてやめさせようとするが、逆に彼に睨《にら》まれてしまう。

璃歌が口を噤《つぐ》むと、男性がスマートフォンを耳に押し当てた。しかし、彼は自分から話そうとはしない。どうも相手の話に耳を傾けているようだ。

話の内容が気になった璃歌は、男性の膝を叩いて意識をこちらに向けさせる。口をぱくぱくさせて〝わたしにも聞かせて〟と伝え、スマートフォンを指す。理解してくれた男性は、スマートフォンを右耳から左耳へと移動してくれた。

璃歌はすぐにスマートフォンに耳を近づけた。

『――異変を察し、既に警察に連絡しました。犯人がどう出るか皆目見当がつかないため、サイレンは鳴らさずに来てほしいと伝え済みです。あと、通話は切らないでください。店内の様子を知りたいので。承知してくださったら、送話口を二回叩いてください』

男性が指示どおりに叩くと、先方は『ではイヤホンを付けて待機してください』と告げた。

璃歌が顔を離すのに合わせて、男性がポケットからワイヤレスイヤホンを取り出して耳に装着する。

「必ず助けは来る。ここで静かに待つことだけを考えるんだ。いいな?」

まるで内緒話のように囁き、男性は璃歌の肩に回した腕に力を込めた。

「緊張していたら精神が長く持たない。俺に凭《もた》れて」

男性の言葉に甘えて、璃歌は張り詰めた身体から力を抜く。男性の腕に寄り掛かると、体力を温存しようと努めた。

そうしながらも、やはり強盗と一緒にいる光富が気になる。

酷い扱いをされていないだろうか、傷つけられていないだろうか。こうして動けないのがもどかしい。

お願い、早く、早く、警察が到着して……！


それからどれぐらい経ったのだろうか。

実際はほんの十分ほどしか過ぎていないと思うが、三十分以上が経った気がしてきた頃、璃歌はとうとうこの異様な状況に、気持ちが追い付かなくなってきた。

もちろん男性の言いつけを守って、今も男性の上体に体重をかけている。だが張り詰めた時間が長くなればなるほど、筋肉が強張《こわば》ってどうにかなりそうだった。

でも璃歌は、刃物を突き付けられているわけではない。光富に比べたらまだマシなのだから、もう少し我慢しなければ……

静かに息を吐き出し、璃歌を引き寄せる男性に意識を向けた。

璃歌と違って疲れを一切表に出さない男性は、まったくこちらを気にしない。イヤホンから聞こえる音に集中して、手元のスマートフォンを操作している。

璃歌は盗み見しようとはせず、とにかく息をひそめた。

その直後、ガラスがめちゃくちゃに割れる音が響き渡った。

「きゃあぁ……っんぅ！」

璃歌は自分を抑えられずに悲鳴を上げてしまう。

途端、男性がいきなり璃歌の唇を塞いできた。前触れもなく男性の口腔《こうこう》に悲鳴を呑み込まれて、混乱する。

わたし、どうしてキスされてるの？　――と思ったが、すぐに心の中で〝これは違う〟と打ち消した。璃歌が悲鳴を上げたことに慌てた男性が、やむを得ず唇で塞いだのだ。

何しろ、左手で璃歌の肩を抱き、右手でスマートフォンを操作しているのだから、使えるところは唇しかない。

そう納得した時、男性がゆっくり顔を離していった。

二人の唇が意外なほどしっくりと重なった件は極力頭の片隅に追いやり、静かに男性を観察する。

璃歌を凝視《ぎょうし》する男性の表情は、何故か浮かなかった。

どうしてそんな苦虫を噛《か》み潰《つぶ》したような顔を？

璃歌が眉をひそめると、突如遠くから足音が聞こえてきた。そこでようやく男性の表情の意味がわかった。強盗に勘付かれたのだ。

「やはり誰か隠れていたんだな！　どこだ、いったいどこにいる！」

相手を威嚇《いかく》する低い声に、璃歌の顔から血の気が一気に引いた。

このままでは見つかる。璃歌のみならず男性もだ。二人が一緒に捕まれば、外部との連絡はいったい誰が取るのか。

男性だけでも助けなければ！

璃歌は肩に回された男性の手を握り、肩から外そうとする。しかし彼に遮《さえぎ》られた。

そっと顎《あご》を上げた璃歌は、懇願するようにもう一度男性の手を握る。

「捕まるのは、わたしだけでいい。あなたは外部との連絡に必要なの」

そう訴えると、男性は信じられないとばかりに璃歌に見入る。

「駄目《だめ》だ……」

男性は小さく頭を振るが、璃歌はもう一度彼の手を退《しりぞ》けようとする。

「やめろ。危険な振る舞いはするな！」

「わたしの不注意で見つかったのよ？　隠れていたらあなたまで捕まって――」

「そこにいるのはわかってる。さっさと出てこい！」

怒りに満ちた声を受け、璃歌は男性の手を乱暴に払った。すると彼が璃歌のロングスカートの裾をきつく掴《つか》む。

ただ、それ以上何も言わない。これが一番いいというのを、男性も頭では理解しているのだ。

「絶対に相手を挑発するんじゃない。いいな？　……必ず助ける」

璃歌は小さく頷くと、勢いよく立ち上がった。

部屋の出入り口を塞ぐ強盗の目が、さっとこちらに向けられる。

「そんな場所に隠れていたとはな」

強盗の目に好色そうな光が宿る。嫌なものを感じて逃げたくなるが、璃歌はすんでのところで踏み止《とど》まった。

強盗に見つかったのは璃歌の責任。全て璃歌が悪い。でも強盗に好き勝手させる気はさらさらない。どうにかして形勢逆転の道を探るのだ。

「こっちに来い」

強盗が刃物を璃歌に向け、顎《あご》で指示する。璃歌は恐怖で歯をがちがちと鳴らしながら、酒器が置かれたテーブルを回った。

強盗の傍で立ち止まると、彼が璃歌の背中に刃を突きつけて歩けと押す。

「下手な真似をすれば、お前を刺す。わかったな」

璃歌は行儀良く「はい」と伝えて、店内を見回した。

まるで地震が起きたかのようにいくつもの大樽《おおだる》が床に転がり、右奥の酒棚の下には割れた酒瓶が散乱している。

アルコールの匂いが充満した、もの凄《すご》い惨状だ。

光富は？　彼はどこに!?

必死に光富を探すがどこにも見当たらない。それでも周囲に目を凝《こ》らし続けると、カウンターの傍で倒れている彼の姿を発見した。

光富は目隠しと猿轡《さるぐつわ》をされ、手足を縛られている。しかもこめかみから血が流れていた。

「蔵元さん！」

璃歌は声を上げた。すると、彼はかすかに手を動かして璃歌に反応を示す。

無事なのね、良かった！　だけど怪我をしている。早く助けなければ……

「来い！」

強盗は光富の動きに気付かず、璃歌を割れた酒瓶のところへ追い立てた。

「この中から鍵を探せ」

「……鍵？」

「あの男が落とした金庫の鍵だ！」

唐突に怒鳴られ、璃歌は慌ててその場にしゃがみ込んだ。割れたガラスをよけて、鍵らしきものがないか探すふりをする。

そうしながら、横目でちらちらと強盗の動きを注視していた。

強盗は、どうも璃歌をか弱い女性だと思っているみたいだ。彼に言われるがまま素直に従っていれば、そう思うのも当然だろう。

それが功を奏し、強盗は璃歌をそれほど気にせず、ひたすら床にあるという鍵を探している。

「早く見つけろ！」

そう命令するが、強盗の視線は床に釘付けで、璃歌に見向きもしない。

今がチャンスよ！――と思った瞬間、璃歌は手を伸ばして転がっている酒瓶を掴《つか》んだ。

「クソッ、いったいどこに落としたんだ！　早く立ち去らないと」

強盗が、気もそぞろに壁掛け時計に目を向ける。

それを見るや否や、璃歌はすぐに腰を上げた。瞼《まぶた》をぎゅっと閉じ、手にした酒瓶を一気に強盗の頭に向かって振り下ろす。

「……っ！」

強烈な衝撃が腕に伝わるとともに、鈍い音と瓶の割れる音、そして強盗の呻《うめ》き声が響いた。人を殴ってしまったという事実に耐え切れず、璃歌の手がぶるぶると震え始める。

璃歌はぱっと目を開けた。強盗は前屈《まえかが》みになって肩を押さえ、苦悶《くもん》の表情を浮かべている。頭を狙ったが、目を閉じたせいで目測を誤り、肩にぶつけてしまったのだろう。

「こ、このアマ！」

強盗がこめかみに青筋を立て、璃歌に刃物を突き刺そうとしてきた。

「きゃあぁ！」

刺されると思った瞬間、頭の中が真っ白になりパニック状態になる。璃歌はよろめきながら後ろへ下がり、両手を上げて頭を守ろうとした。

その時、こちらに走り出す男性の姿が璃歌の目の端に入る。さらに入り口から数人の警察官が飛び込んできた。

それに気付いた強盗が背後に顔を向ける。しかし、勢いあまって酒瓶の破片で足を滑らせ、見事に転倒した。

同時に警察官が強盗に飛び掛かって取り押さえ、その周囲をまた別の警察官が囲む。

一人は光富のところに走っていく。

「大丈夫か！」

不意に腕を取られて顔を上げると、璃歌の唇を奪った男性が心配げにこちらを見つめていた。

「だ、大丈夫……」

そう伝えるのに、男性は璃歌の全身に視線を這《は》わせる。

怪我もしていなければ、どこも痛めていないとわかると、今度はいきなり激しく抱きしめられた。

えっ？　……えっ⁉

男性の振る舞いに、璃歌は目を白黒させて口をぽかんと開ける。なかなか正気に戻れず、逮捕された強盗が外へ連れ出されても、身動き一つできなかった。

「良かった！　君が無謀な行動に出るから、気が気じゃなかった」

そう言った直後、男性が乱暴に璃歌を押しやり、睨《にら》み付けてくる。

「自《みずか》ら危険な目に遭おうとするとは……。頭がおかしいんじゃないか⁉　あの時は俺の指示に従うべきだった！」

「あの？　あっ……はい」

急に怒られ、璃歌は大人しく返事する。男性の態度が目まぐるしく変化するので、ついていけなかったのだ。

ただ男性に掴《つか》まれた腕に意識を向け、〝離してくれませんか？〟という思いでわざとらしく彼を凝視《ぎょうし》する。

途端、男性は、触れてはいけないものに触れてしまったかのようにさっと手を離し、ホールドアップする。そして所在なげに両手を下ろした。

「こ、これは――」

男性が何か言おうとした拍子に人影が動いた。救急隊員の担架を拒否した光富だった。

「蔵元さん！」

璃歌は男性の横をすり抜けて、光富の身体を支える。

「すぐに助けられなくてごめんなさい！」

「私が隠れろと合図を送ったんだ。君が悪いわけじゃない。それより、あいつに見つかった時、とても勇敢だった。自分だけ隠れたそいつよりな」

そう言った光富が、静かに璃歌の隣に視線を移す。それを追うと、男性が無表情で光富を見つめ返していた。

どうして言い返さないのだろうか。男性は自分の意思で隠れたわけではないのに……

「蔵元さん、違うんです。彼の指示で物事が進んだからこうして警察官が突入できたんです。彼がわたしと一緒に捕まっていたら、解放されるのはもっとあとだったと思います」

璃歌の説明に、光富はまじろぎもせず男性に見入る。しかし彼には何も訊《たず》ねない。代わりに璃歌に目線を向けた。

「たとえそうだとしても、身体を張ったのはあいつではなく女性の君だ。……ありがとう。確か君は、商社で働いていると言ったな？　業種にもよるが、いろいろと協力できるかもしれない。名刺をカウンターに置いていってくれ。お礼がしたいんだ」

それって、運が良ければ光富酒造と取引させてもらえる？

「あ、ありがとうございます！」

なんという幸運だろうか。まさかの事態に璃歌は目を輝かせた。

光富も頬を緩めるが、どこかに痛みが走ったのか、急に顔を歪《ゆが》める。

「蔵元さん！」

「まず、先に病院へ行きましょう」

璃歌が叫ぶと、即座に救急隊員が光富の肘を掴《つか》んで外へ促《うなが》す。彼は反論せずに歩き出した。

「君は商社勤務なのか？」

光富の背中を見送っていた璃歌だったが、男性に声をかけられて振り返る。彼は眉根を寄せていた。

「わたしは――」

「すみません。お話を伺えますか？」

そう言ったのは、璃歌より少し年上の女性警察官だった。もう一人は四十代ぐらいの男性警察官で、璃歌を助けてくれた男性の傍に立つ。

身元を訊かれた璃歌は、男性警察官に身分証明書を提示する男性を横目で確認しながら、カウンターに置きっ放しにしていたバッグを取りに行った。身分証明書を取り出して女性警官に渡す。

「白井璃歌、二十六歳です。住居は東京になります。ここには日本酒をいただきに来ました。会社員で、職場はＫＵＲＡＳＡＫＩコーポレーション――」

「何⁉」

唐突に男性が声を上げたため、璃歌はそちらに意識を向けた。顔を青くした彼は、茫《ぼう》然《ぜん》と璃歌を見つめている。

その男性の隣には、いつの間にか別の男性が立っていた。初めて目にする彼は背が高く、髪をベリーショートにしている。璃歌に怒った男性より数歳年下のようだ。

不思議なことに、その人もまごついた様子で璃歌を凝視《ぎょうし》している。

どうして決まり悪そうな面持《おもも》ちなのが、皆目見当がつかない。

「大嶌煌人《おおしまあきと》さん、三十二歳。……あなたもKURASAKIコーポレーション勤務？

ああ、彼女と一緒にこちらへ来られたんですね」

「……えっ？」

警察官の言葉を呑み込めず、一瞬眉を寄せる。しかし、男性と同じ会社だという事実が脳に浸透するにつれて、璃歌の胸は喜びでいっぱいになった。

一緒に危機を乗り切ったという仲間意識が芽生えていく。

それにしても、男性はどこの部署なのか。男性警察官が〝オオシマ〟と呼んでいたが、璃歌にはまったく思い当たらない。全社員を知っているわけではないので、それも仕方がないだろう。

璃歌が唯一知っている〝オオシマ〟は、雲の上のお方……取締役、ただ一人だ。

「うん？　雲の上のお方……？」

そこで璃歌は思考を止め、顔をしかめた。

雲の上のお方……？　〝オオシマ〟？　まさか、そんなはずはない。どう見ても目の前の男性と取締役は、雰囲気が違う。同一人物と考える方がおかしい。

なのに胸の奥がざわついて変な気分になる。

璃歌は男性の正体を確かめるべく顔を上げた。

男性は人当たりのいい表情で警察官に応対していたが、ついと璃歌に焦点を合わせる。

途端、居心地悪そうに片目を眇《すが》めた。

瞬間、誰に対しても優しい取締役の顔と、璃歌に辛辣《しんらつ》なこの男性の顔がぴったりと重なった。何もかもが一つに繋《つな》がり、璃歌は言葉を失う。

気付かなくて当然だ。

何故なら璃歌が知る取締役の大嶌は、社内の女子の間で〝抱かれたい男一位〟の異名を持つ優男《やさおとこ》。横柄な態度を取るこの男性と同一人物だと見抜けるはずもない。

「仕事でご一緒だったんですか？」

女性警察官に問われて、璃歌は咄嗟《とっさ》に顔を伏せて激しく首を横に振った。

「知りません！　同じ会社とはいっても、全員知ってるわけではないので」

大嶌にも聞こえるように、璃歌は声を張り上げる。

そう、知らない方がいい。会社では誰にでも親切なあの人が、本当は横柄で、優男《やさおとこ》を演じているかもしれないだなんて……

「確かにそうですよね。全社員と顔見知りなわけないですもの。では、事件に巻き込まれた経緯や、どのような状況だったか詳しく教えていただけますか」

「は、はい。今日ここへ来たのは――」

璃歌は背中に刺さる視線を感じながら、女性警察官に説明する。

その間も、璃歌の頭の中はぐちゃぐちゃだった。厄介な問題に直面してしまったと、頭を抱えたいぐらいだ。

そんな状態で軽い事情聴取を受けたのち、璃歌たちは外へ出る。騒ぎを聞きつけて集まった野次馬の間を縫ってパトカーに乗り、管轄の警察署へ移動した。

大嶌とは別の部屋に連れていかれた璃歌は、今度は時系列に沿っての説明を求められる。何が起こったのか、再び詳細に説明した。

そうして警察署に到着して二時間あまり経った頃、いろいろな書類にサインをしてようやく事情聴取が終わった。

「疲れた……」

精神的にくたくただった璃歌は、廊下に出るなりボソッと呟いた。

少しソファに腰を下ろして頭を空っぽにしたい気持ちに駆られるものの、そうはせず、すぐさま廊下をきょろきょろと見回す。

大嶌はもう帰っただろうか。

その時、璃歌の事情聴取を担当した女性警察官が部屋から出てきた。

璃歌はすぐに女性警察官に「すみません」と声をかける。

「わたしと一緒にパトカーに乗っていた男性……大嶌さんはもう帰られましたか？」

「いいえ、まだ……出てきていませんね」

女性警察官は隣室を確認して、璃歌に告げた。

出てきてない？　だったらこのまま逃げるに限る！

「そうですか。あの、わたしは用事があるのでこのまま東京に帰ります。もし彼がわたしのことを訊ねてきましたら〝先に帰京した〟とお伝え願えますでしょうか」

「わかりました。お気を付けてお帰りください」

璃歌は女性警察官に会釈《えしゃく》し、警察署を出た。大通りに出たところでタクシーを拾い、駅に向かう。

わたしは大嶌さんと知り合っていません。本当の彼がどういう人か知りません。だから、どうかわたしのことは忘れて！　――そう心の中で叫び、璃歌は帰途に就いたのだった。

第一章

十二月に入り、紅葉が一層赤く染まり気温も低くなってきた。こういう時はどこか静かな田舎へ行き、色付く山々を観賞しながら日本酒をぐいっと飲みたくなる。

毎年そういう気分になるのだが、今年はまったく気が乗らない。光富酒造で起こった事件から二週間あまり経った今でも、いろいろと思い悩んでいるせいだろう。

「璃歌！」

仕事用のタブレットを胸に抱いて会議室に向かっていた璃歌は、不意に名前を呼ばれて立ち止まる。声がした方向を見ると、二階の手すりに手をのせて微笑む同期の川端《かわばた》由《ゆ》美《み》がいた。

「いいところで会ったわ！　こっちに来て」

璃歌よりも十センチ背が高いショートカットの由美が手招きする。彼女は席も隣で、仲良くしていた。

確か、璃歌が部署を出るほんの少し前に〝総務部に行ってくる〟と言って出たのに、どうしてこんなところにいるのか。

「由美？　総務へ行くって言ってたけど、どうしてここに？」

「あっ、それはもう終わった。これから戻るところだったんだけど……」

由美は唇の端を上げて、目線で階下を示す。

その表情で、璃歌はなんとなくわかった。

由美の趣味は、顔面偏差値が高い男性を眺めること。その人と付き合いたい、お近づきになりたいというのではなく、ただ見るだけで目の保養になるらしい。

こうして足を止めるということは、由美のお眼鏡に適《かな》った男性が視界に飛び込んできたに違いない。

「早く！」

由美は目を輝かせながら再度手で合図を送り、階下を覗き込む。

吹き抜けになったそこからロビーが見えるが、いったい誰がいるのだろうか。

呼ばれるままに近づくにつれて、女性の華やかな声が聞こえてきた。

「あっ……」

その瞬間、由美が誰を眺めていたのかわかった。顔を歪《ゆが》めながらも、彼女の隣から璃歌も階下を覗く。

思っていたとおり、そこには大嶌煌人がいた。彼のアシスタントの小橋周平《こばししゅうへい》もいる。

璃歌が光富酒造で出会った人だ。

小橋はいつも大嶌の傍に控えているのに、どうしてあの日はその存在を思い出さなかったのか。

普段から他人に興味を持たず、日本酒のことばかり考えているからかもしれない。

「大嶌取締役、今日も素敵ね。璃歌も日本酒ばかりに興味を持つんじゃなくて、少しはいい男を見て胸をときめかせないと。どう？　彼を見てときめく？」

璃歌は苦笑いしながらも、彼に目を凝《こ》らした。

社内で〝抱かれたい男一位〟の異名を持つ大嶌は、これまでの実績も相まって、社内ではとても有名だ。というもの、元々酒造メーカーのマーケティング事業部で働いていた彼を、上層部がヘッドハンティングしたからだ。

市場や顧客を把握し分析するのはどこの会社も同じだが、大嶌は酒造関係者が集まる鑑評会場で販路拡大に関する豊富な知識と見解を披露した。

その内容に感嘆した上層部が、大嶌の経歴を調べ上げたらしい。

今から数年前、日本酒の国内需要はワインや酎ハイなどに押されていた。特に二十代から三十代の若者には人気がない。

そこである酒造メーカーが、健康志向が強い二十代の人気芸能人を広告に起用し、オーガニック日本酒を大きく売り出した。

結果、日本酒のイメージを激変させることに成功する。その戦略を担ったのが、大嶌だった。

その件を知ったＫＵＲＡＳＡＫＩコーポレーションの上層部は、すぐさまその手腕をうちの会社で発揮してほしいと伝え、大嶌が承諾したと言われている。

大嶌はKURASAKIコーポレーションのマーケティング事業部部長に就くや否や、全国の酒造元を回り、世界の地域ごとに合う日本酒を選び出して輸出した。これまでの経験を活かして見事に輸出ルートを広げ、海外の日本酒ブームの波に乗ってみせたのだ。KURASAKIコーポレーションの名を国内外で高めた大嶌は能力を認められ、数年で取締役にまでなった。

専務や常務といった肩書きが付かない、所謂《いわゆる》〝ヒラ取り〟だが、穏和な性格と手腕で、数年のうちにまた階段を上《のぼ》ると言われている。

とはいえ、それだけで異名が付いたのではなく、大嶌は誰に対しても優しくて、上品で、所作もスマートだったからだ。

そんな男性を、女性社員が放っておくはずがない。

しかし大嶌は、愛想はいいが誰の誘いも受けないことで有名だ。なのに彼に憧れを抱く女性社員は多く、彼が通るたびに色めき立って黄色い歓声を上げる。

彼女たちとはまた意味合いが違うが、由美も大嶌を見ては目を輝かせる一人だ。

もし大嶌が優男《やさおとこ》を演じている可能性があると知ったら、由美はどうするだろうか。

いや、気にも留めない。由美はただ恰好いい男性を見て、眼福にあずかりたいだけだから……

「ありがとう。また気付いたことがあれば教えてください」

大嶌が丁寧に言うと、二十代後半ぐらいの女性社員は頬をほんのり染めた。

「もちろんです！　その時は、大嶌取締役にお知らせしますね」

「ええ。待ってます」

女性社員が照れを隠すように頬に手を当てる。入れ替わるようにもう一人の女性が一歩前に出て、彼に何やら話しかけながら書類を渡す。

話を聞いた大嶌は朗《ほが》らかに笑って、それを受け取った。

それにしても、大嶌の本性はいったいどっちなのだろうか。光富酒造で見せた傲慢《ごうまん》な彼？　それとも誰に対しても柔和な優男《やさおとこ》の彼？

前者が大嶌の素顔だったら、皆騙《だま》されていることになる。

「そうだったら可哀想……」

「なんか言った？」

由美が小首を傾《かし》げる。

「えっ？　ううん。なんでもない。じゃ、わたし、行くね。試飲会議があるから」

慌てて返事を濁《にご》し、胸にある資料とタブレットを由美に示した。

試飲会議とは、マーケティング事業部が集めた日本酒の中から、取引すべき商品があるのかを調べる重要なものだ。璃歌は一社員だが、入社試験で見せた利き酒能力を認められて、入社以降全ての試飲会議に出席している。

「いってらっしゃい！　……あっ、いくら〝ざる〟で酔わないからって、飲み過ぎはダメよ。アルコールの匂いをぷんぷんさせたら、部署の皆が酔っちゃう」

由美の言い方にぷっと噴き出してしまったが、しばらくして璃歌は彼女の肩を優しく叩いた。

「大丈夫。飲み過ぎないから安心して」

「うん……。でも璃歌は、頼まれると断れなくて、どんどん試飲していくから」

「ありがと。充分注意するね。じゃ、またあとでね」

そう言って歩き出すものの、急に肌がざわついてぶるっと寒気が走り、思わず足を止めた。

璃歌は二の腕を擦《さす》りながら、何かに引かれるようにロビーに顔を向ける。すると、ロビーの中央からこちらを見上げる大嶌と目が合った。

璃歌の心臓が飛び跳ねて、息が止まりそうになる。すぐさま背を向け、タブレットを持つ手に力を込めた。

大嶌の目つきは、先ほど女性社員に向けていたものとは違う。光富酒造で見せたあの鋭い眼差しだ。やはり優男《やさおとこ》を演じていたのだ。

だが、たとえ偽っているとしても、璃歌には関係ない。

とにかくこちらから近づかないようにしなければ……

璃歌は自分に言い聞かせて、試飲会議が開かれるフロアへ向かった。

「失礼します」

三十二畳ほどの会議室は、まるで立食パーティが開かれているのではと錯覚するほど、テーブルの上に日本酒の瓶がずらりと置かれている。

既に各部署の責任者や、味覚試験に合格した社員たちがテーブルを回って試飲していた。

璃歌が周囲を見回していると、マーケティング事業部部長の野崎《のざき》が笑顔で璃歌を手招きした。

五十代の野崎は、誰よりも璃歌の舌を認めてくれている。

「待ってたよ。さあ、始めてくれ」

「はい」

事前に資料は送られてくるが、璃歌はあまり読まない。というのも、日本酒造りの工程に興味がなく、そちらをチェックしてもちっとも頭に入ってこないからだ。

新入社員は入社後に日本酒の勉強会に参加するが、同期の中で一人だけ成果を出せなかった人物がいた。それが璃歌だった。

一年後、また勉強会に出席したが、やはり璃歌は落第。そのさらに一年後も合格できなかった。

そのたびに上司は苦言を呈したが、最近では〝白井さんには絶対音感ならぬ絶対舌感《ぜっかん》がある。もう勉強はいいからそっちで頑張れ〟と言って大目に見てくれている。

本当に、わたしは上司に恵まれてる。もちろん同僚にも――そう思いながら試飲用のコップを取り、口に含んだ。

璃歌は目を瞑《つぶ》り、口腔《こうこう》に広がる香りと旨《うま》みにうっとりする。

そうやって次々に試飲していき、タブレットでチェックシートにコメントを残してはデータを送った。

確かにどれも美味しいが、これといっておすすめできる決め手がない。どうしても光富酒造で試飲したような、あとからゆっくりと甘みが追いかけてくる日本酒と比べてしまう。

「光富酒造といえば……」

あの日、大嶌はアシスタントの小橋を連れて光富酒造に来ていた。

いったい何をしに行っていたのか。

璃歌は小首を傾《かし》げてコップを持ち上げるが、不意に会議室がやけに静まり返っていることに気付いた。

いつもなら談笑しながら飲む上司も真面目な顔つきで試飲しているし、他の人たちも黙々と仕事をしている。

「うん？」

いつもと違う雰囲気に、眉間に皺《しわ》が寄る。

「野崎――」

くるっと身を翻《ひるがえ》して部長の名を口にした瞬間、璃歌は自分の背後にぴたりと立つ人物と目が合い、言葉を呑み込んだ。

なんとそこにいたのは、にこやかに微笑んでこちらを見下ろす大嶌だった。

何故ここに？　……大嶌のことは何もバラしてないのに！

璃歌は思わず一歩下がる。しかし背後のテーブルにぶつかり、よろけてしまった。

「危ない！」

大嶌が俊敏に動き、璃歌の腕を掴《つか》んで助けてくれた。

「あ、あ、ありがとうございます」

ひとまずお礼を言って腕を引くが、大嶌は手を離そうとしない。

周囲の目を恐れた璃歌は、大嶌にだけはっきりわかるように力を込める。でもそうすればするほど、彼は璃歌の腕を自分の方へ引っ張った。

璃歌の顔が引き攣《つ》るのも気にせず、大嶌はさらに一歩詰め寄ってくる。

どうしてこんな真似を？

璃歌がどぎまぎしていると、急に大嶌が優男《やさおとこ》の仮面を身に着けた。

「君が……マーケティング事業部の白井璃歌さんだね？　聞くところによると、日本酒の利き酒ができるとか」

初対面のふり？　う、うん。それでいい――と心の中で大嶌の選択に賛同した璃歌は、おずおずと頭を振った。

「い、いいえ。日本酒について詳しいことはわかりません。感じたままを伝えています」

「感じたまま……ね。で、光富酒造はお気に召したわけだ」

大嶌が急に声をひそめたかと思ったら口調を変え、光富酒造の名を口にした。その変わり身の早さに、璃歌は目を見開く。

優男《やさおとこ》を演じながら、璃歌にだけわかるように本性を現した。つまり大嶌は、既に璃歌にはバレたと自覚しているため、素の彼を表に出したのだ。

はっきり言って、知りたくなかった。

璃歌はきつく唇を引き結び、軽く俯《うつむ》く。

「提出されたチェックシートを見させてもらったよ。この説明の仕方は独特だね」

大嶌は再び優男《やさおとこ》の仮面をかぶったのか、声が優しいものに変わる。

手のひらがじんわりと汗ばむのを感じながら、璃歌は生唾をごくりと呑み込んだ。

「……野崎部長」

大嶌に呼ばれた野崎は、すぐさま歩み寄る。

「白井さんは、いつもこんな風に……思ったことを書き込むのかな？」

「はい。数値のみを記せばいいんですが、白井は微妙な香りを嗅ぎ取る能力がありまして。それも選別の一つの手段になるので、好きなように書かせております」

「それほど優秀にもかかわらず、どうして日本酒の知識はないのかな」

大嶌の言い方に野崎がぎょっとするが、すぐに取り繕《つくろ》う。

「確かにおっしゃるとおりです。……ただ白井には無理をさせず、彼女の素晴らしい部分を伸ばしてあげたいと思いまして……」

野崎が慎重になりながら璃歌を庇うと、大嶌は満面の笑みを浮かべて頷《うなず》いた。

「そのとおりだ。部下を大切に思っているのが強く伝わってくる。だが、これでは勿体《もったい》ない。日本酒の知識を伸ばしてあげないと……。彼女を少し借りてもいいかな？」

「えっ？」

思わず璃歌は声を漏らし、二人の会話を遮《さえぎ》ってしまう。

野崎には目で窘《たしな》められるが、大嶌は璃歌を空気のように扱い、野崎だけを見つめている。

「執務室にある日本酒を使って、少しテストをしたいいんだ。白井さんがどういった感想を持つのか知りたくてね。もし結果が良ければ……今後について相談させてもらいたい」

「ええ、どうぞ試してみてください。白井は知識はからきしですけど、彼女の舌がどれほど凄《すご》いのかを知れば、きっと驚かれると思いますよ」

わたしの同意なしで勝手に決めないいんでほしいんですが――と心の中で文句を言う璃歌に、野崎がサムズアップする。頑張ってマーケティング事業部の株を上げてこいと言われているみたいで、一気に気持ちが重くなった。

「ではお借りします。白井さん、僕についておいで」

そう言うと、大嶌はさっさと歩き出した。

「部長、もし取締役の前で失敗したら、わたしはどうしたら――」

璃歌はあたふたしながら大嶌の背中を見て、野崎に視線を戻す。

「大丈夫。白井さんならできる。もし失敗したとしても問題ない。気を楽にして行ってこい。それとも……執務室にある貴重な日本酒が飲めるのに、その機会を棒に振るのか?」

野崎の言葉に、璃歌は激しく首を横に振った。

そのとおりだ。何が待ち受けているのかは想像すらつかないが、銘酒に出会うチャンスがあるのなら喜んで飛びつく。

璃歌の思いが顔に出ていたのか、野崎が相好《そうごう》を崩す。

「だろう？　じゃ、行ってこい」

背を押された璃歌は、小走りで大嶌を追った。

それにしても、大嶌はいったい何を考えているのだろうか。野崎の許しをわざわざ得てまで、璃歌を自分の執務室に招くなんて、おかしいとしか言いようがない。

大嶌の執務室に続く廊下を歩きながら、璃歌は何度もこっそりとため息を吐いては項《うな》垂《だ》れた。

「どうぞ」

ハッとして顔を上げると、大嶌のアシスタントの小橋が頑丈そうなドアを開けていた。大嶌は既に執務室に入り、奥にある大きなデスクへ進んでいる。

「すみません！　失礼します」

初めて入る役員室にまごつきながら、大嶌の執務室に足を踏み入れた。

大嶌が大型デスクの前でくるっと振り返る。そこに腰掛けて腕を組み、璃歌を睨《にら》み付けてきた。

何を言うでもなく、ただ璃歌の心を暴こうとするかのような態度だ。

璃歌は恭《うやうや》しい態度を保ちながら、優男《やさおとこ》の仮面を脱ぎ捨てた目の前の男性を観察する。

仕立てのいいスーツを着こなした大嶌は、光富酒造で会った日の雰囲気とまったく同じだ。

落ち着いた髪型に皺《しわ》ひとつないスーツを着ているため同一人物だと気付きにくいが、こちらを射貫《いぬ》く眼差しの力強さは、あの日璃歌に静かにするように命じた際と変わらない。意思の強そうな唇も健在だ。

あの唇がわたしの唇を塞いで——と思い出した途端、意外にも柔らかかった感触が甦《よみがえ》り、璃歌は慌てて大嶌のネクタイの結び目に視線を落とした。

そんなことを考えるのはやめなければ……！

璃歌が唇を噛《か》んだ時、大嶌が片手を上げる。

その動きにつられて顔を上げると、小橋が執務室のガラス棚へ向かうところだった。

小橋は酒瓶とショットグラスを取り出し、次々に日本酒を注いでいく。そして飲み比べ専用の木製ショットグラスホルダーを手にすると、璃歌に近づいた。

本当にわたしに利き酒をさせるの？——と思いながらも、璃歌の目は並べられた五個のショットグラスに釘付けになる。それぞれの濁《にご》り具合を見比べていると、呆れたような吐息が耳に届いた。

「これから試験を行う。味について聞かせてくれ」

「今、飲んでいいんですか？」

「ああ……」

璃歌は舌舐《な》めずりしそうになるのを必死に我慢して、そっと大嶌を窺《うかが》う。

大嶌は苛立たしげに返事をした。

もしかして試飲会議という大事な場に璃歌がいたせいで、こんなにも不機嫌に？

試飲会議は会社の心臓部とも言える重要な場で、ここで厳選されたものだけが自社で取り扱われる。

璃歌は入社直後からそこに入る権利を与えられているが、大嶌はその事実が気に食わないのかもしれない。だからといって、一社員の璃歌にはどうにもならないことだ。

複雑な感情を抱きながら、璃歌は日本酒に意識を戻す。大嶌に催促される前にショットグラスを掴《つか》むと、ぐいっと飲んだ。

試飲なのでほぼ二口分しか入っていないのが残念だが、芳醇《ほうじゅん》な香りに満たされてうっとりする。

「女性が好みそうなフルーティな香り。ただ甘過ぎるから好みは分かれるかもしれません」

次々とショットグラスを呷《あお》っては、思ったことを口に出していく。そして最後の日本酒を飲んだ時、璃歌の動きがぴたりと止まった。

「爽やかな切り口の辛口かと思ったら、後追いで甘い香りが広がってくる」

しかも急に味が切り替わるのではなく、水に塩が溶けていくようにゆっくりと上書きしてくる。

璃歌は目を閉じ、口腔《こうこう》に広がる味を噛《か》み締めた。

なんという美味しさだろうか。〝もう一杯〟と催促してしまいそうになるほど後を引く。

最後にふわっと香るのは……お米の甘さ？

次の瞬間、璃歌はさっと目を開けた。

「これ、光富酒造のものね！」

「どこのものかまでわかるのか？」

大嶌が目を眇《すが》めて、璃歌をじろじろと見つめる。

あまりにも美味しくて、つい大きな声で言ってしまった。璃歌は自分の失態を誤魔化すように軽く咳払いする。

「飲んだことがある酒造元のものに限りますけれど。ただこのお酒は……最近光富酒造で飲ませてもらったものとは違ってカドが取れていて、とても飲みやすくなっています。ひょっとして……今年、瓶詰めされたものではないのかなと思うんですが……」

「今年のものではないことまで？」

璃歌は目線を下げて、ショットグラスを置く。

「先ほども言いましたが、わたしにわかるのは、味だけです。先日飲んだ味と違ったので、そう思ったに過ぎません。基本、美味しいか美味しくないか、それを重視しています」

「……日本酒が好きなのか？」

大嶌が故意に取ったような間《ま》が意味深で怖い。

これは普通に好きだと言っていいのだろうか。

「わたしは――」

璃歌は目線を彷徨《さまよ》わせて言いよどむ。しかし、日本酒に関しては誰に対しても誤魔化したくなかった。

「好きです。美味しい日本酒を探すのが趣味なんです」

少し身構えつつも、日本酒の素晴らしさを思うと自然と頬が緩んでいく。

「SNSで知り合った日本酒好きの人たちと頻繁に情報交換をするんですが、彼らは本当に詳しくて……。光富酒造も彼らに教えてもらい、休みに合わせて伺いました」

あの日飲んだ美酒を思い出し、璃歌の口腔《こうこう》に生唾が溜まってきた。自然と恍惚《こうこつ》した表情になり、目もとろんとなる。

「光富酒造、か……」

ぼそっと呟《つぶや》いた大嶌の声が届き、璃歌は彼の方に顔を向ける。

「覚えてるか？　代表が、いや……〝蔵元さん〟が君に感謝していたのを」

代表と呼んだあと、大嶌はあえて璃歌が口にしていた〝蔵元さん〟という呼び方に変更した。

なぜわざわざ言い直したのか、大嶌の考えがまったく読めない。

「は、はい。あの日は、その、いろいろありまして――」

璃歌は途中で言葉を濁《にご》し、口を閉じる。

あの日、光富からお礼をすると言われて内心喜んだものの、大嶌の素性を知ったせいで動揺してしまい、名刺さえ置かずに逃げ出した。

決まりが悪くて連絡できなかったが、このまま放置するのは失礼と思い、後日勇気を出して光富酒造に電話をかけた。

光富夫人によると、彼は入院してはいるが大丈夫だという話だった。

本当はお見舞いに行きたかった。

でも会社の取締役である大嶌が光富酒造と関わっているのならば、これ以上私的な連絡は控えた方がいいと思い、お見舞いの品を送って以降は連絡していない。

大嶌には迷惑をかけていないはずなのに、いったいどうしてあの日の話をするのか。

璃歌が大嶌の出方を探っていると、彼が気怠《けだる》げにため息を吐いた。

「光富代表とは数年来の付き合いだが、嫌われていてね。何度出向いても、うちとは契約しないの一点張りで、決して首を縦に振ってくれなかった。にもかかわらず、君がうちの会社の人間だとわかるや否や何が起きたと思う？　彼は〝白井さんが担当者になるなら契約してもいい〟と言ってきた」

「わたしが担当ですか？」

「そう。……君の手柄だ」

大嶌が顔を歪《ゆが》ませ、投げやりに言い放つ。

璃歌は最初こそ言葉を失っていたが、内容が頭に入ってくるにつれて、喜びが膨れ上がってきた。

「やったー！」

「おい！」

感情の赴《おもむ》くままに声を上げて、大嶌の両手を取る。

「嬉しい！　蔵元さんとはもう会えないと思っていたの。だってあなたと繋《つな》がりが――」

そこまで言って、璃歌は自分の振る舞いに気付いた。さらに目の前にある彼の唇を見て、後ろに飛びのく。

甦《よみがえ》ってきた生々しい記憶を消し去るように、頭を深く下げた。

「申し訳ございません！　取締役になんて馴《な》れ馴《な》れしい態度を……。その、蔵元さんの話題で初対面の時を思い出して、あの日のように振る舞ってしまいました。今後このような真似をしないよう、重々心に留めておきますので――」

璃歌は大嶌の逆鱗《げきりん》に触れたのではないかとハラハラしながら言い訳するが、彼はそんな話は不要だとばかりに手を左右に振った。

「出会いが出会いなんだ。お互いの本性はわかってる。今更取り繕《つくろ》われる方が気持ち悪い。そうだろう？　……璃歌」

出し抜けに名前で呼ばれて、璃歌の心臓が痛いほど打った。でもこういう大嶌の姿を知っているだけに、名字で呼ばれる方が居心地悪いかもしれない。

心の中で何を思っているのかと心配するより、初対面の時みたいに言いたいことを言ってくれる方が断然いい。

大嶌――改め、煌人を見つめながら、璃歌はただ小刻みに頷《うなず》いて同意する。

「では、初めて会った時と同じように、物怖《ものお》じせずに接してくれ。……それで、光富酒造の担当になるんだな？」

「はい、よろしくお願いいたします」

これで光富酒造の日本酒を楽しめる。

まずは来年の春に行われる蔵開きに行って新酒を堪能し、続いて春酒や夏酒を味見するのだ。冷酒にしたらどんな風に味が変わるだろうか。

来年の楽しみに思いを馳《は》せていると、急に煌人が璃歌の両腕を掴《つか》んできた。驚いて彼に焦点を合わせると、彼は輝くばかりの作り笑いを顔に貼り付けていた。

煌人に夢中の女性社員ならいいかもしれないが、璃歌は彼の空々しい態度に嫌な予感がする。

眉根を寄せて身構える璃歌に、案の定、煌人が白い歯を零《こぼ》した。

「これを機に、特別な肩書きを与えよう。君の絶対舌感《ぜっかん》を使わない手はない。いつでも呼び出せるように野崎部長と話をつけるから、そのつもりで」

「それは断ります！」

璃歌は間髪《かんはつ》を容《い》れずに言う。

煌人に認めてもらえるのはもちろん嬉しい。光富酒造の担当者になるのもだ。だけど特別な肩書きを与えられて何度も呼び出されたら、他の女性社員の目を引いてしまう。社内で〝抱かれたい男一位〟の異名を持つ煌人と一緒にいたらどうなるか！

途端、咳払いが聞こえた。肩越しに振り返ると、小橋が口元を手で押さえて笑っていた。

小橋は、璃歌に見られていると気付いて慌てて姿勢を正すが、微妙に肩が揺れている。

「断るのか？」

煌人に訊《たず》ねられて、璃歌は「はい」と返事をした。彼は怒るでもなく、笑うでもなく、小さく頷《うなず》く。

「そうか……。それは残念だったな。俺と一緒に行動すれば、幻《まぼろし》の酒……市場に出回らない貴重な日本酒を飲める機会が増えたのに」

それって、いろいろな日本酒を試飲させてくれるという意味？

煌人の言葉が脳に浸透するにつれて、璃歌の目が爛々《らんらん》と輝いていく。

飲みたい、飲みたい、飲みたい！

「まあ、嫌なら仕方ないな。自《みずか》らチャンスを棒に振る――」

「ありがとうございます、ご厚意に感謝します！」

璃歌は申し出に飛びついた。

当然ながら、煌人に呼び出されて注目を浴びるのは嫌だ。とはいえ、日本酒探しが趣味の璃歌にしてみれば、貴重な日本酒を飲ませてもらえる機会を失いたくないという気持ちの方が大きい。

「飲兵衛《のんべえ》め……」

煌人に呆れられるが、璃歌はめげずににっこりする。

「それは語弊があるかと。わたしは美味しい日本酒に巡り合いたいだけで、酔っ払いたいわけではありませんので」

璃歌の言い分に、煌人は何も言わない。ただもう用事は終わったとばかりにドアを指す。

帰れという合図だと受け取った璃歌は、恭《うやうや》しく頭を下げた。

「失礼します」

執務室を出ると、堪《たま》らずガッツポーズを取る。

「やった。これで幻《まぼろし》の酒に出会えるかも！」

煌人に言葉巧みに操られたという自覚がないまま、璃歌は胸を弾ませる。

そして意気揚々《いきようよう》とマーケティング事業部へ戻ったのだった。

＊＊＊

「どう思う？」

煌人はドアが閉まったあともその場を動こうとしなかったが、しばらくして控えていた小橋に声をかけた。

数年前、煌人がマーケティング事業部部長に就いた時、部下の小橋がいろいろと助けてくれた。

帰国子女の小橋は優秀で、煌人の真意に沿って動いてくれる。それで取締役に昇進すると同時に、彼を専属アシスタントに抜擢した。煌人が優男《やさおとこ》を演じていると早々に見破った観察眼の鋭さも、気に入った理由の一つだ。

「美人ではありませんが、とても可愛らしくて目を引く女性ですね」

煌人が睨《にら》むと、小橋が口元を緩めてこちらに歩いてきた。

「あくまで一般論です。僕の趣味ではないので。……話は戻りますが、女性にしては度胸がありますね。あの時も強盗の前に飛び出すと思いませんでした」

事件があった日は携帯の通話を繋《つな》げていたため、酒蔵の中で起きていた事態は、全部小橋に筒抜けだった。

煌人が璃歌の唇を塞いだ件も……

当時の記憶が甦《よみがえ》り、居心地が悪くなって咳払いする。

「それで？」

「彼女は取締役を前にしても媚《こ》びもしなければ、色目も使わない。何より、素晴らしい舌をお持ちです。飲兵衛ではないと本人も言っていますので、酔っ払って羽目を外すこともなければ、間違いを犯すこともないかと。きっと取締役の出世に欠かせない人物になりましょう。何年も首を縦に振らなかった光富酒造の代表の心を開かせた方ですし」

小橋の話に、煌人はにやりと口角を上げた。

まさしくそのとおりだ。璃歌のあの味覚の鋭さは捨て難い。ただもっと使えるようにするには、勉強させる必要があるが。

ここから自分が望む方向に璃歌を導こうとするならば、さらに策を練らなければ……

そうすれば、きっと璃歌の舌が役に立ってくれるだろう。

それにしても、璃歌が光富酒造で述べた日本酒の感想には驚いたものだ。

いくら日本酒好きだとしても、こういう場所では〝美味しい〟や〝甘いがすっきりしている〟といった、ありきたりな感想を述べるのが普通だ。

なのに璃歌は、ワインソムリエのようにじっくり味わって感想を述べた。

そういう風に飲むのが習慣になっていると気付いたのは、煌人だけではない。だから彼女の発言に、光富は興味を持ったと考えられる。

しかし璃歌は、光富の問いかけから逃げるように誤魔化した。そうしながらすぐに話題を戻した。

隠したいのか隠したくないのかどっちなんだ――と思ったらおかしくて、煌人は自然と噴き出してしまった。

実は璃歌が光富酒造に足を踏み入れてから、彼女を目で追っていた。

ちょうど光富とやり合ったあとだったこともあり、彼の無愛想な振る舞いで彼女が傷つくのではないかと危惧したからだ。

しかし璃歌は煌人の心配をものともせず、光富に気楽に話しかけた。

おかしな女だ――と笑ったものの、可愛らしい恰好をしていながら、酒好きを隠さない気さくな性格に興味が湧いてしまった。

「わかってるのかな。俺に弱みを晒《さら》したっていうのを……」

出世より、貴重な日本酒が飲める方に重きを置くと自《みずか》ら暴露した璃歌。

その時点で、もう煌人の手のひらの上で転がされるしかなくなってしまった。

一番バレてはならない相手だというのに……

煌人は目線を動かし、小橋に焦点を合わせる。すると彼は、ふっと唇の端を上げた。

「理解していないでしょうね。もしそうであれば、取締役の言い回しにピンときたはずですから」

「それを狙ったけどな。とにかくこのまま放っておくには惜しい人材だ。これから頑張ってもらうとしよう。……日本酒を餌《えさ》にな」

そう言ったあと、煌人はデスクを回って椅子に座った。

小橋に仕事を始めるように伝えたあと、光富酒造へ電話をかける。数回の呼び出し音が鳴り響いて繋《つな》がった。

「お世話になっております。KURASAKI――」

『どうなった？　彼女が担当してくれるのか？』

煌人が名乗る前に光富が話し出す。それぐらい彼は、璃歌に仕事を任せたいと思ってくれている。何年も酒蔵に通った自分よりも。

煌人は苦笑し、パソコン画面に表示されたスケジュールに目を向ける。

「はい、是非担当させていただきたいとのことです。つきましては――」

事前に光富に言われていたとおり、来春の蔵開き以降に契約する方向で話を進めると伝える。現時点で、来年の蔵人《くらびと》の確保ができるかどうか未定なので、酒の生産量が明確になってからにしたいという彼の要望を聞き入れたのだ。

それに合わせてもっと話を詰める必要がある。

これから忙しくなるなと考えながら、契約時に璃歌を伴って挨拶《あいさつ》に伺うと伝えて、煌人は電話を切った。

「さてと、この先どうなるかな」

煌人は椅子の背に凭《もた》れると腕を組み、天井を仰《あお》ぎ見る。そんな煌人を見て、書棚から必要書類を出していた小橋が表情を和《なご》ませていた。

第二章

渋谷の道玄坂《どうげんざか》の表通りから細い路地に入ったところにある、居酒屋。

その店は気軽に飲み食いができる場所というより、四十代以降の人たちがゆっくりとお酒を楽しむ場所として知られているようだ。

各テーブルの天板は、木目がはっきりとした一枚板で作られており、明らかに一点ものだ。天井から吊された木製ライトの木目も、どれも同じものはない。壁に掛けられた墨画も、筆の勢いに躍動感がある。全てにおいてお金がかかっている。

客も同様で、仕立てのいいスーツを着た年配の人が多い。若者もいるが、普通のサラリーマンではなく官僚だろう。国家の政策がどうのこうのといった話の中に専門用語が出てくるのでそう読み取れた。

どうしてこのような居酒屋に璃歌を連れてきたのだろうか。

璃歌は彷徨《さまよ》わせていた視線を正面に座る煌人に戻した。彼はお品書きを確認しながら、隣に立つ四十代ぐらいの美人女将《おかみ》に話しかけていた。

実は今から数時間前。

勤務時間を終えて帰ろうとしたところで、小橋から『ロビーに十八時でよろしくお願いします』という連絡が入った。

煌人の執務室に連れていかれてから数週間経っていたが、その間音沙汰がなかったのもあり、今年はもう彼に会うことはないだろうと思っていた。そんな時に入った、煌人からの命令だ。

師走《しわす》も中旬を過ぎて忙しい時期にもかかわらず、璃歌を呼び出すとはどういう用事があるのか。

璃歌は時間を潰《つぶ》したのち、恐る恐る待ち合わせの時刻にロビーに下りた。

そこには目を輝かせる女性社員たちに囲まれる煌人の姿があった。

造られた虚像だけどね――と思いながら煌人に近づくと、それに気付いた彼が女性社員に「失礼」と告げて、璃歌に向かって歩いてくる。

「待ってたよ。さあ、出かけよう」

煌人の言動に、女性社員たちがざわめく。だが、煌人は特に気にせずに璃歌を建物の外へ促《うなが》した。

おろおろしつつ煌人のあとに続くと、ロータリーに停められていた車に押し込められる。そのまま小橋が運転する車でここまで連れてこられた。

そして今に至る。

無意識のうちに落としていた目線を上げると、こちらを観察する煌人と目が合った。

いつの間にか女将《おかみ》は立ち去り、カウンターの後ろでいそいそと動いている。

「煌人さん、わたしを呼び出してここに連れてきた理由は？」

一瞬、煌人が嬉しそうに口角を上げる。璃歌が初めて彼を名前で呼び、二人の間にある壁を取り去ったからかもしれない。しかしすぐに、片眉を動かした。

「理由？　そんなの一つしかないだろう？」

そう言った時、店員が二人の前に木製のショットグラスホルダーを置いた。

煌人の執務室で利き酒をした日と同じく、清酒から濁《にご》り酒まである。

璃歌がショットグラスを凝視《ぎょうし》していると、店員が肴《さかな》を並べ始めた。鯛《たい》のあら煮、平目《ひらめ》の刺身、はも皮の酢の物、イカの塩辛、湯豆腐、焼き鳥、豚の角煮、おでん、かまぼこと様々だ。

肴《さかな》から想像するに、吟醸酒から本醸造酒といった種類の日本酒が出されていると考えられる。日本酒によって、合う肴《さかな》はそれぞれ違うからだ。

もしかして、またテストを？

璃歌は煌人の真意を探ろうとする。彼は鷹揚《おうよう》な笑みを浮かべていた。でもそれは、優《やさ》男《おとこ》を演じている時とは違い、心から楽しんでいるように見える。

これまでの煌人の印象と違う気がして、璃歌は戸惑った。

「そう身構えるな。璃歌に特別な肩書きを与えると言っただろう？　野崎部長と話し合い、俺から連絡が入ればすぐに来られるように手筈を整えた」

「肩書きって？」

「主査《しゅさ》」

主査――それは、KURASAKIコーポレーションにおいて上司に命じられた仕事を掌理《しょうり》する職位だ。

璃歌は煌人に呼ばれるたびに試飲してレポートにまとめるのだから、主査という肩書きを付けられても不思議ではない。

「君の絶対舌感《ぜっかん》は入社当時から知られていた。それが功を奏したよ。この肩書きに異議を唱える者は誰もいなかった。こうもすんなり運ぶとはね」

「とは言っても、結局は味見係でしょう？」

「文句があるのか？」

いろいろな日本酒を飲ませてもらえるのに、文句などあるわけがない。

込み上げてくる喜びを見られないように横を向く。しかし、ほころんだ口元は、煌人には隠せない。

璃歌は咳払いし、なんとかして表情を引き締めると、テーブルに置かれた日本酒と肴《さかな》を指す。

「じゃ、これは――」

「主査に就く君へのお祝いだ。フレンチやイタリアンより、こういう隠れ家的な店の方が好きだろうと思って」

「好き！」

璃歌が素直に告白すると、煌人はぷっと噴き出した。

「だろうな」

「でも、テーブルを見る限り……テストを受けさせたいとしか思えないんですけど」

名前が伏せられた日本酒の数々、そして淡泊なものから味の濃いものまでが並んだ肴《さかな》。どの日本酒にはどの肴《さかな》が合うのかと、試されているようでならない。

まあ、どれも簡単にわかると思うが……

「もう試験は終わった。とはいえ、普通に飲むだけでは楽しくない。趣向が必要だと思わないか？」

煌人がにやりとする。璃歌は顎《あご》を上げ、彼に挑む目を向けた。

「もちろん！　なんだかトランプの神経衰弱っぽくて、こういうのは好きです」

「じゃ、飲もう。……これで俺の考えが決まる」

煌人がぼそっと呟《つぶや》いたが、並べられたショットグラスに見入る璃歌の耳には入らなかった。

璃歌は惹かれるまま、その中の一つを手に取る。

「乾杯！」

ひょいと掲げたあと、日本酒を口に含む。

瞬間、華やかな香りが口腔《こうこう》に広がっていった。

「これは吟醸酒ね。繊細な味を邪魔しない薄味の料理にとても合うから、平目《ひらめ》の刺身かな」

璃歌の言葉を聞いた煌人が、感心したように大きく頷《うなず》く。

なんとなく認めてくれたようで、璃歌の心が弾んだ。それを隠したくて、璃歌は急いで平目《ひらめ》の刺身を食べて日本酒を含んだ。

そうして次から次へと飲み、肴《さかな》を堪能する。

「本当に間違えないんだな。驚きだよ。……それに悪酔いもしない」

濃醇《のうじゅん》な純米酒を飲んでいた璃歌は、ふふっと笑みを零《こぼ》した。

「そもそも日本酒を飲んで酔ったことがないんです。強いて言えば、気が大きくなるぐらいかな」

「気が大きくなる？　それは困りものだな」

「どうして？　誰にも迷惑をかけないのに？　煌人さんは知らないと思うから言っておきますけど、実際はそれほど量は飲まないんです。わたしが飲む目的は、美味しい日本酒を探すためだから」

璃歌は並べられたショットグラスを指す。たっぷりと注がれたそれらは、どれもまだ飲み干されていない。どのグラスも半分以上残っていた。

それを確認した煌人は、何度も深く頷《うなず》いた。

「節操がないわけではないってことか」

「これでもきちんと考えて飲んでます」

璃歌の言い方に、煌人が苦笑した。

「璃歌との話は飽きないな」

「本当？」

煌人が機嫌良く頷《うなず》く。

実は璃歌も煌人と同じで、この会話にまったく退屈していなかった。特に深い話をしているわけではないのに、妙に居心地がいい。

煌人との会話のテンポがいいからかもしれない。

璃歌は内心驚喜《きょうき》しながら、豚の角煮や長芋のステーキを食べる煌人を好意的に見つめた。

「そういえば、以前俺に言ったよな？　SNSで知り合った日本酒好きの人たちに教えてもらって、光富酒造へ行ったと」

「うん。皆優しくていろいろと教えてくれるんです。オフ会も開かれるほど仲が良くて」

そこで知り合った人たちは皆情報通で、彼らからとても助けてもらっていると意気《いき》揚々《ようよう》と話す。ところが、璃歌が話を続ければ続けるほど煌人の表情が曇っていった。

「彼らとは普段から交流が？」

煌人の声のトーンが下がる。それに驚いた璃歌は、持ち上げかけたグラスをテーブルに置いた。

「どうなんだ？」

答えを催促してきた煌人の目に、何やら真剣な光が浮かんでいる。それを見るだけで璃歌の心臓がドキドキしてきた。

しかしそうなってしまう自分の気持ちがわからず、戸惑う。とはいえ黙っているわけにもいかず、璃歌は言葉を探すように目をきょろきょろさせた。

「えっと、普段はそんなに会わないかな。基本酒蔵の情報を交換するぐらいだから。……う、うん」

そう言って、小刻みに頷《うなず》く。

「彼らと会った時は、今みたいな感じで飲むのか？」

「日本酒の情報を交換するために集まるので、当然です。皆、わたしと同じで美味しい日本酒を探すのが趣味で。あっ、また新情報を聞いておきますね」

情報を共有すれば、それは会社のためにもなる。そうすれば煌人も喜んでくれると思った。

ところが煌人は不機嫌そうなままだ。

何がいけなかったのか想像もつかないが、どうにかして数分前のいい雰囲気を取り戻そうと思い、璃歌は奮闘する。

今飲んでいる日本酒には新しく頼んだ甘辛牛肉炒めが合うと言ったり、燗《かん》を頼んで煌人の猪口《ちょこ》に注いだりする。

それが良かったのか、少しずつ煌人の態度が軟化していった。

但《ただ》し、弊害もあった。煌人に日本酒を勧めるうちに、自分も飲み過ぎてしまったのだ。いつもより身体がふわふわする。

「ちょっと飲み過ぎたかも。二時間以上も飲んでいたら、そうなってもおかしくないですよね」

「じゃ、そろそろお開きにしよう」

「ええ！　そうするのが一番いい――」

「ああ、そうだ。今日璃歌を呼んだ理由を忘れていたよ」

「えっ？　呼んだ理由？　主査に就くわたしへのお祝いだったんじゃ？」

目をぱちくりさせる璃歌に、煌人がクスッと艶《つや》のある声を漏らす。

「それも一つ。覚えてないか？　俺が〝これで俺の考えが決まる〟と言ったのを」

そんな話をしただろうか。

小首を傾《かし》げて記憶を探るが、思い出せない。

そんなに酔っ払っているわけではないのに……

「せっかくの絶対舌感を無駄にしないために、璃歌に日本酒の勉強をさせる。……俺の家で」

俺の家？　それって煌人さんの？　——そう心の中で呟《つぶや》くなり、そんな真似をすればとんでもないことになると気付いた。

「ダメです！」

すぐさま拒絶し、激しく頭を振った。

「勉強は嫌いですが命令なら従います。でも煌人さんの家でなんて。……絶対無理」

「嫌だと言うんだな？」

璃歌は頷《うなず》きながらも、この流れにデジャヴを感じていた。

あれ？　こういうことが以前にもあった……？

「知識を身につけたら、璃歌にうちにある幻《まぼろし》の酒を飲ませてあげようと思ったのに、チャンスを見逃《みのが》す――」

「勉強します！」

途端、煌人がしてやったりとばかりに片方の口角を上げる。

その表情にどこか見覚えがあって顔をしかめると、彼の眉がおかしげにぴくりと動いた。

やっぱり見たことがある！　でもそれは、いったいいつ？

「主査に就いたあと、月二回のペースで勉強会を開く。徹底的に頭に叩き込むからそのつもりで」

「……はい」

そう答えたところで、煌人の執務室で口車に乗せられた記憶が甦《よみがえ》った。

愕然《がくぜん》としつつ、また同じ手口で誘われたら絶対に引っ掛かる。何を差し置いても、いろいろな日本酒に出会いたいと強く思っているからだ。

そんな弱みを知られてしまったせいで、こういう結果になってしまった。

幻《まぼろし》の酒に巡り合える機会をもらえて嬉しいやら、煌人の命令に逆らえない自分が情けないやら……。

璃歌が恨めしく思いながら煌人を窺《うかが》うと、彼は挑むように軽く顎《あご》を上げる。

このまま調子づかせたくない。こちらから条件を付けられる立場ではないが、一言告げずにはいられなくなる。

璃歌は席を立ち、煌人を見下ろした。

「一つだけ言わせてもらいます。女性社員の目がある時は、いつもの煌人さんで接してください。今日みたいな……その個人的な約束があるみたいな態度をされると困るんです。なので、絶対にやめてください！」

すると煌人がおもむろに腰を上げたため、逆に彼に見下ろされてしまった。しかも彼は上体を倒し、璃歌に顔を寄せる。

璃歌は目を剥《む》き、上半身を反らした。

「いつもの俺でだって？　そうしたつもりだけど？」

そう話す煌人の吐息が、璃歌の顔にかかる。普段なら一緒に飲んだ人のアルコール臭など気にならないが、この日に限って彼の香りに酔わされそうになる。

甘いというか、香《かぐわ》しいというか……。

初めて生じた感覚に、自然と璃歌の瞼《まぶた》が落ちそうになった。

刹那《せつな》、額を小突かれて頭が後ろへ揺れる。慌てて目の焦点を煌人に合わせると、彼は女性を魅了する笑みを浮かべていた。

でもその顔つきは、会社で演じる優男《やさおとこ》とは全然違う。そのせいか、璃歌の鼓動が一際高く跳ね上がった。

「てっきり日本酒だけに興味があるのかと思ったら、人目も気になるんだな？　……うん？」

煌人の手が伸びてきて、璃歌の乱れた前髪を指に絡めて耳へとかけた。

指が頬をかすめるたびに背筋がぞくぞくし、頭の中が真っ白になる。なのに、煌人から目を逸らせない。

「主査という肩書きは、年明け早々全社員が知ることになる。俺の璃歌への態度にも納得するだろう。気にするな。じゃ、ここでお開きにしよう。しっかり会社のために働いてくれよ」

煌人がようやく璃歌から手を離す。

「また連絡する」

煌人はにっこり笑って伝票を取り上げ、これ見よがしにそれをひらひらと振った。

璃歌など俺の手でどうとでもできる――と言われたみたいな気分になる。

確かにそのとおりのため、反論できない。

でもいつの日か、煌人の得意げな表情を変えてみせると誓い、璃歌は彼の背中を真っすぐに見返したのだった。

第三章

新年を迎えて、璃歌は晴れやかな気持ちで毎日を過ごしていた。

一月中旬に寒波が到来するとの天気予報を受けて、灯油やガスボンベなどの買い出しが大変だったものの、新年会や同僚との飲み会、さらにはSNSで知り合った日本酒好きの人たちとのオフ会などで、気分転換ができた。

いや、楽しめた理由はそれだけではない。

勉強会を開くと言った煌人からの連絡が、二月に入っても皆無だったからだ。

このまま立ち消えになればいいと思ったが、そう上手くいかないのが人生なのかもしれない。煌人と約束していた勉強会を、今夜から始めると連絡がきてしまった。

憂鬱な気持ちを隠せないまま、璃歌は手元のデータから面を上げた。

現在、昨年末に行われた試飲会議の関係者が会議室に集められ、その時の日本酒について取引を継続するか、また新しい酒について契約の有無を決める会議が開かれている。

それを統括する人こそ、煌人だ。

璃歌は上座にいる煌人をこっそり眺めて、小さくため息を吐いた。

「——では、こちらで進めさせていただきます」

その声で璃歌は居住まいを正し、資料に視線を落とした。

試飲会議で璃歌が推薦したものは、ほぼ契約の方向で進められることになっている。主査として恥ずかしくない仕事となったに違いない。

試飲をした日は、まだ主査という肩書きをもらってはいなかったが……

「何か問題がありましたら、資料に書かれている担当者までご連絡ください。質問はございますか？」

司会を務める管理部主任が、出席している社員たちを見回す。誰も挙手をしなかったので、会議は閉会した。

璃歌が資料を閉じてテーブルの上を片付けていると、中肉中背の係長、篠田《しのだ》に声をかけられる。

「篠田係長、どうかされました？」

「おめでとう。白井が気に入った日本酒が、今回は全て輸出候補に挙がったな。あとは取引先が気に入るかどうかで決まるが……試飲者のＲＩＫＡの名前は先方に信頼されているから、きっといい結果になると思う。これで査定も上がるな」

「査定は別にどうでもいいんですけど」

そう、どうでもいい。大好きな日本酒探しさえできれば……

「今年から主査になった途端に、何を言ってるんだか」

篠田は爽やかな笑顔で、璃歌をからかう。

マーケティング事業部内は和気あいあいとした雰囲気で、皆とても仲がいい。日本酒について語り合うのが仕事だから、それも当然だ。

三十二歳の篠田とも仲が良く、璃歌はよく彼と酒蔵の情報を交換していた。これも、彼に舌を認められているからだろう。

「主査、ね……」

「趣味を活かすだけで給料をもらえるんだ。君にとって天職じゃないか」

「そうですけど、勉強は苦手で」

「うん、どう頑張ってもそっちの成績が上がらないもんな。とはいえ、それさえも払拭する舌を持ってる。羨《うらや》ましい限りだよ」

「払拭できているかはともかく、せっかく野崎部長がわたしの短所に目を瞑《つぶ》ると決めたのに、大嶌取締役はわたしを主査に任じた。どうしてそこまでして勉強させたいのか、わかりません」

こんな風に言ってはいけないが、煌人は本当に余計な真似をしてくれた。

「会社のためだ。頑張るしかない」

そう言えるのは、勉強会の詳細を知らないからだ。もし煌人の自宅で二人きりの勉強会が開かれると知ったら、仰天するだろう。

暴露してもいいことがないので、伝えないが……

璃歌は席を立ち、人だかりができた上座を見た。

この会議に出席している女性陣は、ほぼ三十歳以上の有能な人たち。煌人は若くて華やかな女性のみならず、大人の優雅な女性たちをも虜《とりこ》にしている。

璃歌にはない女性の色香にあてられた煌人の表情が、心なしいつもと違う気がした。

若い子と同年代の女性とで対応が違うんだと思うと、妙に胸の奥がもやもやしてくる。

璃歌はそれを隠そうとはせず、煌人に白い目を向けた。

その時、篠田が感嘆の声を漏らした。

篠田は腕を組み、先ほどまで璃歌が注目していたところを見入っている。

「こういう場面に出くわすと、取締役はそつがないというのがよくわかる。誰の誘いにも乗らないから女性陣に人気があるのかな。でもさ、ここにもいい男はいるのに誰も見向きもしない。白井、理由を教えてくれよ」

「えっ？」

理由？　それをわたしに訊くんですか？　――と顔をしかめると、篠田が〝さあ、俺をじっくり眺めて〟と言わんばかりに両手を広げ、少し贅肉のついたお腹を面白おかしく叩いた。

茶目っ気たっぷりの上司に、璃歌はぷっと噴き出した。

優男《やさおとこ》を演じる煌人は女性の心を知り尽くしている。一種のアイドルと同じだ。彼の存在自体が夢を与えているのに、別のタイプの篠田が対抗する方がどうかしている。

璃歌は苦笑しつつ、おどける篠田の全身を舐《な》めるように眺めた。

「う〜ん、こうして見たら、篠田係長もなかなかですよ！」

璃歌はサムズアップしてにこっとする。

「なかなかだが、取締役には負けるって言うんだろう？　ああ、わかってる」

「いいえ。誰もが大嶌取締役に夢中だとは思わないでください。わたしは、彼よりも篠田係長のような裏表のない素敵な男性――」

「裏表のない？　誰が……？」

背後から聞こえた声に、璃歌はその場で飛び上がった。さっと振り返ると、優男《やさおとこ》を演じる煌人がアシスタントの小橋を連れて立っている。

「やあ、白井さん。久しぶりだね。……元気だったかい？」

朗《ほが》らかな笑みを浮かべる煌人。だがどことなく彼の目に鋭さを感じ、璃歌は恭《うやうや》しく「はい」と返事する。

「それは良かった。今年、主査の白井さんは忙しくなると思うからね」

「この女性が主査に任じられた白井さんなのね？」

可愛らしい声が聞こえて、璃歌は煌人の背後に視線を移す。そこには先ほど彼との会話を楽しんでいた女性社員たちがいた。

そのうちの一人が煌人の隣に並ぶ。艶《つや》やかな髪をショートボブにした、とても綺麗《きれい》な女性だ。しかも胸が大きく、スタイルがいい。

煌人と並んでいる姿を見れば、誰でもベストカップルと思うだろう。

璃歌が二人に見入っていると、煌人が女性に璃歌を示す。

「白井璃歌さんだ。彼女の舌が素晴らしいのは、既に知っていると思う」

「もちろんです。白井さんが探してきた銘酒にハズレはないですから。本当に凄《すご》い才能だわ」

美女の嬌笑《きょうしょう》は、なんと強烈な印象を与えるのだろうか。

そう思ったのは璃歌だけではないようで、篠田もデレッと目尻を下げている。

「私どもも白井の才能は認めていて、誰もが彼女の見解を訊くほどなんですよ。なっ、白井」

そう言って、篠田が乱暴に璃歌の肩をがしっと抱いた。

突然のことに、ゴホッと咽《む》せてしまう。

「あっ、あっ……悪い。白井」

「いいえ、大丈夫です」

少し狼狽《うろた》えたが、篠田の気持ちもわからなくはない。魅力的な美女に嬌笑《きょうしょう》を向けられたら舞い上がるのも当然だ。

ここは貸しを一つ作っておこうと思い、璃歌は美女に目を向けた。

「篠田係長はとても信頼できる、人情に厚い上司なんです。わたしを含めた同僚たちは皆、伸び伸びと仕事をさせてもらえて……」

「まあ、そうなのね。白井さんの個性を引き出し、なおかつきちんと見守ってくれるなんて素敵な上司なのかしら。そう思いませんか、大嶌取締役」

美女がそっと煌人の袖に触れて、上目遣いをする。それに合わせて、璃歌も彼を窺《うかが》った。

「上司に恵まれるだけでなく認めてもらえている。だからこそ、好きなようにできる。良かったね、白井さん」

「ありがとうございます」

璃歌はお礼を言うものの、どこか険のある言い方に頬を引き攣《つ》らせて苦笑いする。

煌人は璃歌を見つめたあと、ドアの方へ目線を流す。早く部屋を出ていけと言わんばかりだ。

どうして立ち去るように仕向けるのかわからず、軽く首を捻《ひね》る。すると煌人が一歩、さらに一歩と近づいてきた。璃歌の正面で立ち止まるなり、片方の唇の端を上げる。

「ああ、そうだった。もう少しで忘れるところだったよ。今夜は必ず予定を空けておいてくれ。いいね？」

煌人はそこにいる女性陣にも聞こえるぐらいの声量で言い放った。

璃歌は慌てふためき、素早く周囲を見回す。女性たちは驚いた様子で目をぱちくりさせ、次第にざわつき始めた。

昨年末の再来だ。あれほど女性社員の前では気を付けてほしいとお願いしたのに！

「今夜、ですか？」

「彼女とどこへ？」

「取締役が一社員に約束を取り付ける？　初めて聞いたわ」

などといった女性たちの会話が璃歌の耳に届き、焦りを隠せなくなる。

自分の立場をわかっているの？　煌人さんは社内で異名を持つほど人気があるのに、どうしてこんな波風を立てる言い方をするの⁉　――と咎《とが》めるような視線を投げる。

しかし煌人と目が合った瞬間、それらの感情が忽然《こつぜん》と消え去る。代わりに、笑いが込み上げてきた。

先ほどまでかぶっていた優男《やさおとこ》の仮面がすっかり剥《は》がれ落ちていたからだ。

傲慢《ごうまん》で飄々《ひょうひょう》とした煌人の素顔に、何故か璃歌の胸に安堵が広がっていく。

そしてそうなる自分がおかしくて、璃歌は声を出して笑ってしまいそうになる。でも今は煌人と二人きりなわけではない。取締役に対して節度を保った態度を取らなければ……

璃歌は咄嗟《とっさ》に横を向いて必死に笑いを嚙《か》み殺すが、小橋は耐えられなかったのか小さく噴き出した。

その時だった。煌人がやにわに璃歌の手を握り締めてきた。

いきなり触れられて平静を失った璃歌は、慌てて振り払おうとする。ただあまりにも焦って動いたため、ヒールが絨毯《じゅうたん》に引っ掛かって倒れそうになってしまった。

「あっ……！」

「璃歌！」

危険を察した煌人に手を掴《つか》まれて、璃歌は彼の方へ引き寄せられた。さらにバランスを崩した璃歌を支えるために、彼の腕が腰に回される。

逞《たくま》しい腕と包容力に、璃歌の心臓が痛いほど高鳴る。衣服を通じて煌人にも伝わるのではないかと思うぐらい激しかった。

呼吸の間隔も短くなり、息が絶え絶えになる。

次第に何をどうすればいいのかわからなくなっていく。

至近距離で見つめ合う時間はほんの数秒だったはずだが、それが十秒以上に感じた頃、咳払いの音が聞こえて我に返る。

それは小橋のものだった。彼がかすかに目を眇《すが》めて横に首を振る。

そうだった。人の目が……！

璃歌は急いで煌人を押しやり、今もなおしっかりと握り締めている彼の手からも逃《のが》れる。

「あ、ありがとうございます」

お礼を述べるが、じんじんする手首と、熱を持つ腰のあたりが気になって仕方がない。そこを手で撫でたくなるが、少しでも身じろぎすれば下肢の力が抜けそうで動けなかった。

自身の反応に戸惑う中、再び目の端で小橋が動く。顔をしかめた彼は、顎《あご》で煌人を示す。

そちらに意識を移し、続いて煌人から数歩下がったところにいる女性たちを目視した。

彼女たちの顔が不機嫌そうに歪《ゆが》んでいる。

これでは煌人に、迷惑をかけてしまう！

一瞬〝どうしてそんなに煌人さんを心配するの？〟という自分の言葉が聞こえたが、璃歌はそれを無視して周囲の女性たちを見回した。

「咄嗟《とっさ》に動いてわたしを助けてくれるなんて……。取締役は本当に優しい人ですよね」

不注意な璃歌を煌人が助けてくれたと伝え、女性たちに相槌《あいづち》を求める。

それが良かったのか、女性たちの強張《こわば》った表情が柔らかくなっていった。

「そ、そうなのよ！　大嶌取締役は皆に平等だもの。本当に素敵だわ」

女性たちの媚《こ》びを売るような声音に頬を引き攣《つ》らせつつも、璃歌はそのとおりだと頷《うなず》く。

「でも、取締役が璃歌って……」

一人の女性の呟《つぶや》きが耳に届き、璃歌は眉根を寄せる。

煌人さんが言った？　二人きりでいる時みたいにわたしを名前で呼んだ？　――と思っていると、控えていた小橋が前へ歩いてきた。

「璃歌さん、勉強会の資料の準備をしていただけますか？」

「えっ？　あっ、はい」

資料の話は聞いていないが、小橋が目でドアを示すので、これで出ていけという合図だと理解した。しかし、篠田は何が起きているのかわかっていない。

「篠田係長、わたしたちはそろそろ失礼しなければ」

璃歌は篠田を正気に戻すため、彼の袖を引っ張った。そうすることで、ようやく彼は我に返り、何度も瞬《まばた》きする。

「えっと、何？」

「もう戻らないと……」

「あっ、そうだな。部長が結果を待っているし……。では我々は、お先に失礼いたします」

璃歌は頭を下げる篠田に続いて挨拶《あいさつ》し、彼と一緒に会議室をあとにする。

　マーケティング事業部のあるフロアに戻り、璃歌はドアを開けようとした。そんな璃歌の腕に、篠田が軽く手を置く。

「白井」

「……なんですか？」

「お前、頑張れ」

「はい？」

　言っている意味がわからず、璃歌が訊《たず》ね返す。

　それを受け、篠田は言いにくそうに目を泳がせた。そして自分が璃歌の腕に触れているると気付き、慌てて手を離す。

「わ、悪い！」

「いいえ。それよりどういう意味ですか？　いきなり〝頑張れ〟だなんて」

「最初は簡単に〝会社のために頑張れ〟と言ったけど、さっきの出来事を見て、大嶌取締役の勉強会は大変だなと思って。その、いろいろと……。で、今〝頑張れ〟と言ったのは、とにかくやれるだけやって無理だと思わせろってこと。そうすれば、勉強会から解放される」

　もの凄《すご》い言葉をさらりと言われて面食らう。しかし直後に放たれた篠田の最後の本音に、璃歌は噴き出しそうになる。だが、咳払いをして必死に堪えた。

「わたしとしては、早く家に帰ってピザでも頼んでゆっくりしたいんですけど……言われたとおり、頑張ってきます。そうすれば大嶌取締役の諦《あきら》めも早いと思うので」

そういう意味でしょう？　――と小首を傾《かし》げると、篠田が微苦笑を浮かべて襟足《えりあし》を指で掻いた。

「まあ、そういうことだ。ただ機嫌を損ねないようにしろよ？」

璃歌は〝それは難しいかも〟と言いたくなったが、そこはぐっと辛抱して頷《うなず》く。

「さあ、仕事を始めよう。まずは報告、報告！」

元気良くドアを開けて部署に戻る篠田のあとに、璃歌も続いた。

「お帰りなさい」

「お疲れさま」

同僚たちに迎えられて笑顔で返すものの、璃歌の頭の中では、先ほど自分が口にした〝大嶌取締役の諦《あきら》めも早いと思うので〟という言葉がぐるぐると渦巻いていた。

本当に諦《あきら》めてくれるのかどうかは、今夜のやりとりでわかるだろう。

篠田が野崎に報告するのを聞きながら、璃歌は煌人との勉強会に思いを馳《は》せていたのだった。


――数時間後。

昨年末と同じく十八時にロビーに呼び出された璃歌だったが、今日は煌人の姿はなく、小橋がいるのみだった。

小橋は周囲をきょろきょろ見回していたが、璃歌を認めるなり安堵した表情になる。

「白井さん。取締役は既に車の中でお待ちです」

「車の中？　ああ、良かった……」

胸を撫で下ろす璃歌に、小橋が問いかけるように片眉を上げる。それを見て、璃歌は大袈裟《おおげさ》に顔の前で手を左右に振った。

「他意はありませんよ！　彼……取締役は、社内の女性から特別に想われてるじゃないですか。わたしは、あまり目立ちたくなくて」

小橋とロータリーに停まる見慣れた黒い色のセダンへ向かいながら、胸中を打ち明けた。

「白井さんは社内の女性たちと違うと？」

「一緒のように見えます？」

「おかしなことに、どうも彼女たちと反応が違う。最初の出会いがまずかったのかな」

「いいえ、あの日とは関係ないです。今のところ、男性よりも日本酒の方に興味があって。あっ、もちろん取締役が目を惹く男性なのはわかってますから。ただ新潟で出会った彼が――」

そこで口を噤《つぐ》む。

今なら、煌人の謎が解けるかもしれない！

目的の車まであと五メートルほどに近づいていたが、璃歌は小橋の袖を掴《つか》んだ。

「白井さん？」

唐突に触れられて戸惑いの表情を浮かべる小橋に、璃歌は内緒話でもするようにそっと距離を縮めた。

「一つ訊きたいことが……。煌人……いえ、大嶌さんはどうして優男《やさおとこ》を演じてるんですか？」

「はい？」

いきなり煌人の秘密について聞かれるとは思っていなかったのか、小橋の真面目な顔つきが一瞬で崩れた。しかしすぐに咳払いして取り繕《つくろ》う。

「嘘は吐かないでくださいね。社内での大嶌さんと新潟で出会った大嶌さんは、全然違う。彼も隠そうとしないし」

「……そうですね。それは白井さんご自身が、直接取締役にお訊《たず》ねください」

小橋が手を上げて車を示すが、璃歌は顔の前で両手を合わせてもう一度懇願する。

「それができないから――」

「どうぞ」

小橋は急に頑《かたく》なになり、何も答えずに車へと促《うなが》す。

これ以上訊《たず》ねても無駄だと察した璃歌は、仕方なく車へ行こうと顔を上げた。

次の瞬間、その場で飛び上がるほど驚いてしまう。車内にいたはずの煌人が車のドアの前に立っていたのだ。

いったいいつの間に車外に出ていたのか。

胸の前で腕を組む煌人は気怠《けだる》げに車に凭《もた》れて、穴があくほど璃歌を見つめている。

ひょっとして探りを入れていたことに気付かれた？

これからどういった叱責を受けるのだろう。

璃歌の緊張がどんどん高まり、呼吸の間隔が短くなる。吹き込んでくる冷たいビル風で足の先が冷え、頬も痛くなってきた。

このままではどうにかなってしまいそう――そう思った時、煌人が無言で車のドアを開け、顎《あご》で示す。

これ以上緊迫した空気には耐えられない！

璃歌は急いでそこに身を滑り込ませた。隣に彼が座ると、ちょっとの振動でお互いの身体が接触しそうになる。

それを避けるように、必死にドアに身を寄せた。

そんな璃歌を、煌人が横目で凝視《ぎょうし》しているのが伝わってくる。無防備な首筋を手で擦《さす》りたくなるのを堪えて、璃歌は膝の上で両手を握った。車内には張り詰めた空気が満ちていたが、それを破ってくれたのは運転席のドアを強く閉めた小橋だ。

「では、取締役のご自宅へ向かいます」

運転席に座った小橋が、後部座席に座る煌人に伝える。

「ああ」

素っ気ない返事に身震いするが、璃歌はなんでもないふりをして窓の外を眺めた。

会社帰りの人たちやカップル、学生などが、急ぎ足で歩道を進んでいる。コートのポケットに手を突っ込んだり、マフラーにくるまっていたりする姿を見ていると、とても寒いのが伝わってきた。

車内は暖房が効いているので暖かいはずなのに、身体の震えが止まらなかった。

煌人の家での勉強会がどうなるか、想像できないからかもしれない。

もう家に帰って、燗《かん》を飲みながらのんびりしたいな……

璃歌はこれから起こることから逃《のが》れるように、目を瞑《つぶ》ったのだった。

それからどれぐらい経っただろうか。

車は品川駅にほど近いタワーマンションのロータリーに入り、停まった。

「到着しました」

「ありがとう。もう帰ってくれていいから」

えっ、小橋さんは一緒に行ってくれないの!?　――と目で訴えるが、彼は璃歌を無視して、咳払いした。ハッとして横を向くと、車外に出た煌人が璃歌を待っていた。

煌人はここでも何も言わず、身振りで外へと促《うなが》す。

観念した璃歌は、嫌々ながらも立ち上がった。

「さあ、どうぞ」

不意に煌人が微笑みかけてくる。でもその温和な顔の裏に、危険がひそんでいるように感じてならない。

その場に立ち尽くしていると、煌人が璃歌の背に軽く手を添えて促《うなが》す。璃歌は押されるがまま歩き出し、オフホワイトと茶色で統一されたモダンなロビーに入った。

華やかさを演出する煌《きら》めくシャンデリア、温もりを感じさせる大きな風景画、そして居心地の良さそうな応接セットに目を奪われる。

なんて素敵なロビーなのだろうか。しかも、博物館並みに広々としている。

さらに視線を奥へ向けると、エレベーターホールに続く壁際にホテルのフロントみたいな小さなカウンターがあった。

そこには四十代ぐらいの魅力あふれる男性がおり、煌人を認めるなり柔らかな笑みを浮かべて頭を下げた。

「お帰りなさいませ、大嶌さま」

グレーのスーツを纏《まと》った男性は、コンシェルジュだろう。煌人はにっこりして彼に頷《うなず》くと、璃歌をエレベーターホールへと誘《いざな》った。

璃歌は歩きつつも、肩越しにそっとコンシェルジュを窺《うかが》う。

低層マンションならいざしらず、このマンションにはおそらく百世帯以上が暮らしている。にもかかわらず、一目で煌人の名前を口にするということは、彼は高層階に住んでいる特別な住人だと考えられた。

これから向かうそこで、二人きりの勉強会が開かれると思うと気が重くなる。

力なく前を向くと、ちょうどエレベーターの扉が開いた。

煌人に背を押されて乗り込むが、彼がカードキーを差し込んでボタンを押す間も、璃歌はずっと顔をしかめていた。

気分が乗らないだけではない、身体に異変が起き始めたからだ。

胃から腹部、そして下腹部の深奥までが甘怠《あまだる》い。それはアルコールを摂取した時と似ており、妙にざわざわとした悦楽を璃歌にもたらした。

今日はまだ一滴も飲んでいないのに……

相反する心と身体の反応の理由がわからず、頭の中が混乱する。しかしエレベーターの扉が開いて煌人に出るように急き立《せ》てられると、璃歌は前に進むしかなかった。

重たそうな立派な玄関ドアを見つつも、意識は煌人に触れられた背中に集中していく。分厚いコート越しでは煌人の体温など伝わらないのに、触れられたところが熱くなってくる。それは背中から胃へと浸透してきた。

璃歌が胃に手をあてて擦《さす》ると、ぐぅーと音が鳴った。

「あっ……」

その音で、身体の反応がおかしい理由がわかった。お腹が空いているから胃がおかしかったのだ。

「……何？」

「えっ？　あっ……」

璃歌は無表情の煌人を振り仰《あお》ぐ。そこに優男《やさおとこ》の面影は一切ない。

何かを言えば反論されそうな態度に尻込みするが、璃歌はそれを振り払って腹部に視線を落としたあと、煌人に懇願の目を向ける。

「お腹が空いたなって。ここまで来てから言うのもあれだけど、先に夕食を取りません？」

璃歌はにこっと笑って、まずは煌人の出鼻《でばな》を挫《くじ》こうとする。

煌人は呆気に取られた面持《おもも》ちで璃歌を見つめたが、急にふっと頬を緩めた。

「俺を苛立たせたかと思ったら、いとも簡単に心を和《なご》ませて。本当にお前という奴は……」

わたしが苛立たせた？　煌人さんを？　いつ⁉　――と目を白黒させるが、そこを追及したらまた彼の機嫌を損ねるかもしれない。

勉強会では無能な璃歌に嫌気がさすに違いないので、まずは穏便に進めなければ……

「きちんと食べた方が、勉強も捗《はかど》ると思うんですけど」

「既に用意してある。何も食べさせずに勉強させるわけがないだろう？　俺をどんな非道な男だと思ってるんだ？」

煌人が璃歌の額を指で突《つつ》いてきた。

まるで恋人同士みたいな親しげな行為に、璃歌は目をまん丸にする。

「さあ、おいで」

そう言って、煌人が数歩進んだ先のドアの鍵を開け、璃歌を玄関に招き入れた。

あまり周囲を見ないように心掛けるものの、玄関から奥へ続く大理石仕立ての内装に、自然と目が吸い寄せられる。

「わあ……」

感嘆の声を漏らして、煌人の後ろを歩いた。

いくつかドアの前を通り過ぎたが、それらは書斎かマスターベッドルームだろう。

うん？　マスターベッドルーム……？

広い部屋に男性的な大きなベッドがあるのを想像した途端、煌人がしどけない姿でベッドに横たわる光景が脳裏に浮かんだ。

乱れたシャツから引き締まった体躯が覗き、割れた腹筋が目に入る……

何故そんな恰好を思い浮かべてしまったのか。

とはいえ、煌人が身体を鍛えているのは既にわかっている。酒蔵で抱きしめられた折に、この身に感じたからだ。

あの日のことが甦《よみがえ》り、璃歌の頬が上気してくる。しかもその熱が発端となり、煌人にベッドで組み敷かれる自分の姿まで脳裏に浮かんだ。

急に息がしにくくなり、璃歌は喉元に手を添えて生唾を呑み込む。

その時、思い切り何かに額をぶつけてしまった。

「んぷっ！」

勢いのあまり後ろに倒れそうになるが、煌人が腰を強く抱いてくれたおかげで事なきを得る。

「大丈夫か？」

「だ、大丈――」

すぐに答えるが、目の前に煌人の顔があったせいで言葉が喉の奥で詰まった。

「璃歌？」

囁《ささや》かれただけなのに、煌人の吐息で耳孔をくすぐられたような感覚に陥《おちい》り、堪《たま》らず肩を窄《すぼ》めてしまう。

それが恥ずかしくて、咄嗟《とっさ》に煌人の肩を乱暴に押し返した。

「……ってそうじゃなくて、いきなり止まらないでください」

「いや、俺に突進してきたのは璃歌の方で……ああ、もういい。さあこっちだ」

煌人が璃歌の手を取り、奥の部屋へ引き入れた。

広々とした部屋を見た途端、煌人とのやりとりが頭の中から消える。それぐらい素晴らしい部屋だった。

壁に掛けられた大型テレビ、十人は座れそうなソファ、無垢材《むくざい》の天板が使われたダイニングテーブル、その上に敷かれたレース仕立てのテーブルランナーや蝋燭《ろうそく》立てなどにも目を奪われる。大きな窓から望める夜景も素晴らしい。

しかし、璃歌の目を一番惹き付けたのは、リビングルームの端に設置されたバーカウンターだ。

煌人は日本酒しか飲まないと思っていたが、どうやらそれは璃歌の勝手な思い込みだったみたいだ。

そこにはワインの他に、カクテルを作るシェーカーやメジャーカップも置かれている。充実したバーカウンターを見る限り、煌人は自宅でいろいろなお酒を堪能しているに違いない。

他のお酒はいいから、日本酒のお相伴《しょうばん》に与《あずか》りたいな……

「おい、どこへ行こうとしている！」

煌人に腕を引っ張られて、璃歌は目をぱちくりさせる。なんと勝手に足がバーカウンターへ向かおうとしていた。璃歌は苦笑いして、振り返る。

「と、とても素敵な部屋ですね」

必死に取り繕《つくろ》い、身振り手振りで室内を褒める。だが璃歌の胸の内がわかるのか、煌人が呆れたように顔を歪《ゆが》めた。

「そういうことにしておいてやるよ。もうすぐ夕食が――」

と言った瞬間、チャイム音が鳴り響いた。煌人は壁際に設置されたドアホンのボタンを押す。

「入ってもらってください。……璃歌、ちょっと待ってて」

ドアホンに向かって言ってから璃歌に告げると、玄関の方へ歩き出した。

煌人がリビングルームから出ていくと、璃歌はふぅーと長い息を吐いた。

無類の日本酒好きだという自覚はあったが、まさかバーカウンターを見るなりそちらにふらふらと引き寄せられるなんて自分でも思わなかった。

ここには勉強をするために来ているのだから、日本酒をほしがってはダメだ。

璃歌は自分に言い聞かせて、バッグと脱いだコートをソファに置く。

その後、もう一度周囲を見回し、窓に映る自分の姿を眺めた。

今日はチェック柄の巻きスカートに黒色のタートルネックを合わせ、パールのネックレスで華やかさを出していた。

会議があったのでいつもより控えめな色の服にしたが、こうやって確認すると、初めてのデートに胸を躍《おど》らせてフェミニンな服を選んだようにも見えなくはない。

それは良くない気がして、璃歌は首の後ろに両手を回してネックレスを外そうとした。

「璃歌」

前触れもなく名前を呼ばれて、璃歌はさっと手を下ろし振り返る。

「こっちにおいで」

大きくて薄い箱を持った煌人が顎《あご》で璃歌を招き、リビングルームのガラステーブルに箱を置いた。

璃歌が近づくと煌人が隣を示す。躊躇《ためら》いつつも、彼が指した場所に腰を下ろした。

「もしかしてピザ？」

煌人から受け取ったウエットティッシュで手を拭《ぬぐ》い、蓋を開ける彼に問いかける。

「食べたかったんだろう？」

「え……？」

確かに久しぶりにピザでも食べたいなと思っていたが、どうして煌人はそれを知っているのだろうか。

瞬《まばた》きもせずに煌人を見つめると、彼がピザの一切れを紙皿に載せて璃歌の前に置いた。それは照り焼きチキンのピザだった。コーンの他に、ほうれん草も載っていて、とても美味しそうだ。香ばしい匂いに食欲をそそられ、再びお腹が鳴る。

「聞いたから。廊下で篠田係長に言ってたのを」

「……廊下で？」

確かにマーケティング事業部の前で、篠田にピザの話をした記憶がある。でもあの時は、誰も周囲にいなかったはずなのに……

「もしかして――」

煌人は何か用事があって璃歌を追いかけてきた？　その時に盗み聞きを⁉

璃歌が目をまん丸にすると、煌人はぷいと顔を背けた。

「ぐ、偶然だ。璃歌に話があって追いかけたが、途中で今夜話せばいいと思い直した」

璃歌の目を避けるような仕草に、笑いが込み上げる。女性社員たちの前で演じる煌人と違うせいかもしれない。

皆から慕われる〝抱かれたい男一位〟の優男《やさおとこ》より、感情を露《あらわ》にする煌人の方が好きかも……

失笑を堪え切れずに肩を動かしてしまった時、煌人が何かをテーブルに置いた。

それはファイルに綴《と》じられた資料の山だった。その意味がなんなのかわかるや否や、璃歌の顔から笑みが消えて頬が引き攣《つ》り始める。

「ピザを食べながら勉強だ」

前言撤回。今は優男《やさおとこ》を演じてほしい——そう願うものの、女性を虜《とりこ》にするあの笑顔を向けられると思っただけで、璃歌の背筋に怖気《おぞけ》が走った。

やっぱりそういう偽りの優しさはいらない！

璃歌は嫌なものでも見るようにファイルに視線を落とし、おずおずと顔を上げた。

「どうせなら、食べ終わってからにしません？」

璃歌は懇願の目を向けるが、煌人は動じない。それどころか〝早く受け取れ〟と顎《あご》で示す。

「食事する時間を取れば勉強会の終了時間が遅くなる。そうなれば、終電に乗り遅れて俺の家に泊まることになる。そうなってもいいのか？」

泊まる？　煌人の家に……？

途端、ほんの数分前に脳裏に浮かんだ、煌人に押し倒されるシーンが甦《よみがえ》った。璃歌は空いた手でファイルを受け取る。

「早く終えて、自分の家に帰ります」

「だろう？　さあ、どれぐらい知識があるのか教えてくれ」

「あっ……」

自然と璃歌の顔が歪《ゆが》んでいく。

「なんだよ、その顔は」

「最初に言っておきますけど、あまり期待しないでほしいな……と」

「元から期待などしていない。どれぐらい頭に入っているか、それを知りたいだけだ」

璃歌は肩を落とし、手にしたファイルを見下ろす。

煌人の期待に沿いたいが、一時間もすれば彼は知ることになるだろう。

どうにもならないほど、璃歌の物覚えが悪いというのを……

「じゃ、やりましょう！」

観念した璃歌に、煌人が満足げに腰を上げた。キッチンに行った彼は、微炭酸水を持って戻り、璃歌の前にも置く。

煌人がソファに腰を下ろしてピザを食べる中、璃歌はソファから床に滑り下り、テーブルに置いたファイルを開けた。

そうして炭火の風味がきいた照り焼きチキンピザを食べながら日本酒の勉強を始めたのだった。

食べ終わってから一時間、二時間と経つにつれて、しっかり座っていた煌人はしどけなくソファに寝転がり、幾度もやる瀬なさそうにため息を吐く。

璃歌は煌人に見守られ……否、監視されて、日本酒造りの工程とにらめっこする。

用紙に書かれた字を見ても意味をなさない。ただパズルのように字が蠢《うごめ》いた。

なんとかして頭に入れようとするが、やはり上手くいかない。

「生酛《きもと》造りと山廃《やまはい》仕込みの違いは？」

背後から質問され、璃歌の身体がビクッと震える。

「き、生酛《きもと》造りって……よく瓶に表記されてるものよね？」

「さすが、日本酒好きのことはある。ラベルも商品の一つとして覚えてるんだな」

褒められて頬が緩む。

「だって、酒蔵によってラベルも様々で、とても芸術的で素敵だから」

璃歌は振り返るが、無表情の煌人と目が合って動きをぴたりと止める。

「それで違いは？」

小首を傾《かし》げて答えを求められて、璃歌は急いで彼に背を向けた。

「えーと……」

どこかに書いてあったのを覚えていた璃歌は、記憶を辿って口を開く。

「日本酒を造る工程は同じだけど、ちょっとした作り方の違いで変わるのよね？　……

そうそう、酒母《しゅぼ》が関係してくるの！」

辛うじて思い出し、璃歌は意気揚々《いきようよう》と答える。

「酒母《しゅぼ》とは？」

「日本酒の発酵の元になるもの」

「そうだ」

辛うじて一つクリアできて心が軽くなる。でもこれで終わるわけがない。

案の定、背後にいる煌人が肘をついて上体を起こし、璃歌に顔を寄せてきた。

「ではさらに深掘りしてみよう。酒母《しゅぼ》には乳酸が必要だ。乳酸を加えることで強い酸性に保たれ、雑菌の繁殖が抑えられる。でもそれだけでなく、あともう一つ必要な条件がある。それは？」

「条件!?」

条件って何？　この他に何が必要なの!?

まだ基本的な日本酒の造り方のため、必ずどこかに書いてあるはずだ。

璃歌は慌てふためきながら、ファイルを顔の前に広げ、何枚もの用紙を捲《めく》った。しかし、その部分が見当たらない。焦るあまり、何を言われていたのかさえわからなくなる。

いつまで経っても答えない璃歌に痺《しび》れを切らした煌人は、とうとう諦《あきら》めに似た吐息を璃歌の耳元で吐いた。

「これだろう？」

煌人が手を伸ばし、日本酒造りの工程図を指す。

そこには〝濃糖であること〟と書かれてあった。糖分が薄いと雑菌が繁殖し、濃いと抑制されるとある。例として、蜂蜜や水飴は常温で放置しておいても腐敗しないと明記されていた。

璃歌は瞼《まぶた》を閉じて項垂《うなだ》れる。

「酒母《しゅぼ》の絶対条件ぐらい、覚えておかないと――」

説教じみた煌人の言葉を神妙に聞き、大人しく何度も頷《うなず》く。しかし正直興味がないので、まったく頭に入ってこなかった。

そんな璃歌の目を釘付けにしたのが、手元の資料に書かれた〝米や米麹《こめこうじ》のすり潰《つぶ》し方で味が変わる〟というものだった。

様々な日本酒を思い出し、舌がうずうずしてきた。

飲みたいな……。

バーカウンターに惹かれてそちらに目線を向けると、煌人が咳払いをした。璃歌は慌てて手元の資料に視線を落とす。

「皆を唸らせるほどの舌を持っているのに、どうしてこうも物覚えが悪いのか」

「だから上司たちからも、呆れられて――」

と言った瞬間、煌人が立ち上がった。

「もっと勉強します！」

怒られると思った璃歌は、資料に顔を突っ込む。いくら読んでも頭に入らないことは自覚しているが、態度だけは従順に見せなければならない。

そうしなければ、煌人にはわかってもらえないだろう。一生懸命に勉強しても無理だということを……。

煌人がどこかへ行っている間、璃歌は黙々と用紙を捲《めく》っていく。ちょうど〝あらばしり〟の文字が目に飛び込み、ぴたりと手が止まった。

加圧なしで最初に取れる原酒で、日本酒の中で一番美味しいとされている。特徴は濁《にご》り酒で、発泡しているものが多い。

ああ、美味しそう……！

「春になったら絶対に光富酒造へ行く」

できれば、蔵元さんへの挨拶《あいさつ》と蔵開きが重なればいいな――と思っていると、璃歌の前に何かが置かれた。

資料から顔を上げて、ガラステーブルを見る。

江戸切子のグラスに入った液体が日本酒だとわかるや否や、璃歌の口元が緩み頬が上気してきた。手にしたファイルを横に置き、興味津々《きょうみしんしん》でグラスを眺める。

璃歌はソファに座った煌人を振り返り、目で〝飲んでいいの？〟と訊《たず》ねた。クッションを脇に挟み、肘に体重をかけていた彼が頷《うなず》く。

「今日の勉強はこれで終わりにしよう。成果はなかったが約束したからな。璃歌に珍しい酒を飲ませてあげると」

「これがそれですか？」

「今朝、埼玉県の酒蔵で手に入れた〝蜜香の星砂《みっかのほしすな》〟という立春朝搾りだ。搾りたて新酒のうちの一つだが、これは別ものと思っていい。立春の日にしか売られないから」

「聞いたことがあります。立春の日は日本酒好きにとって特別で、早朝からお目当ての酒蔵に並んで限定酒を買うって」

「それがこれだよ」

「ひょっとして煌人さんが並んで買ったの？」

璃歌の問いに、煌人が〝当たり前だろ〟と言うように片眉を上げた。

「璃歌だったら喜んでくれると思ってね」

にっこりする煌人につられて、璃歌も目を輝かせる。

「もちろん喜ぶに決まってる！」

「立春朝搾りは、今日のうちに飲んでしまうべきものだ。さあ、味見をしてごらん」

煌人に促《うなが》されて、璃歌はグラスを持って香りを嗅いだ。

「これが〝蜜香の星砂〟なのね。ああ、とてもいい香り！」

今日しか販売されない日本酒を飲めるなんて、こんなに欣喜《きんき》することはない。

一瞬、これを飲んだら無理難題を押し付けられるかもしれないという不安が頭を過《よぎ》ったが、貴重なお酒を前にしたらもうどうでも良くなる。

璃歌はそっと一口含んだ。

原酒なので味わいは濃厚。フレッシュな爽快感があり、日本酒が持つ本来の味わいを楽しめる。これが〝あらばしり〟だ。

まろやかな甘みに、自然と口角が上がる。

「熱燗でも美味しいかも……」

「温めるとさらに香りが立って美味しいだろうな。だが限定酒は、そのまま味わうのがいい」

璃歌は静かに頷《うなず》いて賛同した。

温めなくてもこれほど芳醇《ほうじゅん》な香りがするなんて……！

「来年は、また違う酒蔵のものを手に入れよう」

璃歌は咄嗟《とっさ》に腰を捻《ひね》り、気怠《けだる》げに寛《くつろ》ぐ煌人と目を合わせる。

「……本当？」

「ああ」

「年に一度しか飲めない限定酒なのに、わたしに飲ませると決めていいの？」

ソファに肘をのせ、煌人の本意を探ろうと顔を寄せた。すると、彼はこれまでに見たことがないほど柔らかな笑みを浮かべた。

「璃歌と一緒に飲みたい……」

「言質《げんち》を取ったわ！」

驚喜《きょうき》を隠さず、璃歌は目を輝かせる。

「約束を破らないでね」

「わかってる。その代わり勉強はしっかりやってもらうが」

「絶対今日と同じようになると思うけど」

璃歌が顔を歪《ゆが》めて期待には沿えない旨を暗に伝えると、煌人は呆れ気味に目を眇《すが》めた。

「まさか、ここまで物覚えが悪いとは想像すらしてなかったよ」

璃歌は苦笑して、手にしたグラスに視線を落とした。

いつの日か、煌人も野崎や篠田みたいに諦《あきら》めてくれるだろう。日本酒の味がわかるこの舌だけがあればいいと……

「入社当時から本当に覚えられなくて。勉強会では、野崎部長がわたしに知識を身に付けさせようと頑張ってくれたけど、上手くいかなかった」

璃歌は自分の胸を叩いた。

「今日の結果を見れば一目瞭然《いちもくりょうぜん》でしょう？　だから煌人さんもわたしに幻滅して、勉強をさせるのは無駄だとわかる日は近いと思う。というわけで、考えが変わったら遠慮せずに言ってください。わたしも早く……この勉強会を終わらせたいし」

最後はぼそっと呟《つぶや》いた。正直な気持ちだった。頭に入らないのに、いつまでも煌人の家で勉強を続けたくはない。

しかし、理由はそれのみではない。これまでずっと日本酒につられて煌人に流されているが、意外と彼とのやりとりを楽しんでいるためだ。

こんなの、自分らしくない。

美味しい日本酒に巡り合えるだけで幸せだったのに、煌人と出会ったせいで心が波立ってしまう。

璃歌は唇を引き結び、姿勢を元に戻した。ソファに凭《もた》れて、グラスに入った日本酒の香りを嗅ぐ。

「俺が璃歌を？　……悪いが、それは一生ないな。これまでの人生、手に入れたいと思ったものは一度として諦《あきら》めたことはないんだ」

「そうですか……」

璃歌は半ば聞き流し、日本酒を口に運んだ。

何も考えたくない時は、美味しい日本酒を飲むに限る。

「うーん、やっぱり美味しい。日本酒というよりジュースみたい。アルコール度数が高いから、ジュースではないけど」

そうやってちびちびと飲んでは、香りのあとに広がるフレッシュな味を堪能していた。

「璃歌？　……璃歌？」

深い声音で耳孔をくすぐられて、璃歌の背筋に甘い疼《うず》きが走る。咄嗟《とっさ》に返事ができないほど、全神経が煌人に向いていた。

どうにかして意識を逸らそうと、再び日本酒を飲む。舌先を濡らす程度しか含んでいないが、それでもアルコールが強張《こわば》った筋肉をほぐしてくれる。

四肢の力が緩むのを感じながら、目を閉じた。

「そんなに美味しいか？」

「ええ、とても……」

そう返事をした璃歌だったが、あることに気付いてぱっと目を開ける。

そういえば煌人は日本酒を注いでくれたが、用意したのは一人分だった。彼は璃歌が日本酒を飲む姿を眺めるだけで、自分は飲んでいない。

その事実に愕然《がくぜん》とした時、不意に肩を抱かれて、璃歌は息を呑んだ。

煌人は璃歌の反応に気付かないのか、少しずつ体重を掛けてくる。それに合わせて璃歌の顎《あご》に指を添えてきた。

「だったら、俺も飲んでみないと」

「……う、うん。わたしに構わず注いできてください」

触れられても気にしないように努めて、大人の振る舞いをする。そして、手持ち無沙汰を解消するべくグラスの中身を一気に呷《あお》った。

鼻から抜ける香りを楽しもうとしたまさにその瞬間、顔を横に向けさせられた。

「……っ！」

目の前にあったのは、こちらに見入る煌人の顔。

煌人は距離を縮め、璃歌の唇を塞いだ。あまりにも突然過ぎて、璃歌の頭の中が真っ白になる。日本酒を飲み干せないほど身体が硬直した。

なのに煌人は璃歌の唇を味わい始める。彼に導《みちび》かれて口を開けてしまうと、口腔《こうこう》にある日本酒を彼が吸い上げた。璃歌の唇の端から零《こぼ》れるものを指で拭《ぬぐ》いつつ、最後の最後まで味わい尽くそうとする。

「ン……っ、ふぁ……」

苦しさのあまり、璃歌は喘《あえ》いだ。その吐息さえも煌人は自分のものだと言いたげに奪う。

煌人は璃歌の唇を何度もついばんだ。心をこじ開けるかのように割れ目に沿って舌でなぞり、そこを突く。

そうされればされるほど下腹部の深奥がじわじわと熱を帯び、脚の付け根が怠《だる》くなる。乳房が重くなり、頂《いただき》も痛くなってきた。

こうした行為があまりにも久しぶりすぎるせいか、頭が上手く回らない。煌人の唇があやしく蠢《うごめ》くたびに、そこに意識が集中してしまう。

しかも軽く首筋を撫でられて、何がなんだかわからなくなっていった。

煌人にされるがままキスを受け入れていると、彼が唇を割り、生温かい舌を滑り込ませた。

「あ……っ、んふ……」

「んくっ……ン！」

堪《たま》らず上体を引いて逃げようとするが、煌人にがっちり押さえ込まれて動けない。キスを受け入れるしかなくなると、彼は一層口づけを深めてきた。

「あっ……んっ、く……」

璃歌は逃げるものの、煌人の舌に追いかけられ、瞬《また》く間に搦《から》め捕《と》られた。

ダメ、ダメ……！

スカートの裾をぎゅっと握り締める。しかし、そんな真似をしてもどうにもならない。

煌人の行為に、身も心も震えていると実感するだけだった。

ぐちゅぐちゅと粘液音を立てられ聴覚まで犯されたら、そうなるのも当然だ。

どうして私にキスを？　――と頭の片隅で疑問が湧いたが、凄《すさ》まじい勢いで貪《むさぼ》られているうちにどうでも良くなる。

心が揺らぐにつれてスカートを掴《つか》む力が緩んでくる。すると煌人が璃歌の唇をやんわりと舌で舐《な》めて、顔を離した。

「あ……っ」

じんじんと疼《うず》く唇に舌を這《は》わせて、そこが腫《は》れているのかどうか知りたい衝動に駆られた。でも必死に堪えて、瞼《まぶた》を開ける。

「思っていたとおり、とても芳醇《ほうじゅん》で甘く……癖になるほど美味しい」

煌人は双眸《そうぼう》に情熱を宿して、璃歌の濡れた唇を意味深に指で辿る。

璃歌がしたかったことをされて、心臓が激しく高鳴った。呼吸のリズムも不規則になり、息も弾んでくる。

吐息が煌人の指にかかっているはずなのに、彼は気にする素振りもなく執拗《しつよう》に触れ続けた。

「柔らかくて、まろやかで……俺をそそる」

そう言って、璃歌の目を射貫《いぬ》く。

璃歌は〝何を言ってるの？〟と冗談めかして煌人を退《しりぞ》けるべきだが、あまりにも温和な表情と真剣な眼差しに動けない。

煌人に対しては、既に好意を持っている。彼の素性を知って関わり合いになりたくないと思っても、彼の璃歌に対する態度は誠実だった。なので心を許していたし、信頼していた。

だから余計に、こんな風に一線を越えられたらどうすればいいのかわからない。

だが、璃歌の困惑とは裏腹に、体内に焚《た》き付けられた火は燃え広がっていく。

次第に二人の間で漂う空気がピンと張り詰めていった。

重たい空気に耐え切れなくなった璃歌は、煌人の目を避けて視線を彷徨《さまよ》わせる。すると、彼が璃歌の乱れた髪を撫でた。

「……っ！」

璃歌は反射的に顔を上げる。煌人は笑みを絶やさず、璃歌の髪をそっと耳にかけた。

その拍子に、彼の指が感じやすい首筋をかすめる。

「ンっ……ぁ」

息を呑むような喘《あえ》ぎを漏らし、ビクンと身体を震わせてしまう。

そんな璃歌を見つめながら、煌人がゆっくり顔を近づけ、再び璃歌の唇を塞いだ。

「んう……」

煌人の唇が、璃歌を求めて何度も吸い付く。さらに首筋を撫でる感触に心を乱されて、身体の芯がふにゃふにゃに蕩《とろ》けていった。

煌人の口づけが激しくなるにつれて、手の力が抜けて持っていたグラスが床に転がる。

コロンコロン……と転がる音が響いたが、意識はそちらに向かない。

いつしか璃歌は煌人の求めを受け入れるように目を閉じ、片手を彼の腕に置いた。そして、彼が璃歌の柔らかな唇をついばむのに合わせて、自身も彼を味わっていたのだった。

第四章

梅の花が咲き誇り、あちらこちらで観賞を楽しむ人たちが多くなってきた三月上旬。日中は冷たい風に身震いすることもあったが、春に向かってようやく過ごしやすくなってきた。

「いい天気だな」

煌人は白い雲がところどころに浮かぶ青い空を眺めたあと、人出が多い広場を見回した。

煌人たちは和歌山県で行われている城下祭りに来ていた。

二月下旬から全国各地で蔵開きが始まったのもあり、煌人は仕事で飛び回っていた。今回出張先の山口県から和歌山県に移動したのもその延長上だが、この忙しさの中、まさか部下に任せず自《みずか》ら和歌山県入りすることになるとは……

というのも、現在和歌山県の紀乃伊《きのい》酒造との契約を見直す件が持ち上がっており、それが関係している。

取引先から紀乃伊酒造の日本酒の味がおかしいと連絡が入ったのは、つい最近のこと。

ＫＵＲＡＳＡＫＩコーポレーションでは、味覚試験に合格した社員たちに定期的に取り扱っている日本酒を試飲させ、品質に変化がないかを確認している。

彼らのチェックシートに目を通した限り、問題はなかった。ただ璃歌だけは違った。

彼女はほんのわずかだが、香りが薄く感じると指摘していた。

時間が経つにつれて深みが増すのであればいいが、香りが薄くなるのはおかしすぎる。

璃歌の舌を信頼している煌人は、問題なしと記載した社員たちに再度試飲させた。

その結果、ここ数ヶ月のものに関しては誰も感じなかったが、半年以上経ったものに限り香りが薄く感じるという意見が出たのだ。

火入《ひい》れが悪いのか、それとも仕入れ先の米蔵を変えたのか。もしくは栓の締まりが悪く、運送途中で香りが抜けた可能性も考えられる。そのあたりの原因は不明だ。

即刻緊急会議を開くと、その場で出荷停止を決定し、ひとまず先方に改善を求めることとなった。

担当者が紀乃伊酒造に通告したが、返事は〝不備は見当たらない〟の一点張り。

とうとう紀乃伊酒造との契約について検討し直したい旨を知らせたところ、先方が城下祭りに合わせて席を設けるので来てくれと言い出したのだ。

この接待がなければ、璃歌を和歌山県に呼び寄せて新酒を飲ませてあげたのに……

「璃歌、ね……」

「何か？」

煌人は自分が無意識のうちに璃歌の名を口に出していたと気付く。苦笑いし、こちらを窺《うかが》う小橋に顔を向けた。

「とても賑わってるな」

「はい」

煌人たちは、立ち並ぶ出店の前を通る。

そこにはご当地名物の豚骨醤油《とんこつしょうゆ》ラーメン、那智勝浦《なちかつうら》のマグロ丼、加太《かだ》の真鯛《まだい》寿司、そして高菜《たかな》の塩漬けを巻いためはり寿司などがある。他にはジェラートやフランクフルト、たこ焼きや唐揚げ、串焼きなども見られた。しかも、この城下祭りでは蔵開きで詰めた日本酒も販売されている。

当然試飲するつもりだが、それだけで終わらせるのは勿体《もったい》ない。

「今夜は泊まる予定だったな。せっかく来たんだ、明日は地元の造り酒屋巡りをするか。ここに璃歌がいれば、彼女の舌で仕事が捗《はかど》っただろうな」

「まだ白井さんと仲直りしてないんですか？」

小橋の容赦ない言葉に、冷たい目を向ける。

「何が言いたい？」

「長いなと思いまして。取締役の自宅で勉強会を開いたあと、社内でも避けられていましたよね？　主査として呼び出しても、毎回仕事で外出中でしたし。まあ、それは仕方ないとしても……白井さんがそこまで取締役を拒むなんて。あの日、いったい何をなさったんですか？」

「どうして俺が何かをしたと断言するんだ？　璃歌がしたとは思わないのか？」

煌人は呆れ気味に言うが、小橋は自分の目で見たかのように力強く頷《うなず》いた。

「もちろんです。白井さんが取締役に何ができるっていうんです？　一介の社員が、取締役に歯向かえるわけがありません」

「それができる――」

と言いかけて思い直し、煌人はひらひらと手を振る。

「あそこに紀乃伊酒造の店が出てる。お前の分も一緒に適当に買ってきてくれ」

小橋は表情を引き締めて軽く頷《うなず》いた。

出店に向かう小橋の背中を見送っていた煌人は、璃歌を想い、静かに大息した。

璃歌にキスしたあの日以降、ずっと彼女に会えていない。ちょうど全国各地で蔵開きが始まり、出張が立て続けに入ったので、すれ違うのも仕方がない。

だが、直接呼び出そうとしても仕事でタイミングが合わないし、携帯電話にも出てもらえなくなるとは思ってもみなかった。

まあ、恋人でもない男から唇を奪われれば、誰だって怒るに決まっている。しかも口づけをしながら璃歌の腕を撫で下ろし、柔らかな乳房に触れれば……

あの夜、璃歌は煌人に触れられた途端我に返り、急に立ち上がった。目を泳がせて〝その、あの……わたしは……〟と口をもごもごさせたのち、素早くコートを掴《つか》んで部屋を出ていった。

煌人は璃歌を呼び止めず、彼女のしたいようにさせた。あの恐れを知らない彼女が自《みずか》ら逃げ出したのだ。気持ちの整理をつけられなかったのだろう。

そうなってもおかしくはない。

しかし、こっちの身にもなってほしい。自分がこんなに振り回されるなんて、いったい誰が予想できただろうか。

最初は光富に気に入られた璃歌を手元に置き、利用するつもりだった。なのに彼女の舌に敬服したあとは、次第に彼女と接するのが楽しくなってしまった。

璃歌は全てにおいて、煌人の考えの上を行ったのだ。

強盗に立ち向かった時もそうだが、煌人が優男《やさおとこ》を演じる取締役だと知ったのに、態度を変えず、一人の人間として接してくれた。

後者については、どれほど嬉しかったか……

璃歌はそんな煌人の想いを知る由もない。煌人など眼中にないのだ。

女性社員に囲まれた煌人を見ても興味を示さない。堂々と篠田といちゃつく。煌人のマンションに向かう際もそうだ。

何故か小橋に煌人のことを訊いていた。直接質問すれば答えるのに、煌人とは距離を置こうとするばかり。

璃歌と話したい、ずっと傍にいてほしい――そう願ってしまうほど、煌人は心をがっちり掴《つか》まれたのに、彼女は気にする素振りすらないとは。

煌人は苦々しく笑った。

「それが悔しかった。それで俺は――」

振り向いてほしいと切望した結果、璃歌に手を出してしまった。

こんなに心を揺り動かされた女性は初めてだ。

だが璃歌は、煌人から逃げ回っている。しかしそれは、本当に彼女の本心によるものなのだろうか。

あの夜の出来事を、これまで何度も振り返ったが、解せないことが一つある。

どうして璃歌は煌人とのキスを嫌がらなかったのか。何故彼女は、自《みずか》ら求めるように煌人の動きに感応したのか。

もしかして、煌人に興味を持ってくれた？

煌人は取り出したスマートフォンに璃歌の携帯番号を表示させ、発信ボタンを押した。

頼む、出てくれ……

呼び出し音が続くが、十回以上鳴っても通じなかった。会社が休みなので仕方がないが、拒まれている感は否めない。

煌人は電話を切り、力なく手を下ろした。

「俺からずっと逃げ切れると思うなよ」

あの日、璃歌はどういう想いで煌人に応じたのか、必ず胸の内を聞き出す。

そう強く思いながらスマートフォンをきつく握り締めた時、小橋が戻ってきた。

「お待たせしました。取引しているものではありませんが、今年の新酒です」

「ありがとう」

カップを受け取った瞬間、誰かがぶつかってきた。カップから日本酒が零《こぼ》れて、煌人の手元が濡れる。

「すみません！　大丈夫ですか？」

「ああ、大丈夫――」

そう言って振り返り、煌人はあたふたする女性を見下ろす。だが申し訳なさそうにする女性を認めた瞬間、唖然としたのだった。

＊＊＊

——煌人が城下祭りで酒を零す一時間前。

午前中に東京を発《た》って大阪入りした璃歌は、電車を乗り換えて和歌山へ移動した。

ちょうどSNSで知り合った日本酒好きのグループから〝和歌山県で行われる祭りに、蔵開きで詰めた日本酒が並ぶよ〟と聞いたので、こうしてやってきた。

「なんて素敵なの！」

遠く望む和歌山城に感嘆の息を零《こぼ》し、賑わう祭りの風景に目を輝かせた。

桜の季節には早いが、もし桜が咲いていたらもっと綺麗《きれい》だったかもしれない。

でもわたしは花より団子《だんご》——と笑みを零《こぼ》した璃歌だったが、観光客らしからぬスーツを着た男性たちが日本酒ブースの方へ歩いていくのを見てドキッとする。

もしかして酒造メーカーや卸《おろし》関係者だろうか。

そう思った途端、璃歌の表情がだんだん曇っていった。

ここへ来たのは、もちろん蔵開きの新酒が目当てだ。でもわざわざ遠出してきた理由は、他にもある。

家に一人でいると、煌人にされたキスのことを考えてしまうからだ。

あの日の夜は勉強会だったので、もちろんそんな甘い雰囲気ではなかった。煌人の問いに必死に答え、美味しい日本酒に舌鼓《したつづみ》を打った。

なのにどうしてか、煌人が急に璃歌の唇を求めた。最初は思考が停止してされるがまだったが、二回目は心を動かされてしまった。

そんなつもりはなかったのに……

服の上からとはいえ、璃歌は煌人に胸を触れられてようやく我に返った。ただ彼のキスに応じた自分の感情がわからず、逃げるように部屋を飛び出した。

あの日、どうして煌人のキスを受け入れてしまったのか。

その意味は？　――とこれまで何度も自分に問いかけた。そのたびに答えは喉の奥に引っ掛かったかのように出てこなかった。

ちょうどマーケティングの仕事で外出する日が多かったので、煌人の呼び出しに応じなくて済んだが、これ以上もう逃げられない。

煌人に訊《たず》ねられる前に、自分の気持ちに答えを出しておかないと……

だけど今日はキスの件は考えない。気分転換がしたくて遠出したのだから。

「うーん！」

璃歌は人目もはばからず大きく伸びをして深呼吸をした。そして、漂ってくる美味しそうな匂いに、鼻をくんくんさせる。

ちょうどお昼時なので混んではいるが、日本酒を飲む前に何かお腹に入れておいた方がいい。

璃歌は会場案内のパンフレットを手に、観光客と同じように出店を見て回る。

豚骨醤油《とんこつしょうゆ》ラーメンも食べたいが、めはり寿司も味わいたい。

「どっちを食べようかな。……両方いっちゃう？」

いい香りにそそられた璃歌は、結局豚骨醤油《とんこつしょうゆ》ラーメンとめはり寿司を購入し、イートインのテーブルで食事をした。

豚骨《とんこつ》という名が付くのでこってりした博多《はかた》ラーメンを想像したが、思ったよりもあっさりしていて美味しい。スープまで飲み干したいぐらいだが、このあと新酒の飲み歩きをすることを考えてスープは残した。

次はめはり寿司に手を伸ばす。高菜《たかな》のピリッとした辛みに食欲を刺激される。ラーメンを食べたばかりなのに、大きなめはり寿司二個をぺろりと食べ切ってしまった。

自分の食欲に笑いが止まらなくなったが、次はお目当ての試飲が待っている。テーブルを片付けた璃歌は、意気揚々《いきようよう》と日本酒ブースへ歩き出した。

しばらくすると、徐々に周囲の年齢層が上がっていった。

家族づれや大学生ぐらいのグループ、スーツ姿のグループはいるが、中学生や高校生といった明らかに未成年のグループはいない。

璃歌はパンフレットを見て、まずどこの酒造会社の新酒にしようかと悩む。

自社と契約していない酒造会社から回るのが一番いいかなと思ったが、ある酒造会社の名前が目に飛び込んできて思考がぴたりと止まる。

「……紀乃伊酒造？」

KURASAKIコーポレーションと契約している造り酒屋の一つだが、どうして引っ掛かるのだろうか。

日本酒ブースへ向かう間も考え続け、璃歌は唐突にある出来事を思い出した。

「そうよ！　鼻に抜ける香りが薄く感じたんだった」

昨年の試飲会議では、候補の日本酒だけではなく、契約済みの日本酒も無作為に出されていた。味に変化がないか確かめるためだったが、そこで異変に気付いたのだ。

璃歌はチェックシートに記載したが、当時は上からの問い合わせはなかった。しかし今年に入ってから、いろいろと動いているようだ。

部長である野崎から聞いた話だが、香りの変化に気付かなかった担当社員たちに再度試飲チェックを求めたらしい。そこでようやく香りが薄いという言葉が上がったとのことだった。

緊急会議が開かれ、出荷を停止するとともに紀乃伊酒造に改善を求めたが、一向に進展がないという。

何か手立てを講じたとは思うが、その先のことは璃歌のところまでは届いていない。だが、一度首を傾《かし》げた酒造会社だからこそ、他の日本酒はどうなのか、試飲してみてもいいかもしれない。

紀乃伊酒造の新酒を味わおうと決め、璃歌は踵《きびす》を返した。

次の瞬間、立ち止まっていた人に勢いよくぶつかってしまった。そのせいで男性が持っていたカップの中身が跳ね上がり、彼の手元にかかる。

立ち上《のぼ》るアルコール臭に、男性が持っていたのが日本酒だと察した。

「すみません！　大丈夫ですか？」

璃歌はポケットからハンカチを取り出し、スーツを拭《ぬぐ》いながら顔を上げた。

「ああ、大丈夫――」

こちらに焦点を合わせた男性の顔を見て、璃歌の思考がぴたりと停止する。

まさか、嘘でしょう……！

東京から離れた場所で、偶然会うなんてあり得ない。

目の前にいる男性――煌人は璃歌同様、呆然としていた。先に我に返った璃歌は咄嗟《とっさ》に手を引く。

まずは逃げなければ。まだ心の準備ができていない！

「あの、大丈夫そうで良かったです。ではこれで――」

「待て！」

身を翻《ひるがえ》して逃げようとしたが、煌人に腕を掴《つか》まれて阻《はば》まれてしまう。

「これはこれは……」

煌人がにっこり微笑んで、璃歌に顔を近づけてきた。上体を反らして躱《かわ》そうとするが、それさえもできないように腕を引っ張られる。

「まさかこんなところで君に会えるとはね。……ずっと俺を避けていたのに」

「避けるだなんてとんでもない！　主査としての業務の他にも、わたしには仕事があるので」

そう、嘘は吐いていない。本当に仕事が忙しかったのだ。

「ふ～ん、そうなのか？」

煌人の顔つきが一瞬にして変わる。

それは女性社員を虜《とりこ》にする優男《やさおとこ》のものと似ていて、璃歌の心臓が嫌な感じに弾んだ。

女性社員全般に接するのと同じ態度に、胸の奥がムカムカしてくる。

「……やめて」

そんな風にわたしに接しないで――そう言おうとした時、煌人の笑みが消え、仮面が剥《は》がれ落ちた。

いつもの煌人だ。璃歌に対して素の姿を見せてくれる、正真正銘の彼だ。安堵と嬉しさが相まって、胸に喜びが広がっていく。

自然と璃歌の口元が緩むが、それが煌人を不機嫌にさせてしまったようだ。

「何がおかしい？」

「おかしい？　ち、違う……わたしは――」

「取締役、まずは袖口を拭きましょう」

突然割って入ったのは小橋だ。

煌人と一緒にいるということは、ここには仕事で来ているのだろう。

合点《がてん》がいった璃歌は、小橋が動く前に煌人の手を取り、ハンカチで拭《ぬぐ》い始めた。

「小橋さん、クリーニングに出す時間はありますか？」

「必要ない」

煌人が間髪《かんはつ》を容《い》れずに答える。

璃歌は〝本当に？〟と小橋に目で問うが、彼は呆れ気味に肩をすくめるだけだった。

どうしようかと悩んでいると、こちらを一心に見つめる煌人と目が合った。先ほどの不機嫌さは消え、ただ璃歌の考えを読み取ろうとしてくる。

煌人の眼差しに気が動転して視線を落とすが、その拍子に彼の唇を捉えてしまった。

途端、息が詰まるような苦しさに襲われる。しかしそれは不快なものではなく、やがて、四肢が甘怠《あまだる》くなるような疼《うず》きに変わっていった。

あの唇が璃歌を味わい、吸ったのだ。そして舌を挿入した煌人に、璃歌は心ごと奪われて……

「接待が始まる頃には乾いているでしょう」

「接待!?」

小橋の言葉に、璃歌は叫ぶ。

「ええ。今夜開かれるんです。それで我々は出張先から直接こちらに移動を」

そう言って、小橋が煌人をそっと窺《うかが》う。その動きにつられて再び煌人に目を向けると、今度は彼が唇の端を上げた。

悪巧みをしている顔つきに、璃歌は顔をしかめて足を半歩後ろに下げる。

「小橋の言うとおり、今夜は大事な接待があるんだ。せっかくだから璃歌にも一緒に行ってもらおうかな」

接待に璃歌も連れていく？　ダメダメ！

「お断りします。だって、今日は仕事ではないもの」

「またはっきりと断るんだな。……今回は幻《まぼろし》の純米大吟醸を飲ませると言ったら？　市場には一切出回らず、関係者しか手に入れられない。しかも無濾過生原酒《むろかなまげんしゅ》。半年間熟成させ、コクが出るのを待ち続けた極上の酒だ」

璃歌は目を見開く。

極上の酒？　飲みたい！

「どう？」

煌人が小首を傾《かし》げて問いかけてきたので〝行く！〟と言いそうになる。だけど璃歌は、奥歯を噛《か》み締めてその言葉を呑み込んだ。

「わたし、もう学んだの。煌人さんの言葉に乗ったらとんでもないことが起こるって」

璃歌は頭を振りながら片足を下げる。それに対して、彼は一歩前に踏み出した。

「とんでもないこと？　璃歌が言うからには、相当な出来事が俺たちの間であったんだな？　是非とも聞かせてほしいな」

そう言った煌人は、してやったりとばかりにほくそ笑む。

「なっ！」

煌人はあの夜の出来事を指している。彼のマンションでしたキスを……

璃歌が口をぱくぱくさせて狼狽《うろた》えていると、こちらを興味津々《きょうみしんしん》に覗き込む小橋と目が合った。慌てて口を閉じる。

「どうする？　俺たちの間に何があったか話すか？　それともついてきて……幻《まぼろし》の酒を飲むか？」

「……一緒に行きます」

璃歌はぷいと顔を横に向けたい衝動に駆られたが、従順に答える。

「そうこなくては……。璃歌にいろいろと訊きたいことがあるんだ。今夜、順を追って訊かせてもらうからそのつもりで」

煌人が意味ありげに頬を緩ませた。

「今夜？」

恐る恐る問い返すと、煌人は大きく頷《うなず》いた。

「今夜は泊まりなんでね」

泊まり……？　そ、それは受け入れられない！

璃歌はあたふたする。しかし、煌人は気にも留めずに小橋にもう一部屋追加するように命令する。小橋は即座に電話をかけ始めた。

「ねえ、ちょっ……」

璃歌が何かを言う前に、話はどんどん進んでいく。

「管理部の者は、のちほど現地で合流します」

「わかった」

「このあと、先方に一人増える旨を伝え――」

小橋はそこで口籠《くちご》もり、居心地悪げに目線を落とす。煌人が小橋を睨《にら》んでいたのだ。

いったい何を咎《とが》めているのか。

煌人を窺《うかが》っていると、彼が咳払いをして歩き出す。

「さあ、せっかく来たんだ。うちと取引していない酒蔵の新酒を飲もう。行くぞ」

煌人に手を取られて、引っ張られる。

「あ、煌人さん?」

璃歌は煌人の出方にどぎまぎしてしまう。

小橋もいるのに、まるで心を寄せ合う恋人同士みたいに振る舞うなんて……

しかし煌人が楽しそうに目を細めると、璃歌の心も少しずつ和《なご》んでいった。

煌人と会うまでに自分の気持ちと向き合わなければと思っていたが、それは家に帰ってからでもいいのかもしれない。

今は目の前にある新酒に集中しよう。

煌人と一緒にロープで仕切られた狭い列に並ぶと、璃歌の目は各酒造が出店するブースに釘付けになる。

「いい香り……」

「爽やかな香りだ」

「煌人さんもそう思います? わたしも……きゃっ!」

煌人を見上げた時、急に身体に強い衝撃を受けて彼にぶつかってしまった。

「大丈夫か?」

璃歌の肩に腕を回した煌人に強く引き寄せられる。

煌人の胸に手を置いて身体を支えるが、あまりの至近距離に鼓動が速くなった。手のひらから伝わる彼の体温に手が震えた。

言葉が出ない状態で璃歌が横を向くと、ちょうど十歳ぐらいの男の子が狭い列の間を縫って駆けていくのが目に入る。

「すみません、通ります！　……こら、待てよ！」

そう叫んだ男の子の前を走るのは、幼稚園に通うぐらいの小さな女の子だった。その子が璃歌にぶつかった子だ。

子どもたちの背中を追っていると、彼らは璃歌たちから十メートルほど先のところで止まった。そこには四十代ぐらいの夫婦がおり、子どもたちの頭をぽんぽんと軽く叩く。

「璃歌？」

名前を呼ばれて、璃歌は自分が煌人の腕の中にいることに気付いた。

「ご、ごめんなさい！　あの、ありがとうございます」

慌てて離れ、両手を背後に回してぎゅっと握り締める。

いつまでも煌人さんに抱かれたままでいるなんて、どうしちゃったの!?　ダメダメ！　――と自分を戒《いまし》める。しかし、第二の心臓のようにじんじんする手から意識を逸らせない。

「璃歌がここにいてくれて本当に良かった。日本酒を探すなら、君ほど適任な者はいない」

「あっ、うん」

煌人に褒められて嬉しいはずなのに、不思議と心が弾まない。もっと違う部分を認めてほしいという感情が湧き上がる。

どんな風に自分の中で折り合いをつければいいのかわからず、璃歌は背後で指同士を絡めてもぞもぞした。

それでもいつもどおりを気取り、煌人の隣を歩く。彼と日本酒を飲み歩き、たわいのない話に花を咲かせる中、璃歌の心はいつしか彼に吸い寄せられていった。

――十九時前。

和歌山湾にほど近い山にある高級旅館。灯りが点けられたそこは、暗闇の中で幻想的に浮かび上がっていた。

母屋《おもや》以外は全て一棟建てで、プライベートな時間を存分に楽しめるようになっている。どの部屋からも湾を見下ろせ、天気がいい日には遠くに淡路島《あわじしま》が望めるらしい。

接待は、旅館の母屋《おもや》にある懐石《かいせき》料理店で開かれる。煌人の他にKURASAKIコーポレーション管理部の人たちも出席するが、彼らはもう到着しているとのことだった。

立派な門を通り抜けてロビーに到着した璃歌たちは、男性スタッフの案内を受けて母《おも》屋《や》に繋《つな》がる渡り廊下を進む。

だがその途中で煌人が立ち止まり、くるっと振り返った。

「璃歌には別の部屋を用意した。約二時間で終わるからそこで待っていてくれ」

「えっ？」

このまま一緒に個室へ入るかと思いきや、目前で撥《は》ね付けられた。

璃歌は絶句して、煌人をまじまじと凝視《ぎょうし》する。

紀乃伊酒造から接待の誘いを受けたとなれば、その理由は一つしかない。

璃歌が指摘した、香りの問題だ。

何か意図することがあって、出席予定がなかった璃歌を誘ったのでは？

なのにここまで来て別室で待っていてくれだなんて、酷すぎる。

「わたしを出席させたくて連れてきたんでしょう？」

「誰も出席させるとは言ってない。〝璃歌にも一緒に行ってもらおうかな〟と言っただけだ」

愕然《がくぜん》とする璃歌の前で、小橋が深く頷《うなず》いた。

「なるほど。それで取締役は先方に一人増える旨を伝えようとした僕を遮《さえぎ》ったのか」

小橋の独り言が、璃歌の耳に届いた。

「なっ！」

文句を言おうとするが、すぐに口を噤《つぐ》む。でも感情を抑え切れない。

いほどだ。

「卑怯者」

璃歌は不機嫌に呟《つぶや》いた。

それが聞こえたのだろう。煌人は笑みを浮かべていたが、口答えは許さないとばかりに、目つきを真剣なものに変える。

「幻《まぼろし》の酒の約束は守る。あとで部屋に届けさせよう」

璃歌は悔しさから歯を噛み締めつつ、自尊心と日本酒を天秤にかける。

やはりここでも日本酒に軍配が上がってしまった。

煌人が別室で待てと言うのなら従い、そこで幻《まぼろし》の酒を飲ませてもらってゆっくりするとしよう。

それにしても、出る必要がないなら何故璃歌を連れてきたのだろうか。

煌人の考えがわからず、璃歌は小さくため息を吐いて軽く俯《うつむ》く。しかし、手を伸ばしてきた彼に顎《あご》を触れられ、面《おもて》を上げさせられた。

「いい子で待ってるんだぞ？」

璃歌の目を覗き込み、少し上体を倒してくる。キスをするかのような距離感にあたふたしてしまい、璃歌は小刻みに頷《うなず》いた。

「じゃ、彼女をよろしくお願いします」

「どうぞご安心くださいませ」

男性スタッフが笑顔で応じると、後ろに控えていた着物姿の仲居が璃歌に近づいてきた。

「行ってくる」

「頑張ってきてください」

璃歌の応援に、煌人が白い歯を零《こぼ》した。爽やかな表情にドキッとなる。それでも平静を装《よそお》い、彼と小橋の背を見送った。

「こちらへどうぞ」

三十代ぐらいの目鼻立ちがくっきりとした綺麗《きれい》な仲居が、煌人が向かったのとは反対方向を示す。飾り行灯《あんどん》が灯された廊下を進んでいると、正面から数人の美女が歩いてきた。

麗《うるわ》しい女性たちに、自然と目が吸い寄せられる。

璃歌よりも若い彼女たちは、豊かな胸を強調させる華やかな色のミニワンピースを着ていた。すらりと伸びる手脚も目を見張るほど綺麗《きれい》だ。

特に最後尾の女性はとても可憐だった。他の女性よりも容姿が際立ち、ほころんだ口元からは優しさがにじみ出ている。

その彼女だけが黒いミニワンピースを着ているせいで、前方にいる女性たちとは対照的に落ち着いた美しさを感じさせた。

この女性たちはどういった人たちなのだろうか。友人同士にも見えなければ、ふらっと食事に来た風にも見えない。

女性たちとすれ違うなり、璃歌は早足で前を歩く仲居に近づく。

「すみません」

「どうされました？」

「今すれ違った女性たちですけど——」

仲居にそう言って、振り返った。彼女たちは渡り廊下がある方向へ曲がらず、そのまま真っすぐ進んでいく。

「友人同士でもなければ、旅館の関係者でもなさそうですが、いったいどういった……？」

「申し訳ございません。ご不快にさせてしまいましたか？」

「いいえ、そうではなくて……。ただ不思議だなと思って」

璃歌は急いで否定するが、仲居は申し訳なさそうに眉間に皺《しわ》を寄せる。

「うちの店は個室でお料理をお出しするんですけど、それもあって会社関係のご利用が多いんです。その際に、コンパニオンを呼ばれる会社もありまして……」

なるほど。それで綺麗な女性がいるのね——と、仲居の説明に頷《うなず》いた。

接待などの場に華を添える話は聞いたことがある。紀乃伊酒造も呼んだのだろうか。

璃歌は苦笑し、やれやれと小さく首を横に振って肩の力を抜いた。

「すみませんでした。もう大丈夫です」

「では、こちらへ」

仲居の案内で再び歩き出す。仲居はやがて立ち止まり、檜格子《ひのきごうし》の引き戸を引いた。さらに襖戸《ふすまど》を開けて璃歌を室内へ促《うなが》す。

唐木《からき》細工の座卓に案内されて座ると、仲居が日本茶を淹《い》れてくれた。茶菓子と一緒に出され、璃歌は恭《うやうや》しく頭を下げる。

その時、璃歌と同年代ぐらいの仲居が現れた。彼女が手にしたトレーには、七百二十ミリリットルの瓶と洒落《しゃれ》たグラスが載せてあった。

「お待たせいたしました。こちらが大嶌さまよりお預かりしたものです」

仲居がテーブルの上に並べる。

「それではごゆるりとお過ごしください」

「ありがとうございます」

二人の仲居が綺麗《きれい》な所作で席を立ち、部屋をあとにした。

璃歌は一人になると、まずは茶托《ちゃたく》を手前に引き寄せて湯飲みを持つ。飲む前に香りを嗅ぐと、ほのかに青海苔《あおのり》に似た匂いがする。縁《ふち》に口をつけて中身を飲んだ。

とろりとした濃厚な旨《うま》みと甘み、コクが口腔《こうこう》に広がっていく。

「美味しい！　……これは玉露《ぎょくろ》ね」

渋みからの旨《うま》みの変化が本当に美味しい。茶菓子も出してくれたが、それもいらないほどだ。

接待は約二時間で終わると聞いている。じっくりと日本茶を味わってから日本酒を堪能しよう。

璃歌は歩き疲れた足を時間をかけて揉み、日本茶をいただいた。

そうして疲労が取れてきた頃、ようやくテーブルにある日本酒の瓶に手を伸ばす。

ラベルは貼られていないが、栓はきちんとされている。

「非売品？」

確か一切市場には出回らず、関係者しか手に入れられないと言っていた。

つまり、これが幻《まぼろし》の酒なのだ。貴重な日本酒を飲めるなんてこんなに幸せなことはない。

栓を開けた璃歌は、くんくんと嗅いだ。

「えっ？　バニラの香り!?」

こういう日本酒は初めてで、璃歌は驚きも露《あらわ》に注視する。そして喉をごくりと鳴らしたのち、グラスに注ぎ入れた。

揺らめく日本酒を見て、一口含む。

璃歌は瞼《まぶた》を閉じ、鼻腔《びこう》に抜けるミルキーなバニラの香りにうっとりする。

これまでに飲んだ日本酒も、それぞれ蔵のいいところが出ていて美味しかった。しかしこれはまた違った味で癖になる。

煌人がこの幻《まぼろし》の酒を璃歌に譲ってくれたという事実に、自然と口元がほころんでいく。

本当に煌人は太っ腹だ。璃歌のことなど、胡散臭《うさんくさ》い部下としか思っていなかったはずなのに、今では璃歌の舌を全面的に信じてくれている。

それだけではない。不特定多数に向ける態度ではなく、素の自分を出してくれる。

そんな風にされている女性は、璃歌以外にはいない。

胸の奥で生まれた熱が四方八方に広がるのを感じながら、璃歌は立ち上がった。その足で窓際へ向かい、障子《しょうじ》を開ける。

暗闇の中にぼんやりと浮かぶ一棟建ての平屋を眺めて、窓の鍵を解錠する。冷たい外気に身体がぶるっと震えたが、日本酒を飲んで火照《ほて》り出した身体には気持ちいい。

「なんか、こういう時間っていいな」

璃歌は静寂な時間を楽しむように再びグラスに日本酒を満たし、ちびちび飲む。

そうして瓶の中身が半分になった頃、ようやく一息吐いた。

そろそろ飲むのは控えた方がいい。悪酔いはしないが、飲みすぎると普段より気が大きくなるからだ。

「それはわかってるけどね……」

あまりにも美味しすぎて、間を置かずにグラスを持ち上げてしまう。

このまま欲に負け続けてはダメだと思い、璃歌はグラスをテーブルに置いて部屋を出た。

気分転換も兼ねて庭をぶらぶらしたら、きっと身体の熱も収まり、アルコールも抜けるはずだ。

少し後ろ髪を引かれるものの、璃歌は欲望を振り切ってドアを閉めて廊下を歩き出す。

母屋《おもや》には、懐石《かいせき》料理を味わえる個室やバー、貸し切り風呂といったものがあるためか、宿泊客の他に、スーツを着たサラリーマンの姿もちらほら見受けられる。

今日の城下祭りから流れてきている人もいるのだろう。

会話に出てくる〝祭り〟と〝大盛況〟という言葉で予想をつけながら、先ほど表玄関から渡ってきた渡り廊下まで来た。

璃歌は旅館のスタッフや食事をしに来た家族連れなどが行き交う横を通り抜け、真っすぐ前の廊下を進む。

等間隔に灯された行灯《あんどん》は、先ほど璃歌が進んだ廊下にあったものと同じだが、どちらかといえばこちらの灯りの方が絞られ、静かな雰囲気を生み出していた。

接待によく使われるのもわかる気がする。喧騒《けんそう》に悩まされずに話ができるのだから……。

もう少し進んでみたい気もしたが、そちらに行って仕事の邪魔でもしてしまったら取り返しがつかなくなる。

「次はどこを見ようかな」

璃歌はぼそっと呟《つぶや》いて身を翻《ひるがえ》した。

「そう、とっても素敵なの！」

急に女性の可愛らしい声が聞こえてきて、璃歌はぴたりと足を止めた。

周囲をきょろきょろと見回しても、女性の姿はない。小首を傾《かし》げて歩き出そうとするが、その女性の声で思ってもみなかった名前が飛び出し、さっと振り返った。

「大嶌さん？」

今、本当にそう言った？

璃歌は眉根を寄せて、抜き足差し足忍び足で声が聞こえる方向へ近づく。

どうやら化粧室から聞こえてくるみたいだ。

「本当にするの？　最初はハニトラに加担したくないって嫌がってたのに？」

「うん。でも大嶌さんを目にした瞬間、契約は関係ないって思っちゃった」

ハニトラ？　契約ってどういう意味？　——そう冷静に心の中で問いかける璃歌だったが、実際は心臓が口から飛び出るのではと思うぐらい鼓動が強く打っていた。

璃歌はそれを感じながら壁に背を寄せ、一歩、さらにもう一歩と近寄っていく。

「それはわかる。あたしだって彼を見たあと、ミナに譲らなければ良かったって後悔したもの」

「譲らないからね。これはあたしの仕事で……ボーナスなの。そう、最高のボーナス」

クスクスと楽しそうな笑い声が響いた。

「羨《うらや》ましいな。もしかしたら運良く彼に気に入られて恋人の座をゲットできるかも……。商社の取締役の恋人だなんて、最高じゃない」

「これも紀乃伊酒造さんのおかげね。大嶌さんっていう人を堕とせと言われた時は、お偉方のおじいちゃんかと思ったけど、まさかあんなに大人の魅力あふれる恰好いい男性とはね」

紀乃伊酒造が煌人を堕とせ？

女性の話に愕然《がくぜん》とした璃歌は、ふらふらと壁に寄りかかった。

話しぶりや声色から想像するに若い女性だろう。もしかして数時間前にすれ違ったコンパニオン？

「これから実行するのね？」

「うん。準備万端よ。……あのね、紀乃伊酒造さんがスイートローズを予約してくれたの」

「スイートローズ？　もしかして軽く十人は入れる……あの素敵な檜風呂《ひのきぶろ》!?」

お風呂で何が行われようとしているのか想像できなければ、初心《うぶ》もいいところだ。それでもきちんとした正解を得ようと、璃歌は痛いほど心悸《しんき》が激しくなる胸に手を置いて耳を澄ませる。

「紀乃伊酒造さんが言うには、貸し切り風呂がここから一番近いし、スイートローズなら プライベート空間が保たれてるからいいって。そこで大嶌さんを誘惑してセックスまで持ち込んでいいなんて。ああ、今から楽しみ！」

女性の飾らない言葉に、璃歌の顔から一気に血の気が引いていった。

愕然《がくぜん》としていると、やにわに化粧室からヒール音が聞こえてきて、璃歌はハッと我に返る。

呆けている場合じゃない。今は隠れないと！

璃歌はすぐに走り出し、廊下の柱に身を隠した。

「スマホを置く場所も確認した？」

「うん。彼とのセックス動画を撮るまでが契約だし」

セックス動画まで⁉

璃歌の喉が痙攣《けいれん》したようにぴくぴく動く。息をするのも辛くなるほどだ。

「どうして必要なのかは聞かされてないけど、そんな事情は知りたくない。会社絡みってことは、結局のところ彼の弱みを握って何かを思いどおりにさせたいって意味。何かって……もちろん取引かなんかでしょ。まあ、これは想像だけど」

何かを思いどおりにさせたい？　取引で？

その言葉で思い当たるのは、璃歌が指摘した、あの香りの件だ。

そこへ来て起こった、紀乃伊酒造の蛮行《ばんこう》。

つまり、交渉が上手くいっていないのではないだろうか。紀乃伊酒造は煌人の追及を逃《のが》れようとして彼を招待し、そこで罠を仕掛けようと思ったとしか考えられない。

「だね。うちの事務所ってそういう仕事ばかり舞い込んでくるし。でも、今回は最高の仕事だね。ところで、どうやって彼をお風呂場へ連れていくの？」

「それはね……内緒。このあとに行動を起こすから見てて」

突然声が大きくなったので、璃歌は身を縮める。こちらに来るかと身構えたが、声は少しずつ遠ざかっていった。

璃歌はすぐさま顔を出して、女性たちの姿を探す。二人の女性の後ろ姿を目撃するなり、心臓が一際強く打った。

一人は見覚えがないが、もう一人ははっきりと覚えている。黒いミニのワンピースを着たあの可憐な女性だ。二人のやりとりと聞こえてくる声から考えるに、黒いワンピースの女性が煌人にハニートラップを仕掛けるに違いない。

あんなにも素敵な女性が、どうして……？

「男に抱かれるのが待ち遠しいなんて……。こんな気持ちになったのは初めてよ」

璃歌は信じられない思いで、女性が楽しそうに言うのを眺める。だが女性たちがある部屋に入って姿が見えなくなると、璃歌は彼女たちのあとを追った。

このままではいけない。どうにかして煌人に危機を知らせなければ！

しかし、個室の入り口の前に立つ三十代ぐらいの男性が、璃歌の前に立ちはだかった。

「すみません。わたしはＫＵＲＡＳＡＫＩコーポレーションの白井と申します。弊社《へいしゃ》の大嶌に取り次ぎをお願いします」

「申し訳ございません。現在、どなたもお部屋にお通しすることはできかねます」

「ですが、わたしは、ＫＵＲＡＳＡＫＩ——」

「室内に足を踏み入れた時点で、外部との連絡は取らないという決まりをご存知のはずです」

知ってるわけないでしょう！　——と言いたいが、これ以上部屋の前で押し問答するのはよくない。騒げば誰かが出てきてくれるかもしれないが、その場合煌人に迷惑をかける可能性もある。

それだけは絶対にしてはならない。

「あと十分もすれば終わります。それまでお待ちくださいますか？」

「わかりました」

璃歌は笑顔で挨拶《あいさつ》してくるっと背を向けると、笑みを消した。スマートフォンで煌人に連絡を入れるために、ポケットを探る。

「えっ？　スマホは？　……ない？」

反対のポケットにも手を突っ込むが、やはりない。

璃歌はおもむろに天を仰《あお》いだ。

「そうだった……」

スマートフォンは和室に置いたバッグに入れっ放しだ。

和室に引き返すべく、璃歌は駆け出そうとする。

その時、急に背後の引き戸が開き、慌てた様子で仲居が出てきた。隙をついて室内を覗き込むと、床《とこ》の間《ま》近くに立つ煌人の姿が目に飛び込んできた。

煌人は胸に手を置き、呆然と自分のスーツに視線を落としている。そんな彼にしな垂れかかっているのは、あのミナと呼ばれた可憐な女性だ。

彼女は煌人に身体を擦り寄せ、手を伸ばして彼の頭をハンカチで拭《ぬぐ》い始める。小橋は煌人のスーツをハンカチで叩いていた。

「あたしのせいでごめんなさい。あの、よろしければ、近くに貸し切り風呂があるので、そちらで着替えられてはいかがです？」

「取締役、そうしましょう。このままお部屋へ下がると、廊下が汚れてしまいます」

着替える？　……お風呂⁉

先ほどの女性たちの話が、これで一つに繋《つな》がる。これこそ紀乃伊酒造が仕組んだ最初の罠なのだ。

璃歌は煌人のもとへ駆け寄ろうとするが、先ほど部屋の入口に立っていた男性に片手で制される。恐らく紀乃伊酒造の関係者だろう。

「あっ」

目の前で引き戸が閉められ、璃歌は呆然と男性を仰《あお》ぎ見た。彼は璃歌と目が合うなり眉をひそめる。

「まだ入れませんよ。強硬な態度に出られるのなら、ここから退去してもらいます。……すみません！」

そう言って、男性が傍にいた旅館の男性スタッフを手招きする。すると、三十代ぐらいの男性スタッフが小走りで璃歌たちのところへやってきた。

「どうされましたか？」

「彼女をこの部屋に近づけないでほしい。向こうへ連れていってくれ」

男性が手で払いのける仕草をする。そこまでするかと愕然《がくぜん》としていると、彼の言葉を受けて二人の間に男性スタッフが割り込んできた。

「申し訳ございません。離れていただけますでしょうか？」

「わ、わたしはＫＵＲＡＳＡＫＩコーポレーションの者なんです！　部屋に上司がいて――」

「おっしゃっていることはわかります。しかし、会食中は誰も入れないよう事前に言われていますので」

男性スタッフは申し訳なさそうな表情で、璃歌を追い立てる。

「あっ！」

「すみません！　本当に……ここから離れてください」

「待って、わたしは……」

必死に抗《あらが》うが、男性スタッフの圧が強すぎて、どんどん追いやられてしまう。

そうやって何十メートルも離れた渡り廊下まで来ると、ようやく立ち止まってくれた。

「あちらのお部屋はまもなく散会となりますので、もうしばらくお待ちください。どうしても連絡が必要でしたら、直接お電話をなさっては？」

もうそれしか方法がないのかもしれない。でもスマートフォンを取りに行っている間に、煌人がハニートラップにかかったらと想像するだけで焦る。

既に火蓋《ひぶた》は切られているのだ。

何かいい方法はないだろうか。スタッフとこれ以上やりとりしても、時間の無駄にしかならない。

璃歌は唇を噛《か》み、視線を彷徨《さまよ》わせる。

とりあえず煌人に事の顛末《てんまつ》を伝えてハニートラップを阻止しなければならないが、どこでなら彼に説明できる？

「それでは失礼いたします」

男性スタッフが来た道を戻り始める。彼の後ろ姿を見るともなしに眺めていた時、不意に煌人と会える方法を思い付いた。

「すみません！」

咄嗟《とっさ》に男性スタッフに声をかけて、走り寄った。

「ですから、あちらの部屋には誰も入れないんです」

「ええ、それはわかりました。その件ではなくて、一つ訊《たず》ねたいことがあるんです」

「なんでしょうか」

「貸し切り風呂があるんですよね？　どちらにあるんでしょうか」

「ここは反対方向になります。今来た道を戻って――」

と言って、男性スタッフは再び表情を引き締め、璃歌を窺《うかが》ってきた。

「よろしければ、そちらまでご案内いたします」

男性スタッフはまだ疑っている。彼を振り切って、璃歌が部屋に入るかもしれないと。そう思われても仕方ない。それぐらいしつこく煌人のところへ行こうとしたのだから。

璃歌は男性スタッフに、悠然とした態度で頷《うなず》く。

「ええ、よろしくお願いします。弊社《へいしゃ》の者が出てくるまで時間がありますので、その間に貸し切り風呂の位置を調べておきたいなと思って……」

嘘を吐くことに罪悪感はある。ただ煌人を助けたい一心で、璃歌はそれらしく話をした。

神妙な態度が功を奏したのか、男性スタッフの緊張が解け、安堵した面持《おもも》ちになった。

「では、ご案内しましょう」

どうぞと手で方向を示され、璃歌は男性スタッフと一緒に歩き出す。だけど内心は、早く場所を教えてほしいという思いでいっぱいだった。

しかしここで焦っては、またあらぬ疑いを持たれてしまう。

男性スタッフを急かしたい気持ちをぐっと堪えて、璃歌は静々《しずしず》と進む。そして建物から山の方向へ伸びる渡り廊下のところで、男性スタッフが足を止めた。

「この先が貸し切り風呂になります。ご予約はフロントでお願いします。人気がありますので、今夜の空きは私ではわかりかねます」

「ありがとうございます。少し外から拝見しますね」

璃歌の返事に頷《うなず》いた男性スタッフは一礼し、歩き去った。彼の姿が視界から消えるまで、璃歌はじりじりした思いで待つ。

ようやく動けると判断した直後、男性スタッフと入れ替わりに女性が歩いてきた。ミナと呼ばれたあの可憐な女性だ。

彼女はスマートフォンを耳に当てて、花が開くようなふわっとした笑みを浮かべている。

「ええ、もうそろそろ湯船に浸かってる頃よ。鍵は開いてるから、簡単に忍び込める手筈になってるの。これから彼のところへ行ってくるわ」

その情報を得て、璃歌は思わず煌人の姿を求めて振り返るが、すぐに電話をしている女性に意識を戻した。

「……準備万端よ。あたしの魅力で彼の心を射止めてみせるわ」

煌人との情事を楽しみにしているのか、彼女の足取りは軽やかだ。

璃歌は足を一歩、また一歩と後方へ下げたのち、くるっと身を翻《ひるがえ》して走り出した。

長い渡り廊下を一気に渡り、手前から一つ一つお風呂の名称を確認する。しかし〝スイートローズ〟という名はどこにもない。

手前のドアから、奥へ、奥へと進んでいき、どん詰まりにある貸し切り風呂で立ち止まる。

探していた〝スイートローズ〟という名前がようやく見つかった。

これまで通り過ぎた貸し切り風呂とは、全然建物の造りが違う。独立しており、他の貸し切り風呂から離れていた。

さすがスイートと名が付くだけのことはある。貸し切り風呂の中でも特別なのだ。

そこを紀乃伊酒造が貸し切りにし、あの女性が煌人にハニートラップを仕掛ける。

素肌を露出し、艶《なま》めかしい姿で煌人にしな垂れかかって……

その光景が瞼《まぶた》の裏にちらつき、気分が悪くなる。胸がぎゅっと締め付けられた。湧き上がってくる感情に顔をしかめつつも、それを頭の片隅に追いやる。

「わたしにできることを、今やるのよ」

璃歌は引き戸に手をかけた。女性が言っていたとおり、鍵はかかっておらず、難なく開く。

三十センチほど開けると、その隙間から素早く忍び込んだ。

璃歌の視界に飛び込んできたのは、オレンジ色の間接照明がほのかに照らす、木造りの脱衣所。薄暗いが、風情《ふぜい》ある灯りが木に温もりを与えている。その上、鼻腔《びこう》をくすぐる檜《ひのき》の香りが、自然と荒ぶった心を静めてくれた。

普通にここの貸し切り風呂で楽しみたいと思うほど、素晴らしい。

一瞬雰囲気に呑まれて和《なご》むが、すぐに自分を奮い立たせて周囲を見回した。

脱衣籠に一組の衣服と浴衣《ゆかた》が置かれている。この広い貸し切り風呂を利用しているのは、一人ということだ。

本当に煌人のものなのか不安になるが、浴衣《ゆかた》の脇にある貴重品と腕時計を見て、ここにいるのが彼だとわかった。

何故なら、煌人がいつもつけている高級ブランドの腕時計だったからだ。

「急いで話さないと！」

璃歌は脱衣所を走り、目の前の引き戸を開けて浴室に忍び込む。こちらからも檜《ひのき》の香りが漂っており、リラックスしてバスタイムを楽しめそうだ。

広くて素晴らしい木造りの内装に感嘆しながら見回す。でも、肝心の湯船が見当たらない。

どこ？　どこなの⁉

一瞬焦ったが、精巧な彫りが施《ほどこ》された木造の衝立《ついたて》を見て予想がついた。きっと衝立《ついたて》の向こうに湯船がある！

「誰だ？」

いきなり響いた声にドキッとしたが、聞き覚えのある声音はまさしく煌人のもの。

璃歌の強張《こわば》った顔から、一気に力が抜ける。

「煌人――」

そちらへ向かおうとした瞬間、ペタペタと裸足《はだし》で歩く音が聞こえてきた。

璃歌は目を見開き、肩越しに振り返る。

ミナと呼ばれていた女性が脱衣所に入ったに違いない。

璃歌の顔から血の気が引き、手足も震えてきた。

ど、どうしよう！　こうなったら、ハニートラップを仕掛けても無駄だと思わせるのよ。わたしが――そう覚悟を決めた璃歌は、一気に走り出して衝立《ついたて》を回った。

ところが途中でぴたりと足が止まる。

十人はゆったりと入れる堀型の檜風呂《ひのきぶろ》に驚いたのもそうだが、乳白色の湯が張られたそこで、煌人が上半身を露《あらわ》にしていたからだ。

気怠《けだる》げに前髪を掻き上げながら、こちらに顔を向けた煌人。彼の強靭《きょうじん》な胸板と艶《つや》っぽさにあてられて、璃歌は身動きできなくなってしまう。

でもそれは璃歌だけではない。突如現れた璃歌を見て、煌人も口をぽかんと開けていた。

「……璃歌？」

璃歌はハッとして目線を上げ、眉間に皺《しわ》を寄せて困惑とも驚愕《きょうがく》とも取れる表情を浮かべた煌人と目を合わせる。

そうだった、呆けてなんかいられない！

「お前、どうしてここに？」

煌人に問われる。だがその経緯を説明する時間すら惜しくて、璃歌は何も言わずにワンピースのボタンを外していった。

「えっ？」

煌人の戸惑いが伝わってきたが、璃歌は手を動かすのに必死だった。

煌人を助けたい、ミナという女性の甘い罠に堕ちてほしくない……その一心で、ワンピースを脱ぎ捨てる。

カップ付きキャミソールとパンティ姿になると、璃歌は走り出して湯船に足からダイブした。

飛沫《しぶき》が上がると同時に、煌人が顔の前に手を翳《かざ》してそれを避ける。

「お、おい！」

煌人が文句を言いたそうにするが、璃歌は彼の正面に回った。

動揺を隠せない煌人を意に介さず、距離を縮める。キャミソールの肩紐を二の腕に滑らせて腕を抜いた。そして彼の首に両腕を回して身体をぴたりと合わせる。

煌人は凍り付き、璃歌を凝視《ぎょうし》する。しかし彼の瞳の奥には、欲望でぎらつく光が見え隠れしていた。

そんな煌人の目線が、湯の水面から覗く璃歌の胸の谷間に落ち、そこを舐《な》めるように見つめる。

瞬《また》く間に璃歌の喉が痙攣《けいれん》して引き攣《つ》った。すると煌人が顔を上げて、璃歌の双眸《そうぼう》を射《い》貫《ぬ》く。

「何をしているのかわかってるのか？　俺は今裸で――」

「黙って……」

そう言うなり、璃歌は顔を傾けて煌人の唇を塞いだ。

煌人の逞《たくま》しい胸板が大きく膨れ上がり、璃歌の胸を押し返す。生地で守られているのに、軽く触れただけで、乳房の先端が痛くなった。

身体の反応に息を詰まらせながらも、自《みずか》ら煌人に体重をかけていく。彼の襟足《えりあし》に指を絡めて、口づけを深めた。

これは愛を伝える演技、煌人を助けるための行為だ。

そう思って行動に移したのに、煌人の柔らかな唇、見事に引き締まった体躯にくらくらしてくる。お湯に温められたせいだと思いたいが、ぽーっと頬が上気するほど身体が熱くなってきた。

煌人の襟足《えりあし》に触れる指先が焦げるように疼《うず》いてくる。

もっと触れたい、もっと彼を感じたい……と。

「……っん」

璃歌は煌人の首に触れる手を滑らせて自分の方へ引き寄せようとするが、そうするより前に、彼の腕が腰に回された。

硬さを感じる煌人のものが下腹部に触れるとともに、乳房も胸板に押し潰《つぶ》される。強く抱きしめられて、璃歌の身体が一瞬にして燃え上がった。

「んぁ……っ」

苦しくなって顎《あご》を引くが、それさえも許さないとばかりに、煌人のごつごつした手が上へと滑ってくる。再び引き寄せられ、彼の手が後頭部に回された。

煌人が顔を傾けて璃歌の唇を求めるが、それは璃歌から仕掛けたものとは全然違う。

優しく唇を触れ合わせて、この行為を楽しんでいる。しかもやり方はねちっこくて妙にエロティックだった。

「ンっ……、ぁ、んく」

焚《た》き付けられた熱に煽《あお》られて、煌人の首に回す腕が震える。自分の意思で止められないほど、身も心も蕩《とろ》けていく。

煌人の動きに連動して、璃歌がうっとりと唇を開いたその時だった。

「きゃっ！　……だ、誰⁉」

背後から聞こえた甲高い悲鳴に璃歌はビクッとして、顔を離す。

我を忘れてキスにのめり込んでしまった事実を恥ずかしく思いながらも、今何が起きているかを知らせたくて煌人と目を合わせた。

わかった？　彼女がハニートラップを仕掛けるつもりだったの！　――と必死で訴える。

そんな璃歌を見つめて、煌人は大声を上げた。

「出ていけ！」

「あ、あたしは大嶌さんのお世話をしようと……」

煌人は女性の言葉に耳を傾けず、璃歌に〝こうなるのを阻《はば》みたかったのか？〟と問いかけるように軽く眉を上げる。

璃歌はそれには答えず、身動きできない女性を盗み見した。

やはりミナという女性だった。彼女は髪をしどけなくルーズアップさせて、バスタオルで裸体を隠している。しかし、豊満な胸元が露《あらわ》になるような巻き方をし、乳首が覗くのではないかと思うぐらいバスタオルを下げていた。

妖艶な立ち姿に、璃歌でも目が釘付けになる。

きっと煌人もそうだろう。

璃歌はこっそり煌人を窺《うかが》うが、彼はミナには目もくれていない。いや、彼女の姿は視界に入っているだろう。けれど、そちらに目線を向けることはなかった。

「大嶌さん！　あ、あたしが……」

ミナが話しても煌人は璃歌だけに見入っている。それどころか、璃歌を抱く手に力を込めた。

「あっ……」

そのまま引き寄せ、煌人が璃歌の首筋に唇を落とした。肌を伝う水滴を舌で掬《すく》い、強く吸い付く。

「ンっ！」

痛みとも取れる甘い疼《うず》きが走り、自然と声が漏れる。

我慢できなくて仰《の》け反《ぞ》るが、煌人はお構いなしに上体を倒して愛撫してきた。そうしながら湯の中で手を動かし、璃歌のキャミソールを下ろす。

急に胸元《こころもと》が心許なくなり、璃歌は咄嗟《とっさ》に煌人を抱きしめた。すると、彼が耳元で笑う。それがこそばゆくて、肩を窄《すぼ》めた。

「まだそこにいたのか？」

煌人が低音を響かせて淡々と言い放つ。璃歌に、ではない。まだ立ち尽くしたままのミナに対してだ。

「他人のセックスにそれほど興味があるとは思わなかったな。〝のぞき〟が趣味なのか？」

「あ、あたしは――」

ミナの声が震えている。動揺や恐怖からというより、煌人が璃歌にした行為を目《ま》の当たりにして興奮しているのではないだろうか。

璃歌にも聞こえるミナの吐息があまりにも甘いせいだ。

煌人も勘付いているに違いない。

何故なら煌人は、ミナに見せつけるように、わざと璃歌の耳の裏に唇を落としたからだ。しかも何度もそこを吸い、耳朶《じだ》を唇で挟む。

「あ……っ」

璃歌が身を縮こまらせて喘《あえ》ぐと、煌人が鼻から息を抜くように笑った。

「言っておくが、俺は3Pには興味がない。別にそこで観察しててもいいが、自分が苦しくなるだけだぞ？　快感を知る身体なら……欲望を持て余すことになる。耐えられるのかな？」

「そ、その人とできるのならあたしともできるでしょう！」

「どうしてそう思う？」

璃歌が息を殺す中、煌人が璃歌の腰を撫で、その手を肋骨からさらに上へと滑らせた。

璃歌は煌人の肩を掴《つか》んで距離を取るが、そのせいで彼の手が動きやすくなってしまう。

「だ、ダメ……煌人さん」

小声で訴えて、煌人の動きを湯の中で止めようとするが、男性の力に敵うはずがない。

「ダメだって……」

璃歌は煌人を睨《にら》み付けて必死に抗《あらが》うが、逆に彼は唇の端を上げた。このやりとりを楽しんでいるかのようだ。

そんな煌人の目線がついと落ちる。彼の笑みが徐々に消えるのを見て、璃歌は急いで腕で胸を隠した。

「璃歌……」

煌人の声がかすれる。そこに込められた欲望に、璃歌の頬が紅潮してきた。息遣いも荒くなっていく。

　二人の間に漂う空気が張り詰めるにつれて、煌人から目を逸らせなくなる。

「どうしてって……」

　唐突にミナが声を張り上げて、璃歌たちの甘やかな世界を切り裂いた。

「彼女も大嶌さんを誘惑してるじゃない！」

　癇癪《かんしゃく》気味に反論されて、ようやく煌人は璃歌の背後にいるミナに目を向けた。

「誘惑？　それなら大歓迎だ。心を許した女性の求めならね」

「心を許した女性？　それって恋人ってこと？　そういう女性を仕事場に連れてきたの!?」

　煌人はミナから璃歌に視線を戻し、優しい手つきで璃歌の頬を撫でる。

「仕事は終わった。その後の時間をどう使おうが、他人にとやかく言われる筋合いはない。邪魔をしないでくれないか？」

「あ、あたし……」

「出ていけ！」

　相手を脅す低い声音の語気に、ミナは悲鳴を上げる。

　直後、彼女が走り去る音に続いて、脱衣所に繋《つな》がる引き戸を開ける音が聞こえた。そして足音はどんどん遠ざかり、何も音がしなくなる。

浴室は静寂に包まれ、湯口から湯船に注がれる水の音と二人の息遣いだけが響く。

二人きりになった？

それがわかるや否や緊張の糸が切れて、腰が抜けそうになる。堪《たま》らず煌人の肩に乗せた手に力を入れ、静かに項垂《うなだ》れた。

「良かった……」

「どうやって彼女が忍んでくると知った？」

不意に煌人に訊《たず》ねられて、璃歌は息を大きく吐き出した。

「ここに来た女性……ミナさんが、偶然同僚に話しているのを聞いてしまったの。煌人さんに……ハニートラップを仕掛けるって。紀乃伊酒造に頼まれて証拠動画も撮るって話だったから、なんとかして阻止しなくちゃと思って」

璃歌は面《おもて》を上げるが、煌人の顔が間近にあったため上体を反らした。湯が跳ね上がる水音と素肌を舐《な》める湯に、現実が甦《よみがえ》る。

今、二人ともとても危険な状態だということが……

璃歌は煌人から逃げようとばたつくが、いとも簡単に制される。

煌人の逞《たくま》しい胸に素肌が擦れてどぎまぎしつつも、心を覗き込むような眼差しを向けられていないとわかり、璃歌はホッと胸を撫で下ろした。

とはいえ、煌人は裸、璃歌も半裸に近い姿だ。この姿で抱かれているのは正直良くない。

「あの……何故わたしがここに来たのかわかったでしょう？　まず先に服を着ない？　ハニトラの危機は去ったんだし」

「紀乃伊酒造が仕掛けたハニトラか。交渉に応じようとしなかったのは、これを計画していたからだな。……璃歌は俺を捨て置くこともできたのに、身を挺《てい》して救おうと思った。どうして？」

「どうしてって……煌人さんを助けられるのはわたししかいなかったから。部屋に行って伝えようとしたけど紀乃伊酒造の人に遮《さえぎ》られてしまって。スマホも手元になかったし。それでわたしが動かないとって」

「君は誰が相手でもこういう振る舞いをするのか？」

誰が相手でも？　もちろん！　――そう言おうとした時、煌人が璃歌の両肩に手を置いた。至近距離で目を覗き込み、璃歌を軽く揺する。

「これが小橋だったとしても、こういう風にするのか？」

小橋？　ハニートラップを仕掛けられた彼を助けるために、恋人のふりをするかという意味？　服を脱いでまで？

そう思った瞬間、目の前の煌人が小橋に取って代わる。小橋に迫られている錯覚に陥《おちい》り、璃歌は彼の手を振り払った。

「ま、まさか！　小橋さんだったら、こんな真似はしない」

璃歌は断言するが、途中で自分の言葉に違和感を抱き、おもむろに眉間に皺《しわ》を寄せた。

他の人だったらしない？　煌人だから……した？　どうして？

璃歌は考え込みそうになったが、それを脇に押しやり、嘘偽りのない本音を告げようと煌人を見返す。

「どうにかして助けはするけど、煌人さんと小橋さんとでは脅迫の重みが違うから……」

「じゃ、璃歌がこういう行動に出たのは、俺が自制できずに彼女と悦楽に耽《ふけ》ると思って？」

「えっ？　ううん」

「じゃ、どういう理由で？」

「それは彼女が煌人さんに迫るのをわたしが見たくなかった――」

と言って、璃歌は唖然としてしまう。

確かに煌人なら、相手がどんな美女であっても自制できる。たとえ動画を撮られたとしても、自分で解決できるに違いない。

ただ璃歌が、それを目撃したくなかったのだ。

惜しげもなく晒《さら》した魅惑的な裸体が煌人に縋《すが》りつくのを、彼がミナを愛する姿を……

内なる心の声に、璃歌は絶句した。

そんな璃歌を、煌人がまじまじと見つめる。彼の瞳には、なんと喜びの光が宿っていた。

「想像した？　俺が彼女とここで楽しむ光景を？」

それにも答えられないでいると、煌人がふっと柔らかく微笑んだ。そのまま顔を近づけ、璃歌の額に自分の額を擦り付ける。

「バカだな……。俺が一番触れたい相手は誰なのか、まだわかってないのか？」

「わたし、煌人さんの気持ちを考えたことなんて、一度も――」

「本当に一度も？　君に振り向いてもらいたくて、俺の家でキスした日も？」

あの日のことを出されてドキッとし、咄嗟《とっさ》に俯《うつむ》く。

「璃歌が日本酒好きなのは知っている。俺は君の舌にも探求心にも感服した。それらを認めていたはずなのに、あの夜初めて……それだけに集中する璃歌が憎らしくなった」

「に、憎らしい？」

まさか憎悪を持たれていたとは思わなかった璃歌は、心臓を手で握り潰されるような痛みを覚えた。とても苦しくて、辛くて、この場から逃げ出したくなる。

堪《たま》らず身を翻《ひるがえ》そうとするが、璃歌の肩を掴《つか》んだ煌人に動きを遮《さえぎ》られる。恐る恐る面《おもて》を上げると、彼がこちらに見入っていた。

そこには、璃歌が想像していた憎しみの感情は浮かんでいない。それどころか、煌人は璃歌をからかうように口元に笑みをたたえていた。

「そう、憎らしかった。当然だろう？　……傍にいる俺には見向きもせず、日本酒にばかりに興味を示せば」

「わたしに振り向いてほしかったの？」

びっくりする璃歌に、煌人が力強く頷《うなず》いた。

「そうでなければ、日本酒に浸る璃歌を邪魔するものか。特別な感情がなければ、存分に味わわせていた。だが、その手を止めさせても璃歌の意識を俺の方へ向けさせたかった。そんな風になった理由は、もうわかるだろう？」

璃歌は息を吞み、煌人を凝視《ぎょうし》した。

今の話の流れだと、煌人が璃歌を気に入っている風に聞こえる。それは本当だろうか。

煌人とは出会いから波乱づくしで、もう二度とあんな体験はしたくないというところから始まった。再会後は不審がられ、役職を与えられ、勉強会までやらされた。

それらを振り返っても、煌人が璃歌に好意を持ったと思える要素はどこにもない。

璃歌自身も煌人に好かれるような言動を取っていなかった。忖度《そんたく》せず素の自分を晒《さら》した。媚《こ》びもしなければ、興味すら示さなかった。

だから、煌人が璃歌に惹かれた理由がわからない。でも彼の振る舞いが少しずつ変わってきたのは肌で感じていた。

それに合わせて忘れかけていた恋情が芽生え、璃歌を不安にさせた。

そこで、ふと思考がぴたりと止まる。

……えっ？　恋情が芽生えた？　まさか！

「璃歌も自分の気持ちがわかっていたはずだ」

「わたしの気持ち？」

声を震わせながら問いかけると、煌人が手を上げた。濡れた手で璃歌の頬を包み、かすかに開いた唇を意味ありげに撫でる。

たったそれだけで、激しく高鳴っていた心音がより速くなる。湯口から注がれる水と協奏するかのようだ。

璃歌の呼吸は浅くなり、どんどん息苦しくなる。

「俺が璃歌の唇を味わったあの日、君は……自《みずか》ら俺を求めた」

煌人の言葉に導《みちび》かれるように自分の行動が脳裏に浮かび、璃歌は息を詰まらせた。すると彼が璃歌の耳殻に指を走らせてきた。

肌をくすぐられて心臓がドキッとするが、不思議なことに不安はない。それどころか、煌人にもっと触れてほしいという欲求が湧き起こった。

その思いを秘められず、璃歌は煽《あお》るような息を零《こぼ》してしまう。

途端、煌人の瞳に情熱的な炎が躍り、ついと視線が璃歌の唇に落とされた。誘惑に満ちた行為に、璃歌の胸の奥がざわめき、身震いする。

「あの時、俺と同じで璃歌も自分の心に従ったはずだ。そうだろう？」

「わ、わたしは――」

何かを言わなければと思うが、言葉が出てこない。煌人に感じやすい耳の裏をかすめられるたびに、頭の奥に靄《もや》がかかっていく。

次第に乳房が張り、先端が敏感になっていった。

必死に腕に力を込めて胸元を隠すが、それを見た煌人の口角が上がる。彼は璃歌の体内で何が起きているのか把握しているに違いない。

「もう一度試してみるか？」

かすれた声で囁《ささや》かれて、璃歌の背筋に疼《うず》きが這《は》った。

「ンっ……ぁ」

「あの夜、俺をどう思っていたのか」

煌人が顔を近づけ、唇の傍で動きを止める。そして、そこを塞がない代わりに熱い吐息でなぶった。

思わせぶりな態度に唇が震えるものの、璃歌はそれを待ち望むように瞼《まぶた》を閉じる。

そう、あの日もそうだった。璃歌は煌人の求めを受け入れて、自《みず》ら彼に触れて彼を味わった。

当時は既に煌人に対して好意的な感情を持っていたが、普通ならその程度でキスなんてしない。

今ならわかる。いつの間にか好きになっていたから自《みず》ら煌人を求め、彼の腕に包まれに、璃歌はあの夜に気付けなかった想いを口に出し、ゆっくり目を開けた。突然の告白に煌人がどのような反応を示したのか気になり、彼を窺《うかが》う。

なんと煌人は、これまでに見たことがないぐらい笑みを浮かべていた。それは璃歌が面食らうほど喜びと幸せに満ちている。

「やっと振り向かせられた！　君は……俺のものだ」

璃歌は広い胸の中に抱き寄せられる。煌人の行動に一瞬目が点になるが、たちまち頬の筋肉が緩んでいった。

「わたし、今は恋より日本酒探しを優先していたはずなのに」

「残念だったな」

からかわれて、璃歌は煌人の肩を叩いた。

「わたしの心を動かした責任は取ってもらいますから。そうね……これからも美味しいお酒を飲ませてくれること。わたしの目がそっちに向いても怒らないこと。これで手を打つわ。いい？」

「……他には？」

「他に？」

璃歌のお願いは、丸ごと受け入れてくれるという意味？　だったらこの機会を逃す手はない。次々に頼もうと思ったが、もう何も思い浮かばなかった。

そうこうしているうちに、煌人が切羽詰《せっぱつ》まったような息を吐いた。

「もう我慢ができない。カウントが終わる前に言わなければ、この話は終わりだ。五、四、三、……もうないぞ？　俺に何かを約束させるなら今がチャンスなのに、いいんだな？　二、一――」

間を置かずに「ゼロ」と言った瞬間、煌人は璃歌の腰を掴《つか》んで持ち上げた。

「きゃあ！　な、何!?」

煌人の肩を掴《つか》んでバランスを取るが、乳房が露《あらわ》になったため慌てて胸を片腕で隠した。

「あ、煌人さん。のぼせる前にここを出た方が――」

なんとかして思い止《とど》まらせたかった。しかし煌人の昂《たかぶ》りで大腿を擦られて、途中で言葉が詰まってしまう。

璃歌は頬を上気させ、煌人を見下ろす。

「だから言っただろ？　もう我慢ができないと」

まさか、ここで求めてくる……？

璃歌は息を呑むものの、水滴が滑り落ちる煌人の姿態に自然と目が吸い寄せられた。

適度に鍛えられた筋肉は、とても張りがあって美しい。そこを撫でてみたくて、指がうずうずする。それぐらい煌人の体躯は見事だった。

「だけど……」

璃歌はどうにかして考えを改めさせなければと思ったが、煌人の真摯な眼差しに口が重くなり、それ以上何も言えなくなる。

「君がほしい」

はっきりと璃歌を求める言葉には、熱情が籠《こ》もっていた。

「いいだろう？　うん？」

ぐいと背伸びをするように、璃歌の方へ首を伸ばす。先ほどキスされそうなところで寸止めされたためか、唇が戦慄《わなな》いた。煌人の感触を覚えているせいで、口づけしてほしいと身も心も訴えてくる。

しかし煌人は、璃歌を煽《あお》るのみで動かない。だが、璃歌の腰に置いた手を双丘へと滑らせた。そうして身体に火を点けようとしてくる。

ただその焦《じ》れったい触れ方では、もう物足りなくなっていた。

「煌人さん……」

懇願に似た声を漏らすと、煌人の口元がほころんだ。

「俺は璃歌がほしいと言った。君は？　……俺がほしい？」

どうしても璃歌の言葉を引き出したいようだ。ここで煌人を求めてほしがっている。璃歌は小さく唸って抗議を示すが、煌人への想いに気付いた今、反抗心がどんどん薄れていく。ここがどこだとか、そういう倫理的なものも頭の中から消えていった。

もう愛する人しか見えない……

璃歌は目に愛情をたたえ、煌人を見下ろす。彼に顔を寄せ、自《みずか》ら唇を重ねた。

「ん……っ」

煌人の柔らかな唇を何度もついばみ、甘噛《あまが》みする。

璃歌に反応してくれているのは、身体の変化でわかっている。でもさらに璃歌が駆り立てることで、どれだけ燃え上がるのかを知りたい。

とはいえ、璃歌に男性をその気にさせるテクニックがあるのかと言えば、正直そうではない。実際、経験した相手はたった一人だからだ。

拙《つたな》い蜜戯なのは自覚しているが、璃歌は煌人に灯った火を燃え上がらせるように唇を重ねる。

煌人も璃歌に連動して、何度も求め始めた。

「ああ、もっとほしい……」

キスの合間に、煌人が懇願する。そこに込められた彼の気持ちに胸の奥がジーンとし、喜びに満たされていった。

璃歌は煌人に縋《すが》りつき、彼の首筋や襟足《えりあし》を撫で始める。それを待っていたとばかりに、彼が璃歌をきつく抱きしめた。

先ほどまでは想いを伝え合う口づけだったが、徐々に激しくなる。

「っんぅ！」

息苦しさのあまり呻《うめ》くと、煌人の舌が唇を割って滑り込んできた。反射的に逃げてしまうが、そんな璃歌を容赦なく追いかけては舌を絡める。

執拗《しつよう》な求めに息苦しさを覚えるが、これこそ煌人の璃歌への想い。

そう考えるだけで、璃歌の鼓動は速まっていった。

煌人のキスに応え、口腔《こうこう》で蠢《うごめ》く彼の舌と絡め合わせた。それが続けば続くほど、口の中は唾液でいっぱいになる。

煌人はそれを気にせず、璃歌の全てを求めて貪《むさぼ》る。

烈火《れっか》の如く熱いキスを交わしたのち、璃歌はうっとりした息を吐いた。それから閉じていた瞼《まぶた》を開け、璃歌を愛しげに見つめる煌人と目を合わせる。

「煌人さん……」

璃歌は頬を緩めて、煌人の頬に指を走らせた。

好きな人の名前を愛情を込めて呼べる幸せが、再び訪れるとは思ってもみなかった。

恋よりも日本酒探しが一番だったから……

璃歌の口元が自然とほころんでいく。

「何がおかしい？」

「まさか煌人さんと付き合うなんて信じられ……きゃっ！」

煌人がいきなり璃歌を抱え上げて向きを変える。湯船の縁《ふち》に腰掛けさせられたかと思ったら、檜《ひの》張《き》りの床に押し倒された。

万歳させられ、手首を押さえ付けられる。

璃歌が目をぱちくりさせると、煌人が顔を近づけてきた。二人の唇が触れ合うか触れ合わないかぐらいの距離で、ぴたりと動きを止める。

「信じられない？　じゃ、信じられるようにしてあげよう」

「えっ？」

煌人が璃歌の心を搦《から》め捕《と》るような光を瞳に宿す。そして少しずつ距離を縮め、璃歌の頬に唇を落とした。耳元へと移動し、耳朶《じだ》を甘噛《あまが》みする。

「んっ……、あ……っ」

「もっと乱れさせてあげる」

煌人の魅力的なバリトンボイスで、耳孔をくすぐられる。尾《び》てい骨《こつ》から脳天にかけて鈍痛が走り、璃歌の身体はビクンと震えた。

思わず唇を噛《か》んでふしだらな声を押し殺す。だが煌人が璃歌の耳殻を鼻で擦《す》り、濡れた舌でそこを辿り始めると抑えられなくなった。

それを見越したように、煌人はちゅくちゅくっと音を立てては耳朶《じだ》を唇で挟み、軽く引っ張る。

璃歌は肩を窄《すぼ》めて逃げようとするが、瞬《また》く間に快い潮流《ちょうりゅう》に囚われた。

「は……ぁ、あっ……んぁっ！」

徐々に広がる熱を感じれば感じるほど四肢の力が抜け、何も考えられなくなる。

下腹部の深奥が重くなり、双脚の付け根に痛みが走った。自然と内腿を擦り寄せて堪えるものの、口からは煌人を誘う声が零《こぼ》れる。

「あ……ん、やぁ、は……っん」

あまりの気持ち良さに脳の奥が痺《しび》れ、喘《あえ》ぎの間隔が短くなっていく。すると、煌人が首筋を攻めながら手を璃歌の肘へと滑らせた。腰に絡まるキャミソールには触れず、肋骨の上で止める。

璃歌が大きく息を吸うと、手を静かに動かし始めた。

「ま、待って……」

乳房に触れられそうになって、璃歌は咄嗟《とっさ》に煌人の手を掴《つか》んで阻《はば》む。

「待たない。璃歌の全てを見せてくれ」

耳朶《じだ》の後ろに何度もキスし、情熱的に懇願してくる。

その時、煌人が身じろぎした。そのせいで、璃歌の大腿に彼の硬くなった自身が触れた。湯の中で感じたものより張《みなぎ》っている。

欲望に満ちた証《あかし》を目の当《ま》たりにして、璃歌の身体から力が抜けていった。心拍数が高くなり、息も弾んでくる。

この状態が続けば、いずれふにゃふにゃになってしまう。

璃歌が甘やかな息を零《こぼ》すと、煌人が上体を起こした。璃歌と目を合わせたまま、璃歌の手首を掴《つか》んで持ち上げる。そして、内側の薄い皮膚に唇を落とした。

「んんっ！」

胸を弾ませる甘い痛みに、璃歌は奥歯を噛《か》み締める。

その反応が嬉しかったのか、煌人が強く吸ったところを舌で舐《な》め上げた。

璃歌が大きく息を呑むと、煌人は璃歌の胸元に視線を落とした。彼の双眸《そうぼう》に、欲望に満ちた眩《まばゆ》い光が宿る。

たったそれだけで、乳房の先端が痛くなった。

煌人が璃歌の手を解放してくれたが、腕に力が入らない。璃歌は裸体を晒《さら》し、彼の視姦に身を震わせた。

「とても綺麗《きれい》だ」

煌人は熱を帯びた目を向けて璃歌に優しく触れる。ゆっくりと愛でたのち、腰を撫でて乳白色の乳房を包み込んだ。

「ンっ、……ぁん」

弾力を確かめるように、柔らかな膨らみを揺すっては揉みしだく。

武骨な指の隙間から覗く、色濃くなった頂《いただき》。

煌人がそこをかすめると、璃歌の腰が甘怠《あまだる》くなる。その上ねちっこく挟まれ、転がされると、身体が震えてきた。

久しぶりに感じる悦《よろこ》びはとても強烈で、上半身が跳ね上がる。脳の奥が蕩《とろ》けるのに合わせて、熱が四肢にまで広がった。

璃歌が息を呑むと、煌人が乳房に唇を落とした。キスの雨を降らし、ぷっくりとした乳首を唇で挟む。

「んっ……、ふぁ……ぅ」

唇を噛《か》んで忍び寄る疼《うず》きを堪えようとする。しかし煌人が吸い付き、舌でいやらしく舐《な》め上げると、もう抑えられない。

「あっ、あっ……んぅ」

艶《つや》のある嬌声《きょうせい》を上げて、心地いい刺激に陶酔した。

「俺の愛撫で充血してる……」

煌人の唾液で光る自分の乳首に、璃歌は頬を染める。でもその先に見えた赤黒くて立派な彼自身に、自然と息が弾んだ。

なんと雄々しく立派なことか……

引き締まった腹部の下にある黒い茂み。そこからいきり勃つ煌人自身は鋭角を保ち、しなっている。

「……っ」

口腔《こうこう》が渇き、息がまともにできなくなる。過呼吸になったみたいにリズムが速くなった。蜜口がぴくぴくし、湿り気を帯び始める。

「璃歌……」

璃歌の名を囁《ささや》いた煌人が、乳房に触れていた手を腰から双丘、そして大腿へと滑らせた。

「わたし……ッン!」

大腿の裏に手を添えた煌人に、膝を曲げさせられる。彼は璃歌の目を捉えたまま裏筋を撫で、秘所に向かって指を走らせていった。

煌人が双丘を揉んだと思ったら、秘められた部分をかすめた。

「あっ……」

璃歌が息を吸うと、煌人が狙いを定めて生地越しに触れてきた。花を愛でるような手つきで、淫唇を優しく擦る。

そこは既に乳白色の湯で濡れたものとは違う粘液が浸潤しており、彼の動きを助けた。愛蜜のいやらしい音が響き渡る。

「は……っ、やぁ……」

甘美な刺激に腰が怠《だる》くなる。璃歌の全神経は、触れられたところに集中していった。

「あん、そこ……んぅ！」

璃歌は身を縮こまらせて情火に耐えようとするが、煌人が微妙な圧をかけて揺さぶってくる。

そのせいで快い潮流《ちょうりゅう》が勢いを増し、璃歌を包み込んだ。

「はぁ、……っん、ふ……ぁ」

蜜孔が戦慄《わなな》き、自分でも信じられないぐらいの愛液があふれてくる。今すぐに煌人を受け入れられるほどの量に驚きつつも、彼を求めて胸が高鳴っていた。

そうして煌人の愛撫に身も心も溺れていると、彼が慣れた所作でパンティの中に手を忍ばせた。

「だ、ダメ……っ」

「どうしてここで拒絶？」

煌人が微笑み、蜜液で濡れそぼる媚襞をいやらしい手つきで上下に擦り始める。

「あっ、あっ……」

「嫌じゃないはず。……だろ？」

璃歌は小刻みに頷《うなず》く。すると璃歌の片手を取った彼が、それを自分の首に回す。璃歌がそこにしがみつくと、彼は璃歌を持ち上げてパンティをずり下げた。腹部で絡まるキャミソールも一緒に脱がせられる。

生まれたままの姿にされて身体を隠したくなる。膝を立てて秘所を隠すが、璃歌の思惑とは裏腹に、そのポーズはとても艶《なま》めかしかったようだ。

煌人がごくりと喉を鳴らし、眩《まぶ》しげに見つめてくる。

まるでグラビアアイドルがカメラマンの合図で上目遣いをするみたいに、璃歌は煌人を見上げた。

煌人は悠然とした動作で肘をつき、上体を屈めてきた。

「いつも俺には正直でいてくれる……そんな璃歌が好きだ」

煌人が璃歌の腹部に手を広げて、ゆっくり下げていく。黒い茂みを指で掻き分け、花弁を押し開き、隠れた花蕾を露《あらわ》にさせた。

剥《む》き出しになった敏感なそこに、指で振動を送ってくる。体内に灯る小さな火は、凄《すさ》まじい速さで燃え広がった。

「あっ、ダメ……そこっ、んぁっ……ぁん」

あまりの気持ち良さに爪先《つまさき》をぎゅっと丸めて耐えようとするが、瞬《また》く間に力が抜けて蕩《とろ》けていった。

とろりと滴《したた》る愛蜜の量も多く、檜《ひのき》板まで染みているに違いない。

そう思うと恥ずかしくて、璃歌は潤《うる》む目で煌人を見上げる。

「待って、激し……っん、く……ぁ」

こんな状態では、すぐに甘い第一波が押し寄せてしまう。

できればもっと時間をかけて煌人といちゃいちゃしたいが、彼は追い打ちをかけるように攻め続けた。

璃歌が懇願しても、彼は手を止めない。

「あ……っ、や……ぅんんっ！」

もしかしてどれぐらいこういう愛戯から遠ざかっていたのか確かめているのだろうか。

執拗《しつよう》に快感を送られて、何度も身体がビクッと跳ね上がった。

「もっとだ。……もっと感じさせてあげる」

煌人が愛液まみれの蜜孔に指を突き込んだ。

「やぁ……っ、は……ぁ、んぅ！」

璃歌は小さな波に身を任せて、軽く上半身を仰《の》け反《ぞ》らせた。

ぬめりを帯びたそこは、簡単に煌人の指を迎え入れ、その動きを助ける。ぐちゅぐちゅと響く粘液音から、彼を受け入れるための準備が充分にできているのがわかった。

「あっ、あっ……んふぁ……」

もうすぐ煌人の雄々しい硬茎で貫かれる……

その瞬間を想像しただけで、身体の芯が疼《うず》いた。順を追ってゆっくり進みたいと望んでいるのに、いつの間にか早く煌人に愛されたいという感情に取って代わる。

煌人にも伝わっているのだろう。時折顔をしかめて耐える璃歌を見つめ、彼は嬉しそうにしていた。

「凄《すご》い力で俺を締め付けてる。でも柔らかくて、温かくて……早く俺のを埋《うず》めたい」

煌人の欲望に満ちた言葉を受け、璃歌は手に力を込めて彼を引き寄せる。

「お願い、早く……わたしを愛して」

かすれ声で、煌人に懇願する。

「わかってる。俺も璃歌と結ばれたい。だけどまずは、璃歌を満たしてあげたいんだ」

璃歌の頬にキスを落とすと、煌人は徐々に指を動かすスピードを上げていった。これまでとはまた違う快さに、璃歌は煌人を抱く腕に力を込める。

「はぁ……やんっ、それ……、は……っ」

煌人の長い指が、濡壷を掻き回しては抜き、再び奥の蜜を掬《すく》うように壁を強く擦った。

「ぁん、っは……ぁ、あっ、あっ……！」

「とても綺麗《きれい》だ。もっと俺に見せてくれ」

煌人が指の本数を増やして媚孔を広げ、手首を回転させては律動を繰り返す。ぬめりの助けを受けて、彼はますますリズムを速めていった。

「ダメ、ダメ……、あっ、んんぅ……っぁ」

とうとう体内で増幅される悦《よろこ》びに抗《あらが》えなくなり、璃歌はすすり泣きに似た喘《あえ》ぎを零《こぼ》した。空気を含んだ淫靡《いんび》な音に聴覚を刺激され、腰の力が抜けてふにゃふにゃになる。

「軽くイかせてやる。俺に合わせて」

そう言って、煌人が充血して膨らんだ花蕾をかすめた。

「ンっ……ぁ」

痛みを生じるほどの甘い電流が背筋を駆け抜ける。

指だけで乱されているのに、煌人の男剣を鞘に受け入れたら、いったいどれほど淫《みだ》らに感じるのか想像もつかない。

でも煌人自身を待ち望むように秘奥がきゅんと戦慄《わなな》いた。早くそうしてほしいと、彼の指を締め上げてしまう。

「そうだ。……もっとだ」

誘惑に満ちた声で囁《ささや》かれて、焚《た》き付けられた火が急激に燃え上がった。それは璃歌を包み込み、甘美な世界へ誘《いざな》おうとする。

「わたし、あ……っ、んぁ、もう……っ」

「もうイきそう？」

煌人が璃歌の首筋を鼻で擦り、湿り気を帯びた息で柔肌を撫でる。煌人の巧みな愛戯に、一層身体は敏感になっていく。

「あ……っ、あ……んっ、ダ……メ……ぁ」

ああ、もう耐えられそうにない！　——そう思った直後、煌人が花芽を指の腹で擦った。

「んんんっ！」

息が詰まりそうな快感に包み込まれる。璃歌は煌人の首にしっかり掴《つか》まって背を丸め、心地よい潮流《ちょうりゅう》に身をゆだねた。

手技で達しただけなので、セックスで得られる頂点に駆け上《のぼ》るような強烈なものではない。でも久しぶりに身体中の筋肉が緊張したせいか、璃歌はくたくたに疲れた。

煌人の首に回した腕の力を抜くと、檜板《ひのき》に身を横たわらせる。

息を弾ませながら瞼《まぶた》を閉じ、かすかに残る快いうねりに浸っていたが、途中で煌人の気配が消えていることに気付いた。

耳を澄ますが、聞こえるのは湯口から湯船に注ぎ込まれる水音のみ。

璃歌は重い瞼《まぶた》を押し開けて横を向く。しかし煌人はどこにもいない。とうとう肘をついて上体を起こした。

「煌人さん？」

「ここだ」

背後から聞こえた声に、璃歌はさっと振り返る。

威風堂々とした煌人を目にしてホッとすると同時に、心臓が強く弾んだ。

手に木桶を持った煌人は、見事な肉体を隠さない。それどころか、黒い茂みの下にある象徴的な怒張すらも晒《さら》していた。

昂《たかぶ》りは優雅にしなりながらも、重力に負けじと天を突き続ける。

先ほども見たのに、煌人の雄々しさから目を逸らせない。璃歌の口の中が乾燥し、生唾も呑み込めないほど興奮してきた。

胸がきゅんと高鳴り、幸せな気持ちに包み込まれる。煌人を恋い焦《こ》がれる感情も湧き上がった。

「璃歌……」

煌人は璃歌の傍らに膝をつき、顔にかかる髪を払いのけるようにこめかみに指を這《は》わせていく。

ぞくぞくする感触に思わず瞼《まぶた》を閉じると、煌人が璃歌に口づけた。唇を唇で挟まれ、歯を立てられる。

キスのしすぎで腫《は》れたのか、ヒリヒリした。とても過敏になっているようだ。

「はぁ、……あ、煌人さ、ん……」

「うん？　……もっと？」

煌人は舌先で璃歌の唇をなぞる。

それに応じて喘《あえ》ぐと、煌人が舌を挿入させた。ただ激しくは求めてこない。璃歌の言葉で聞きたいとばかりに、ねっとりとした動きで追いかけてくる。

「あ、煌人さん……」

煌人とのキスにうっとりして言うと、璃歌の唇の上で彼が嬉しそうに笑った。

「璃歌が俺の名前を情熱的に囁《ささや》くだけで、こんなにも心を揺さぶられるとは思いもしなかった」

煌人の告白に胸の奥が熱くなる。

まさかそんな些細なことでこんなにも喜んでくれるとは……！

「嬉しい」

口元を緩めて素直に言うと、煌人が璃歌の鼻を軽く撫でた。

「俺の方が嬉しい」

璃歌がふふっと笑うが、それが途中で消える。不意に煌人が覆《おお》いかぶさってきたためだ。

「暑くないか？」

「全然。外の冷たい風が入ってくるからほぼ露天風呂みたいなものだし。……ひゃぁ！」

急に煌人が璃歌の額に手を置いた。普通なら驚かないが、彼の濡れた手が冷たくて息を呑む。

「どうして冷たいの？」

「璃歌がのぼせないように、火照《ほて》った身体を冷やしてあげたいなと思って。気持ちいい？」

煌人の気遣いに胸がいっぱいになる。璃歌は片手を上げて彼の肩に触れた。

「うん、とても……」

「桶に水も張ってきた。あと……必要なものもあったし」

必要なもの？　いったい何？

璃歌が煌人と目を合わせると、煌人は額に置いていた手を離して璃歌の手首を掴《つか》んだ。

彼の腹部に触れさせたと思ったら下へ滑らせ、彼のものを掴《つか》まされる。

手のひらに伝わるのは、芯が入ったとても硬くて太い煌人自身。

熱さも感じ取れるが、何より気になったのは薄い膜のようなもので覆《おお》われている質感だった。

コンドーム？　ひょっとしてコンドームを取りに行っていた？

脱衣所には、煌人の貴重品が確かにあった。多分、そのどれかに入れて常備していたのだろう。

その事実が脳に浸透するにつれて、璃歌の胸に喜びが広がった。

こういう状況下では欲望を優先しても不思議ではないのに、璃歌を守ろうとしてくれるなんて……

そもそも最初に出会った時も、煌人は璃歌が怪我をしないように守ってくれた。その後も、何度も助けてくれた。そういう気配りができる男性は信用できる。

璃歌が男性の象徴的なところを辿ると、煌人が「うっ」と息を詰まらせた。

「いい度胸だ。……俺を先に果てさせたいのか？」

軽く握っただけで絶頂に達するはずがない。

煌人の大袈裟《おおげさ》な言葉に笑うと、彼が璃歌の手首を離して膝の裏に腕を差し入れた。そのまま彼に抱え上げられる。

愛蜜まみれの秘所を剥《む》き出しにされて、璃歌は息を呑んだ。

「璃歌……」

煌人は欲情を隠さないかすれ声で囁《ささや》き、硬茎の先端で媚唇を上下に弄《いじ》った。

「あ……」

「大丈夫。心を無にして、俺を受け入れてくれ」

膨れ上がった切っ先で何度も擦っては、硬杭を進入させる素振りをする。ところが蜜口を突くのみで、深く割って入ろうとはしなかった。

触れたそこから煌人の熱と脈動が伝わってくる。きっと早く温もりに包まれたいと願っているに違いない。

それはわたしも――と胸を高鳴らせて、煌人に貫かれる瞬間を待ち望むように瞼《まぶた》を閉じる。

その時、煌人が腰を前に突き出してきた。

「んふぁ……あぁ……」

煌人のものは淫襞を掻き分け、秘められた蜜孔に捩《ねじ》り込んできた。太くて硬いもので広げられていく。

あふれる愛蜜のおかげでスムーズに奥まで埋《うず》められたが、あまりにも大きくて息が詰まりそうになる。

「ンぅ……」

ぶるっと身震いした拍子に、煌人の昂《たかぶ》りが生々しく伝わってきた。

璃歌はどうにかして力を抜こうとするが、身体は煌人を求めて彼自身を締め上げてしまう。

「苦しい？」

璃歌は〝うん〟と正直に言いたかった。でもここでやめてほしくないという思いの方が強く、言葉を呑み込む。

すると煌人が、璃歌の額、瞼《まぶた》、鼻の頭、頬へと唇を滑らせてキスした。

「んぁ……」

優しい口づけに、うっとりした息を漏らす。

「璃歌に痛い思いはさせない……。快感の痛みは別として」

煌人が顔を上げ、璃歌の唇の上で思わせぶりに囁《ささや》く。そして軽く腰を動かした。

快い疼《うず》きが背筋から脳天へと駆け抜けていく。

眉根を寄せながら唇を噛み締め、四肢に広がる熱情に耐えようとする。しかし、心地いい波が静かに打ち寄せてくる。

璃歌は煌人の腕を掴《つか》む手に力を込めた。

「煌人さ……ん！」

「自分で自分を傷つけないでくれ」

そう言うと、煌人は璃歌が噛《か》んでいた部分に舌を這《は》わせてきた。そして浅く腰を引き、再び雄々しい象徴を埋《うず》め、媚孔にぴったり収まるそれで、幾度も内壁を擦る。

ゆったりとした動きで刻むのは、煌人の大きさや抽送のリズムに慣れさせるためだろう。

「あ……っ、んぁ……」

「もっと、もっとだ……。俺に集中するんだ」

そんな風に言われなくても、もう煌人しか見えない。煌人の動きで圧迫感を与えられたら、そうなるのが当然だ。

「あっ……、っんく……あっ！」

煌人が刻むテンポが少しずつ変化し、璃歌を小刻みに揺らし始めた。

浅く楔《くさび》を打ち込まれるだけなのに、下腹部の深奥がじんじんとする。しかもそれは凄《すさ》まじい勢いで増幅し、蜜壷を収縮させ硬い昂《たかぶ》りをしごくほどだった。

喉の脈が激しく打った時、浅い抽送を続けていた煌人が、深奥を抉《えぐ》る動きに変えた。

「や……ぁ、そこ……んぅっ！　は……ぁ、んぅ」

あまりにも手慣れた愛戯に翻弄されて、璃歌は煌人を誘うふしだらな声を零《こぼ》してしまう。

煌人と愛し合うのは初めてのため、璃歌のいいところを探そうとしているのだろう。

体内で蠢《うごめ》く炎を燃え上がらせるように、煌人が容赦ない律動を繰り出した。

璃歌はどんどん押し上げられていく。

一瞬にして煌人の色に染められたと言っても過言ではないほど、彼の愛し方に身も心も震えた。

「ふぁ……ん、っぁ……やぁ、は……っ、あっ……ぁ」

浴場に響く、璃歌の甲高い喘《あえ》ぎと煌人の抑えた息遣い。

声が外に漏れるかもしれないのに、璃歌は与えられるまま悦楽に身を投じた。

「煌人さ……ん、わたし……っん、あっ！」

煌人は璃歌の膝の裏に添える腕に力を入れると、双丘を浮かせるようにして前屈《まえかが》みになった。そうして璃歌の両脇に手をつき、交わりを深くする。

「あっ、深い……んん、っんぅ」

愛し合う体位が変わり、埋《うず》められる硬茎の角度が鋭角になる。媚壁を擦る力が強くなった。

璃歌は堪《たま》らず瞼《まぶた》を閉じ、押し寄せる圧迫に身を震わせる。

「ンっ……、っん……あっ、あっ……」

「もっと気持ちよくしてあげる」

煌人は璃歌の乳房に顔を寄せた。硬く尖った頂《いただき》に湿った息を吹きかけ、鼻で弄《いじ》り、舌で舐《な》め上げる。

「……っんぁ」

生温かい感触に乱れる璃歌の反応を見ながら、煌人は硬く尖る乳首を口に含んだ。熱い舌でねぶり、吸い、弄《いじ》る。何度も煽《あお》られて、璃歌の腰が砕けそうになる。

その刺激に身をゆだねていると、煌人が奥深くを怒張で擦り上げた。

「ぁん、あ……、やぁ……はぁん」

悲鳴に似た淫声を漏らす璃歌をなだめるように、舌の腹で乳首を舐《な》め上げる。

「ああ、どこもかしこも甘い……。璃歌、俺はあまり酔わないが、これが酔うということなんだな。君に夢中だ」

煌人が吐露した言葉に歓喜が湧き起こり、璃歌の胸がいっぱいになる。堪《たま》らず彼の首に抱きついた。

璃歌もあまり酔わない。アルコールを摂取しても気分が向上するぐらいで、酔って醜態を晒《さら》すことはなかった。

だからこそ酔わない人に〝酔う〟感覚があるのは特別なのだとわかる。

璃歌にとって、これほどの言葉はない。

「好き。……好き！」

感極まって声がかすれるが、璃歌は煌人の耳元で想いを伝え、耳朶《じだ》にキスを落とす。

「ああ、璃歌……っ！」

煌人がこれまでと違う絶妙な律動に変えた。滑《なめ》らかに腰を動かすたびに、お互いの素肌がくっつく音が響く。

「あぁ……、っんぁ、やぁ……」

璃歌は顔をくしゃくしゃにし、艶《つや》のある声を上げた。

そうやって煌人の愛戯に身を投じていると、体内の熱が渦を巻き始めた。その感覚に掻き立てられて、彼自身を無意識にきつくしごく。

「もっとだ。もっと俺を感じて」

煌人が上体を起こした。璃歌の膝に手を置いたと思ったら、そこを押さえ付けるように両脚を開かされる。

そうして硬杭を根元まで押し込み、軽く引き、再び深奥を穿《うが》った。

「イヤ……そこっ、っんぁ、はぁ、あっ……」

総身を揺さぶるほどの勇ましい求め方に、璃歌の嬌声《きょうせい》が止まらない。手の甲で口元を覆《おお》っても、欲情した喘《あえ》ぎが漏れてしまう。

目も眩《くら》むような情欲に溺れているのに、煌人は急き立てる手を緩めず、激しいリズムを繰り出す。揺れる乳房の先端はぴりぴりしてどうにかなりそうだった。

しかも引いては寄せる波の如く、断続的に快感が襲いかかってくる。それは煌人の動きによって、信じられないほど増幅されていった。

「ツン、……あ……っ、あ……んっ、ふぁ……っ」

「璃歌……」

意識を攫《さら》う刺激に、璃歌は悩ましげに身体をくねらせる。煌人に敏感な部分を擦られて蕩《とろ》けそうになった。イヤイヤと首を横に振っても、煌人の攻めは終わらない。

今以上に璃歌を燃え上がらせたいとばかりに、煌人は腰に捻《ひね》りを加えた抽送で攻めてくる。

「ダメ、んんっ、あ……っ、んぅ、あっ、あ……っ」

煌人に突かれて淫《みだ》らに揺れる膨らみを、彼が包み込んだ。揉みしだき、硬くなった頂《いただき》を指の腹で転がしてきゅっと摘まむ。

「っんぁ！　あ……っ、はぁ、……んっ」

強烈な愉悦が脳天へと駆け抜けた。身体が宙に浮くのではないかと思うほど、高みへ押し上げられる。

ああ、もうダメっ！

早く達したいのに、寸止めにされるせいで、快い痛みが体内に蓄積される。それは勢いよく膨張し、璃歌に甘い苦痛をもたらした。

璃歌は顔を歪《ゆが》め、何度も身をくねらせる。だけど押し寄せる疼痛《とうつう》から逃《のが》れられない。

全身を駆け巡る容赦ない情火に包み込まれる。

「あぁ……イヤ……そこっ、もう……っん、あっ、あん……！」

お願い、もうイきたい！

「煌人さん、あき……と、さん！」

「璃歌、璃歌……ああ、君が愛しくて堪《たま》らない」

煌人の感情が籠《こ》もった言葉に、璃歌の身体が小刻みに震える。その波動は、璃歌を穿《うが》つ昂《たかぶ》りにも襲いかかった。

「……うっ！」

煌人が呻《うめ》いて顔をしかめた。だがすぐに笑みが広がる。

しかし、何も言わない。代わりに璃歌の腰を引き寄せて、より一層結合を深くした。荒々しい腰つきで蜜壷に硬茎を埋《うず》めては、潤《うるお》う壁に巧みな突きを繰り返す。

「あっ、あっ……っん、それ、いやぁ、んふ……ぁ、あんっ」

「ああ、凄《すご》い。ここ……なんだな？」

璃歌が感じる箇所を探し当てた煌人は、その部分を重点的に擦り上げた。熱がうねり、どんどん膨れ上がっていく。鋭い衝撃を受けたらひとたまりもなく破裂する勢いだ。

「っんぅ、はぁ……やぁ……」

煌人の律動に合わせて響く粘液音、璃歌の淫声、煌人の息遣い。浴場には、濃厚で淫《いん》靡《び》な空気が満ちている。

聴覚からも感じさせられた璃歌は、上半身をしならせて喘《あえ》ぎ続けた。

「あ……っ、んくっ、あっ、もう……ダメ、わた、し……」

璃歌がすすり泣くと、煌人はさらに激しく淫猥《いんわい》な粘液音を立てて、璃歌の総身を揺すった。

「ああっ、ぁん、あ……っ」

もうダメ……、い、イクッ！

あまりの気持ち良さに、璃歌は顔をくしゃくしゃにする。

その時、煌人が二人が繋《つな》がった部分へと手を滑らせ、湿り気を帯びた黒い茂みを掻き分けた。そしてぷっくりと熟《う》れた花芯を探し出すと、指の腹で強く擦る。

刹那《せつな》、体内で膨らんだ熱だまりが一気に弾《はじ》け、璃歌の瞼《まぶた》の裏で眩《まばゆ》い閃光が放たれた。

「あぁ……っ！」

瞬《また》く間に甘美な電流が璃歌の全身を巡っていく。強烈な衝撃に背を弓なりに反らして絶頂に達する。

煌人が数回突き上げ、璃歌のあとを追って果てたが、そちらを気遣う余裕はなかった。

天高く飛翔するのに連動して、耳に届いていた音が遠ざかり、何も聞こえなくなる。

そうして宙に浮いたような恍惚感《こうこつかん》に包み込まれたあと、それは忽然《こつぜん》と消え、璃歌は一気に地上へ落下していった。

「はぁ、はぁ……」

息を弾ませながらゆっくりと目を開け、こちらを見下ろす煌人と目を合わせる。

「大丈夫か？」

煌人が心配そうに眉根を寄せる。

璃歌は気怠《けだる》い手を上げて、煌人の濡れた頬からこめかみに指を走らせた。

「大丈夫。……とても、とても素敵だった。煌人さんに愛されてるって、とても伝わってきた」

ふっと口元をほころばせると、煌人が璃歌の額を指で小突く。

「良かった。……部屋へ行こう。ここを出ないと」

璃歌が頷《うなず》くと、煌人が璃歌を横抱きにして立ち上がる。璃歌は彼の首に腕を回し、感謝するように頬に口づけた。

「ありがとう」

久しぶりに得た快感のせいで、足腰が立たなかったので有難い。

煌人は上機嫌で璃歌に微笑む。璃歌がぐったりしている原因は、彼の愛戯が良過ぎたからだとわかっているからかもしれない。

璃歌は煌人の肩に頭を乗せるが、散らばったキャミソールやワンピースが目に入り、瞬時に顔を上げた。

「わたしの服……」

「わかってる。でもまずは、璃歌に浴衣《ゆかた》を着せる。大丈夫……誰にもここで愛し合ったとわからないから」

そう言って璃歌を脱衣所に連れていき、洗面台の脇にある椅子に下ろした。脱衣籠にある浴衣《ゆかた》を取り、璃歌の肩に掛ける。煌人から腰紐をもらうと、璃歌は自分で結んだ。

煌人は洗面台に戻り、棚から新しい浴衣《ゆかた》を取り出す。それを羽織ったあと浴室に戻った。

「わたし、本当に煌人さんとエッチしちゃったんだ」

煌人の後ろ姿を見送っていた璃歌は、膝を胸に引き寄せた。

あの煌人が璃歌を好きになり、また自分も彼を好きになるなんて……

あんな出会いだったのに、運命とは不思議なものだ。ハニートラップを防ぐために貸し切り風呂に乗り込んだことで、煌人への想いを悟れたのだから。

「うん？　……ハニトラ？」

そこでハッとし、ミナが設置しようとしていたカメラのことを思い出した。

どうして煌人と愛し合う前に気付けなかったのか。

璃歌はどこかに隠されたカメラを探そうと勢いよく腰を上げるが、まだ下肢ががくがくしてへたり込んでしまった。

そんな璃歌の姿を見た煌人が、なりふり構わずすっ飛んでくる。

「どうした⁉」

煌人が璃歌の傍に腰を落とす。

「あのミナさんって女性が、煌人さんと愛し合っている動画を撮るって話を教えたでしょう？　それを今思い出して、早くスマホを探さなきゃって」

「愛し合っている動画って、結局璃歌との行為だろ？　それなら別に撮られててもいいけど？」

璃歌は口をぽかんと開けるが、すぐに奥歯を噛《か》み締めて、煌人の肩を叩いた。

「ダメでしょう！　もしわたしたちの、あれが公《おおやけ》に出たら――」

人の目に晒《さら》されると想像するだけで羞恥《しゅうち》が湧き起こり、顔が火照《ほて》ってくる。

璃歌は堪《たま》らず両手で頬を覆《おお》って俯《うつむ》いた。

「俺としては、別に恥ずべき行為ではないから――」

「そういうことじゃ……んっ！」

いきなり顎《あご》に触れてきた煌人に、唇を塞がれた。璃歌の出かかった言葉が消えていく。

「大丈夫だ。俺が一度ここに戻ってきた時、湯船を盗撮できる場所を簡単にチェックしたが、それらしき機器はなかった。彼女の姿も見当たらなかったから、何もせずに帰ったんだろう」

「そんな簡単に引き下がる？」

「恋人同士のセックスを撮って何が面白い？　それで俺を脅すとしても、逆にプライベートを盗撮した罪で訴えられると思わないか？」

「あっ……」

言われてみればそうだ。璃歌は煌人を恋人に見立てて振る舞い、彼もまたそのような態度で璃歌を抱きしめた。

二人が恋人同士だと信じ切ったミナは、依頼者である紀乃伊酒造に今回の件を話すだろう。

恋人がいて自分の出る幕はなかったと……

たとえミナが盗撮していたとしても、紀乃伊酒造側は一文の得にもならないと思うに違いない。煌人が言ったように、これで脅しをかければ訴えられるのはあちらなのだ。

「とりあえず、向こうの出方を待とう」

煌人の言葉に頷《うなず》いた璃歌は、彼の首に腕を回してしな垂れかかった。

「うん、そうだよね。とりあえず、撮られていないことを祈るけど……」

煌人は璃歌の背中をやんわりと叩いて身体を離すと、荷物を取りに行った。コインランドリー用の袋に荷物を入れて、それを璃歌の膝に置く。

「さあ、部屋へ行こう」

煌人は、再び璃歌を抱き上げて外に出た。

ここに来た時よりも気温が低くなっているせいで身震いし、煌人の温もりに身を寄せたくなる。しかし渡り廊下を歩いてくる仲居の姿が目に入り、璃歌は彼の肩を叩いた。

「お、下ろして。もう歩けるから」

「下ろさない」

「でも！」

二人きりならまだいい。だけど宿泊客や仲居たちに見られると思うと、恥ずかしさで頬が熱くなる。

その時、三十代ぐらいの仲居が璃歌たちの方へ近づいてきた。璃歌を和室に案内してくれた、あの女性だ。

「下ろして」

璃歌は必死に懇願するが、煌人は下ろそうとしない。璃歌を抱いたまま朗《ほが》らかな面持《おもも》ちで仲居を抑えた。

「大嶌さま、お寛《くつろ》ぎいただけましたでしょうか？」

「ありがとうございます。申し訳ないですが、彼女の荷物がまだ通してもらった部屋にあると思うので、持ってきてもらえますか？　あと……貸し切り風呂の脱衣所に忘れ物がないかのチェックもお願いします」

「承知いたしました。大嶌さまのお部屋にお届けいたします」

「よろしくお願いします」

仲居が貸し切り風呂に行くのを見送ってから、煌人は歩き出した。

「……恥ずかしい。仲居さん、どう思ったかな」

「何かを思っていたとしても口には出さない。現に、彼女は何も言わなかっただろう？よくできた仲居だ」

今なお璃歌を下ろそうとしない煌人の行動に、小さく頭を振る。

こんな時、小橋さんがいたらきっと――と思ったところで、彼がいないことに気付く。汚れた煌人のスーツを、特急でクリーニングに出しに行った？　それとも着替えを買いに行ったのだろうか。

「煌人さん、小橋さんは？」

璃歌は周囲を眺める。

「小橋はもう部屋に下がらせた。明日の朝に会う予定だ」

「じゃ、今夜はこのまま煌人さんと……？」

「そう、俺と一緒に朝まで過ごす。誰にも邪魔されずに」

欲望を秘めた双眸《そうぼう》を向けられて、璃歌の胸が期待で震えた。

煌人はまだ満足しておらず、このあとも璃歌を求める気でいるのだ。

あまりに一途な想いを向けられてほんの少し怖い気もしたが、煌人の首に回した腕に力を込めて、不安を押しやる。

すると、煌人が璃歌の頬にキスを落とした。

「覚悟してて……」

部屋に入るなり、煌人は甘く囁《ささや》いた。

この夜、璃歌がこれ以上快感に耐えられないと嬌声《きょうせい》を上げるまで、煌人は何度も淫《みだ》らに璃歌を愛したのだった。

第五章

桜の木に新緑の葉が芽吹き始めた四月上旬。

KURASAKIコーポレーションに入社した新入社員も研修を終え、各部署に配属された。

新しい風にマーケティング事業部も沸き立っていたが、その日、璃歌は同僚たちへの挨拶《あいさつ》もそこそこに会社を出る。ロビーで待ち合わせていた煌人たちと合流し、その足で新潟県に向かった。

璃歌が初めて長岡市に来た時は公共バスを使い、街並みを観賞しながら光富酒造へ行った。今回はタクシーに乗り、酒蔵の近くで降りる。

「うーん、最高！」

璃歌は胸いっぱいに空気を吸い込んだ。

爽やかな風が、ルーズアップにした髪や、レース仕立ての白いブラウス、ふんわりと広がる黒いスカートを撫でていく。

東京の気温よりも数度低いため肌寒いが、清々《すがすが》しい空気に自然と頬が緩んでいく。

なんて素敵なのだろうか。

昨年は秋の景色に感嘆したが、春は春で趣《おもむき》がある。

青い空に浮かぶ、ふわふわとした白い雲。それを背にして立つ、日本家屋と咲き誇る桜が眩《まぶ》しい。

見事なバランスに、自然と目が吸い寄せられる。

「機嫌がいいな」

璃歌の隣に立つ煌人が、呆れたような表情を浮かべた。

そんな風に見られることに慣れてしまった璃歌は、にっこりする。

「もちろん！　ようやく蔵元さんと会えるんだもの」

〝蔵元さん〟とは光富酒造の代表である光富のことだ。彼から蔵開きが始まるまで来てはいけないと言われていたが、今回ようやくお許しが出た。

あの事件から数ヶ月経ち、ようやく光富に会える。嬉しくないわけがない。

「代表と会えるのが嬉しいのはわかる。でも、新酒も目当てだろ？」

「煌人さん、凄《すご》い！　どうしてわかるの？」

衝撃を受ける璃歌に、煌人はふんと鼻を鳴らす。

「わからないわけないだろう？　俺はずっと日本酒に嫉妬《しっと》してきたのに」

煌人の話が聞こえたのか、最後にタクシーを降りた小橋が小さく失笑した。

璃歌がさっと振り返ると、小橋は真面目な面持《おもも》ちで素知らぬふりをする。

「笑ったの、見ましたから」

「……なんのことです？」

あくまでしらを切る小橋。璃歌は苦笑いして歩き始めた。

実は璃歌が煌人と付き合っている件は、既に小橋にバレている。というか、バレない方がおかしい。

約一ヶ月前、璃歌は煌人と一夜を過ごした。

そして翌朝、あまりにも疲れていたため、小橋が部屋に入ってきても気付かなかったのだ。

現場に足を踏み入れられるなんて、こんなに恥ずかしいことはない。

もし事前に小橋が煌人のスーツを持ってくると話してくれていたら、明け方近くまで煌人の求めに応じず、早々に自分の部屋に戻ったのに……

まあ、雰囲気に呑まれた自分が一番悪いんだけど――と、足元にあった石を蹴る。そして紀乃伊酒造が仕掛けたハニートラップについて思いを馳せた。

あのあと、先方からの脅迫はなかったという話だ。代わりに酒の香りの改善について〝善処する〟との返答があった。

これまでは〝不備は見当たらない〟と突っぱねていたのに、急に態度を変えたということは、紀乃伊酒造は製造工程でわざと手を抜いたのか、それとも最初から香りが薄くなると知っていて無視したのか、そのどちらかだと考えられる。

ハニートラップが失敗したのみならず、計画も煌人にバレたので、引き下がったに違いない。

そういう酒造会社とこれからも取引するのかどうか、それは上が決める。璃歌はもう心配しなくていいのだ。

良かった。エッチな動画を撮られていなくて……

安堵し、小さく息を吐き出した。

「……小橋、今夜の君の予定は？」

煌人が小橋に話しかけるのが聞こえて、璃歌はちらっと彼らに目を向けた。

「僕ですか？　東京に戻ってからという意味でしょうか？」

「ああ。予定がなければ、夕食は一緒にどうだ？」

「えっ⁉」

小橋はぎょっとした表情で、煌人をまじまじと見つめる。

「お二人と一緒に？」

「もちろん」

煌人がそう言うと、小橋は「遠慮させていただきます」と即答した。

「昼食ならまだしも、夕食ですよね？　……僕のことは気にせず、どうぞお二人で楽しんでください。お邪魔虫にはなりたくないので」

「何故？」

「わかった。だったら無理強いはしない」

くくっと肩を揺らす煌人に対し、小橋は唇を軽く尖らせる。

こんな風に言い合えるのは、上司と部下の垣根を越えた信頼関係があるからだろう。

二人のやりとりを笑顔で見守りつつも、璃歌は進む。

そうこうしているうちに人通りが少なくなり、光富酒造の建物が見えてきた。

次から次に客が暖簾《のれん》をくぐって建物に消えていく。

「煌人さん、早く行こう」

璃歌は煌人の手を掴《つか》んで引っ張った。

「飲兵衛《のんべえ》め……」

煌人が呟《つぶや》くが、璃歌はもう気にならない。彼に言われると、愛情が籠《こ》もっているように聞こえるからだ。

「会社に貢献できて、とても嬉しいです」

元気良く言う璃歌に、煌人はやれやれと言わんばかりに笑う。

「いいか。代表に気に入られているとはいえ、あまり無茶は——」

「わかってます！」

璃歌ははきはきと返事をするが、自然と口元が緩んでくる。

突如煌人が璃歌の手をぎゅっと握り、璃歌を引き寄せた。

「新幹線の中でも言ったが、今日は杜氏《とうじ》もいる」

杜氏《とうじ》とは、酒造りの一切を取り仕切る責任者だ。

璃歌は頷《うなず》くが、続いて煌人に「だから大人しくしろよ」と念押しされて顔をしかめる。

璃歌としては、いつも慎重に振る舞っているつもりだ。仕事でも、プライベートでも。

煌人に抱かれたいと望む女性社員の会話を聞いても、会社内で優男《やさおとこ》を演じる彼を見ても、じっと耐えている。

嫉妬《しっと》で胸が痛くなるが、彼女たちに二人が付き合っているとバレたくないからだ。

なのに大人しくしろだなんて……

そこでふいに、煌人が優男《やさおとこ》を演じている理由をまだ聞いていないことに気付いた。何か考えがあるとは思うが、どうしてあのような演技をするのだろうか。

光富酒造の入り口まであと数メートルと迫っていたが、璃歌は煌人の手に手を重ねた。

「煌人――」

璃歌が訊《たず》ねようとした、まさにその時だった。

「白井さん？」

不意に響いた男性の渋い声に、璃歌の意識がそちらに引き寄せられた。

そこにいたのは光富酒造の光富だった。日本酒の瓶が入ったケースを両手で持った彼は、驚いた面持《おもも》ちでこちらに見入っている。

「蔵元さん！」

璃歌が喜びの声を上げた。

光富は軒先《のきさき》にケースを置き、満面の笑みを浮かべて璃歌たちの方へ歩いてくる。

璃歌は煌人の手を離して、光富に向かって一歩踏み出した。

「お会いできるのを楽しみにしていました」

「よく来たね！　連絡を受けていたが、こんなに早く到着するとは思わなかった」

璃歌の言葉に嬉しそうに答えてから、光富は目線を煌人に移す。

途端光富の笑みが消え、厳格そうに煌人に頷《うなず》いた。

「君は来なくて良かったのに……」

「代表……、そのようなことおっしゃらないでください。私も白井と一緒にあの場にいたんですよ？」

光富が大きく鼻を鳴らす。

「これでも丁寧な対応をしてる。だがあの日、君は白井さんを囮《おとり》に使った。許せん！」

「く、蔵元さん……。そうではないと説明したのに」

璃歌はあたふたしながら二人を交互に見て、光富に近寄った。

「蔵元さん、会えなくて寂しかったです。もっと早くにここに来ることを許してくれていたら、すぐに会えたのに」

「わかってるよ。白井さんは私にではなく、うちで造る酒に会いたかったんだろう？」

光富の言葉に目をまん丸にし、振り返って背後の煌人を凝視《ぎょうし》した。

「ど、どうして皆……わたしがお酒にしか興味がないみたいな言い方をするの？」

「バレてないと思う方がおかしい」

小橋と光富まで深く頷《うなず》く。

「なっ！」

璃歌は口をぱくぱくさせて皆を見回すが、男性たちは結託していると言っても過言ではないぐらい同じ表情で璃歌を見返してくる。

なんだか仲間外れにされた気分になるものの、瞬時に自分を立て直す。

璃歌はにっこりと口角を上げ、光富の腕に手をかけた。

「今日は是非春酒を飲ませてください。とても楽しみにしていたんです」

「ああ、飲ませてあげよう。白井さんの頼みならなんでも叶えてあげる。さあ、おいで」

まるで孫娘を可愛がるかのように、光富が璃歌の手を軽く叩いて酒蔵に誘う。

璃歌は光富と一緒に歩きつつ、そっと目線を動かす。

煌人は小橋と顔を見合わせて、呆れた様子で軽く肩をすくめた。しかし璃歌の視線を感じた煌人が〝なんだ？〟と片眉を上げる。

璃歌はにっこりして軽く首を横に振ってから、酒蔵に足を踏み入れた。

最後に確認した時は樽《たる》が床に落ち、酒瓶が割れ、見るも無残な状況だった。でも今は綺麗《きれい》に片付けられている。

それも当然だ。数ヶ月前の状態が続いている方がおかしい。

璃歌が店内を観察していると、光富が樽棚《たるだな》へ向かった。その姿をカウンター越しに眺める。

「まずは春酒を飲んでくれ」

「代表。私の分もよろしくお願いします」

いつの間にか璃歌の背後に立っていた煌人が、光富にお願いする。

「……飲ませないとは言ってない」

光富がつっけんどんに返す。璃歌は隣に移動した煌人をちらりと窺《うかが》った。煌人が大きく息を吐くのを見て、ふふっと笑う。

二人は璃歌が光富酒造に来る前から付き合いがあるので、彼らしか知らない事情があるのだろう。

だからこそ光富は煌人に辛辣《しんらつ》なのだ。だけど光富を見ている限り、煌人とのやりとりを楽しんでいる。また煌人もその態度を苦に思っていないみたいだ。

そんな二人の間に割って入ろうとはせず、普通に見守ろう。何かが起こった際に対処すればいい。

「これが、うちの春酒だ」

光富が枡に注がれた春酒を置く。桃色に染まった濁《にご》り酒だ。

璃歌は鼻を近づけて、くんくんと嗅いだ。春らしい華やかな甘い香りに自然と口がほころぶ。

「女性に喜ばれそうなお酒ですね」

「飲んでみてくれ」

光富の言葉を受け、璃歌は枡に口をつけた。

味は爽やか。初恋を感じさせるような甘酸っぱさもあるが、それが濁《にご》り酒独特のクリーミーな舌触りと相まってとても美味しい。

ただ、この酸味が嫌いな人もいるだろう。その場合は冷蔵庫に入れて何日か待てばいい。きっと味が落ち着いてくるはずだ。

「どうかね？」

璃歌はいつの間にか瞼《まぶた》を閉じて味わっていたが、顔を上げて光富と目を合わせる。

「春にぴったりのお酒です！　さっぱりしていて飲み口がいい。……アルコール度数が低いから、特に女性には好まれると思います」

「白井さんの言うとおり。これは近所の居酒屋に卸《おろ》してるが、女性客が増えたとオーナーが喜んでいたよ」

光富が上機嫌に頷《うなず》き、ようやく煌人に同じ春酒を出した。

煌人は無言で、枡に口をつける。そして瞼《まぶた》を閉じてうっとりした。

「うーん、この舌触りは日本酒とは思えない。甘くて、酸味もあり……色合いも女性に受ける。これを意中の女性に飲ませて、喜ばせようとする男性も多いのでは？」

「酒で女を堕とす⁉　……ふんっ、男らしくない考えだ」

光富が苛立たしげに鼻を鳴らす。

せっかく美味しい日本酒を飲んでいるというのに、これでは台無しだ。二人のやりとりに口を挟まないと決めていたが、これ以上不穏な雰囲気になられては堪《たま》らない。

璃歌は咄嗟《とっさ》にカウンターに手を置き、光富の方へ身を乗り出した。

「蔵元さん、この春純米は本当に美味しいです！　しかも目でも楽しませてくれる。こういうのって女性は絶対好きですよ。どうやってピンク色を出すんですか？」

「赤色酵母で醸《かも》されて染まるんだよ」

「あっ……そうなんですね」

璃歌は頬をぴくぴくさせながら、無理やり微笑んだ。

煌人のマンションで勉強したあの資料に、そういうことが書かれていた気がする。だが酵母菌の説明の部分で既に頭に入らなくなり、ほとんど目で追っただけで終わった。

それを思い出し、璃歌は居心地が悪くなる。

「申し訳ありません。白井にはもっときちんと勉強させます」

隣に立つ煌人が頭を下げた。

「いいや、わからなくていい。白井さんには、ただうちの日本酒を楽しんでほしい。うちの蔵とお宅の会社の……間に入ってくれたらそれでいい」

「ありがとうございます！」

光富にお礼を言うと、彼は笑顔で人差し指を立てた。

「いいか、忘れないでくれ。光富酒造の代表として望むのはそれだけ……、あっ、いや……もう一つあったな」

「もう一つ？　どうぞ、なんでもおっしゃってください。わたしにできることなら善処――」

と言った時、煌人が袖を引っ張った。

一瞬何か間違ってしまったのかと不安に思ったが、璃歌は取引先の手前下手な反応はせず、光富に笑顔を向ける。

「いや、気にしないでくれ。これは、私がどうこう言ってなんとかなるものではないし。

さあ、奥の部屋へ行こう。そこで契約についての話を聞く」

光富が樽棚《たるだな》を離れると、上がり框《かまち》に足をかけて引き戸を開ける。

「行くぞ」

「ちょっと待って」

璃歌は急かしてくる煌人に小声で断り、枡が置かれた受け皿を手に取る。

煌人も璃歌に倣《なら》うが、その際にそっと顔を寄せてきた。

「あまり、安請け合いはするなよ」

安請け合い？　わたしが？　――と小首を傾《かし》げると、煌人が璃歌の肘を軽く掴《つか》んだ。

「あっ……」

「無理な頼みをされたらどうする？　気に入られているからと言って、なんでも引き受けるのか？」

「そんなわけないでしょう？」

光富が靴を脱いで奥の和室に上がる。それに続きながら、璃歌は煌人に顔を寄せた。

「わたしにできる範囲でしかしないから、心配しないで。……お邪魔します」

「どうぞ」

光富が重厚な彫り細工が施《ほどこ》された唐木《からき》座卓を指す。上座を示されたが、小さく頭を振って拒む。戸口に近い場所に腰を下ろすと、あとから入ってきた煌人が璃歌の隣に座った。

璃歌は背後を振り返る。小橋はどうやら店内で待つのか、入ってくる気配がない。

「二人とも、ちょっと待っててくれ」

光富の声で璃歌は正面を向く。彼は和箪笥《わだんす》に近づき、そこに置かれていた電話の受話器を取り上げていた。

「私だ。以前話していた、KURASAKIコーポレーションの方が来られてね。だからそっちから店番を一人寄越してくれないか？　……ああ、よろしく頼む」

光富が受話器を置き、璃歌たちの正面に座った。

「さあ、聞かせてもらおうか」

光富の言葉を合図に、煌人が書類を取り出して座卓に広げる。

「既にお電話とメールで説明させていただきましたが、こちらが覚書《おぼえがき》になります。あとは、代表から提示される本数を記載します」

煌人は光富の前に書類を押し出し、問題の場所を指した。

「蔵開きが行われる頃に、生産量がわかるというお話でしたので」

「四季おりおりの日本酒という話だったな？」

「はい」

「今回、蔵人《くらびと》の確保に走り、仕込みから量産を試《こころ》みたが、お宅との取引はこれぐらいになりそうだ」

光富が脇に置いていた用紙を手に取り、煌人の前に置く。

空調設備が整い、一年中醸造が可能な大手メーカーとは違い、光富酒造は限られた人数、設備で酒造りを行っている。

既に長い付き合いのある店舗が多数ある以上、割り込んだこちらは無理を言えない。とはいえ、輸出するにはあまりにも本数が少ない。

煌人はどういった返事をするのだろうか。渋い顔をしているのでは？

璃歌がこっそり窺《うかが》うと、意外にも煌人は晴れやかな面持《おもも》ちだった。

「今年度はこれで充分です。私どもが無理を言ったにもかかわらず、こうして便宜《べんぎ》を図ってくださったこと感謝いたします」

「ああ、そうしてくれ。私が君の会社との契約を決めたのは、ひとえに白井さんへのお礼のためなんだから」

「承知しております。では、ここの取引量を記した契約書を送らせていただきます」

「わかった」

判はまだもらっていないが、これで契約締結はほぼ確実だ。

璃歌はホッと胸を撫で下ろす。

「良かった……。これからよろしくお願いします」

光富に頭を下げると、彼は機嫌良く頷《うなず》いてくれた。

「もう終わった？」

不意に背後から男性の声が響き、璃歌は咄嗟《とっさ》に振り返る。タオルで頭を覆《おお》い、白い作務衣《さむえ》を着た男性が、お盆を手に和室に入ってきた。

煌人と同年代ぐらいのその男性はとても体格が良く、身長も高い。まるで柔道の選手のようだ。しかも、目鼻立ちがはっきりしていて恰好いい。

璃歌の好みではないので心は躍《おど》らないが、彼の体躯と容姿に目を奪われる。それは璃歌のみならず、何故か男性も璃歌に釘付けになっていた。しかも、だらしなく口をぽかんと開けている。

思わず眉根を寄せた時、そっと腕に手を置かれた。

「あき……大嶌さん？」

見ると、煌人が男性に向かって笑みを浮かべていた。

「お久しぶりです」

「慎太郎《しんたろう》、ようやく来たか」

「あっ、ああ……」

光富に慎太郎と呼ばれた彼は頷《うなず》き、座卓の方へ歩き出す。そしてちらちらと璃歌を見ながら、斜め前に膝をつき、皆の前に茶托《ちゃたく》と茶菓子を置いた。

「白井さん。こいつは私の息子で、うちの杜氏《とうじ》の慎太郎だ」

杜氏《とうじ》？　それって、ここに着いた時に煌人が話していた光富酒造の杜氏《とうじ》？

つまり酒造りの責任者だ。そんな人物がお茶を持ってくるのかと驚き、璃歌は目をぱちくりさせる。

「慎太郎、彼女はKURASAKIコーポレーションの白井璃歌さん。強盗に立ち向かってお父さんを助けてくれた命の恩人だ」

「お父さんが言っていた勇敢な女性が、この璃歌さん⁉」

信じられないとばかりに璃歌を凝視《ぎょうし》する。そんな慎太郎に、璃歌は礼儀正しくお辞儀した。

「白井璃歌と申します。このたび光富酒造様の担当をさせていただくことになりました。光富さんとはこれからも顔を合わせるかと思います。どうぞよろしくお願いします」

「こちらこそよろしくお願いします！　璃歌さんに出会えて……本当に嬉しい」

慎太郎は照れたように笑った。

「私を助けてくれた女性が、こんなに綺麗《きれい》な女性だとは思いもしなかったんだろう。息子の焦りがわかる」

光富は肩を震わせて笑うが、すぐに咳払いして璃歌に向き直る。

「息子のことは、慎太郎と呼んでくれ。私と白井さんの間では遠慮はなしだ」

無作法な気もするが、光富がそれを望むのならそうしよう。

璃歌が笑顔で頷くと、光富は上機嫌に目を細めた。そして茶菓子を手で示す。

「白井さん。それはうちで作った菓子、日本酒のパウンドケーキなんだ。是非食べてみてくれないか？　実は、うちのかみさんが作ってね」

璃歌は目を爛々《らんらん》とさせて、慎太郎が置いてくれたケーキに見入る。

「日本酒のパウンドケーキ!?」

「元々うちでは、醸造した日本酒を使った酒まんじゅうも日本酒と一緒に販売しているんです。でも若い子向けにもっと洒落《しゃれ》たものを……と母が。どうぞ食べてみてください。璃歌さんならほのかな香りに気付くと思います」

「いただきます！」

手を合わせたのち、パウンドケーキを一口頬張った。

オレンジピールがきいていて、とても美味しい。フルーティな味わいの純米吟醸酒を使って作ったのだろう。

それにしても、ケーキに日本酒を使うなんて……

「あっ、ブランデーは使うか」

「どうした？」

煌人に話しかけられて、璃歌はハッとする。

「なんでもないです。あの、本当に美味しいです！」

最初は煌人に、次に光富親子に感想を伝えた。

「良かった！　他にも日本酒を入れた商品を作ろうと話しているんです。そうして日本酒を敬遠する層にも広がればいいなと思っていて。新作が完成したら、また……食べてくれますか？」

慎太郎が身を乗り出すようにして璃歌に近づく。

内心ドキッとしたが、慎太郎は日本酒好きだけに売るのではなく、もっといろいろな層に手に取ってもらおうと工夫を凝《こ》らしているのだ。

「是非」

慎太郎の気構えに感心して、璃歌は快く返事する。

「良かった！　白井さんの言葉で、息子も精が出るだろうな」

そう言って、光富が豪快に笑った。

「私どもも光富酒造の名が広がるようお手伝いさせていただきます」

煌人は璃歌に微笑みかけたあと、再び光富に焦点を合わせる。

「お忙しいのにお時間を取らせてしまい申し訳ございませんでした。私どもはこれで――」

「来たばかりなのに、何故急いで帰ろうとするんだ？　試飲に出した日本酒は一種類のみ。白井さんは他の新酒も飲んでみたいのでは？」

光富の言葉に、璃歌は目を輝かせる。

し、新酒!? もちろん飲みたい！

「いいんですか？」

光富が璃歌に笑顔で首を縦に振る。しかし煌人は、光富親子からは見えないように璃歌の手を握った。

「白井さん。蔵元にご迷惑をおかけしては――」

「迷惑なものか！ 私は白井さんを気に入っとる。慎太郎、彼女に試飲してもらいなさい」

光富に従って慎太郎がすっくと立ち上がり、璃歌に手を差し出す。同時に煌人から手をぎゅっと握られた。慎太郎を気にしながらも、恐る恐る煌人に目を向けた。

「少し飲ませていただいてから、失礼しませんか？」

璃歌は〝その方が良くない？〟と目で訴えかける。煌人は何か言いたそうに凝視《ぎょうし》してくるが、結局彼が折れた。

煌人に反抗する形になって申し訳ないと思うものの、日本酒が飲めると思っただけでうきうきしてくる。

「迷惑をかけないように」

璃歌は力強く頷《うなず》き、煌人の言いつけを守ると約束する。

「白井さん、慎太郎と行っておいで」

「ありがとうございます。……すぐに戻ります」

最初は光富に、次に煌人に告げた。席を立とうとする璃歌に、慎太郎がまだ手を差し伸べている。

「大丈夫です」

慎太郎の心遣いに感謝するが、それを断り、一人で腰を上げる。光富と煌人ににっこり笑いかけた璃歌は、慎太郎のあとを追って三和土《たたき》に下りた。

店内には光富が電話で呼び寄せた蔵人《くらびと》がおり、璃歌たちに気付くと会釈《えしゃく》してきた。璃歌も返礼し、煌人と同じぐらい身長が高い慎太郎を見上げる。

「若い蔵人《くらびと》さんですね」

「ええ。うちで雇っている蔵人《くらびと》は全員長岡市出身者で、地元を盛り上げていきたいと願う者たちばかりなんです。熟練者も同郷なので……もう家族みたいなものですね。あっ、こちらへどうぞ」

璃歌は慎太郎がカウンターの奥へ回るのを確認して、日本酒の瓶が置かれた棚の前に立つ小橋にちらっと目を向ける。

小橋は鼻の上に皺《しわ》を寄せて、璃歌に目を凝《こ》らしている。

どうしてそんな風に見てくるのだろうか。

璃歌は小首を傾《かし》げて、慎太郎に意識を戻す。彼は璃歌に枡を差し出しながら、熱い視線を送っていた。

「す、すみません、いただきます」

どぎまぎしつつも平静を装《よそお》い、枡を受け取る。そして一口飲んだ。

「うーん、美味しい」

さっぱりした味わいながらもとてもフルーティで、リンゴに似た香りがする。甘すぎるほどではなく、フレッシュな爽快感が広がった。

日本酒初心者の女性には、まずはこれをすすめたいと思うぐらい飲みやすい。

「これは――」

「美味しい？」

そう言って、慎太郎がカウンターを回って出てきた。

「ええ。蔵元さんに飲ませてもらった春酒も美味しかったけど、これはまた……それとは違って日本酒の旨《うま》みが凄《すご》い」

「まだ火入《ひい》れも濾過《ろか》もしていないからね」

璃歌はそれを一口、もう一口と飲んでうっとりした。

「璃歌さんは本当に美味しそうに飲むんだね。酒造りの一切を取り仕切る杜氏《とうじ》としてこんなに嬉しいことはないよ」

「だってとても美味しいですから……。確か、まだ火入《ひい》れもしていないって言いましたよね？　このあとにその予定が？」

「そうだよ。一回だけね」

つまり秋酒の〝ひやおろし〟になるのだ。一度火入《ひい》れをしたあとは涼しい蔵で保存し、秋に販売する。その時にはどれぐらい芳醇《ほうじゅん》な香りになるのか、今から楽しみでならない。

璃歌が興味津々《きょうみしんしん》に日本酒に見入っていると、慎太郎が目を輝かせた。

「これも契約したい？」

「ええ！　……あっ、わたしの一存では決めかねますので、上司に相談します。ひとまず、試飲用としてこのお酒を五百ミリリットル瓶で一本……いえ、二本いただけますか？」

「もちろん。璃歌さんが望むなら何本でも」

慎太郎はそう言って、やにわに璃歌の手を取った。取り乱した璃歌は、彼の手を押し返す。ところが逆に強く握られてしまう。

璃歌は困惑しながら慎太郎を窺《うかが》った。

「あ、あの……」

「信じられないかもしれないけど、璃歌さんを初めて見た瞬間、雷に打たれたような衝撃を受けたんです。理想の女性が目の前にいたから。実は、父を助けてくれた女性ってどんな人なんだろうと気になっていて……。まさかこんなに綺麗《きれい》な女性が強盗に立ち向かったなんて。余計に目が釘付けになりました」

「別に大したことではありません。あの日はただ必死だったので。それに困っている人がいたら助けたいと思うのは普通ですし」

苦笑いして慎太郎の手を退けようとするが彼は離さず、璃歌を自分の方へ引き寄せた。

「好きです。息もできなくなるほど。あなたしか目に入らないぐらいに」

唐突な告白に、璃歌の思考がぴたりと止まる。

好き？　会って間もないのに？

璃歌は目を見開くが、慎太郎の真剣な面持《おもも》ちにどんどん緊張が増していく。

「えっと……ごめんなさい。いきなり好きと言われても困ります」

光富酒造とは良好な関係を築きたい。だからといって、慎太郎の想いは受け入れられない。

だが、慎太郎はさらに詰め寄ってきた。璃歌の腰が引けていても目もくれない。

「本当に理想の女性なんだ。何もかも夢に描いていたとおりの女性……」

慎太郎はかなり真剣に璃歌を想っているようだ。

不思議な人だなと思いつつ、璃歌は慎太郎の気分を害さない言葉を探す。

「わたしを想ってくれるお気持ちは嬉しいです。ですが、わたしは仕事関係の方とは特別な関係にならないと決めて――」

そこまで言って、璃歌は言葉を呑み込んだ。

嘘吐き。煌人さんのことは好きになったくせに――と苦笑いした、その時だった。

「白井さん」

強い口調で名前を呼ばれて、璃歌の身体がビクッと飛び上がった。慌てて慎太郎の手を振り払って背後に目を向ける。

三和土《たたき》に下りようとしていた煌人が、冷たい目でこちらに見入っていた。

「大嶌さん……」

「そろそろ失礼しよう」

「はい」

璃歌の方へ歩いてくる煌人に、即座に返事をする。璃歌は彼からトートバッグを受け取ると、彼の後ろからやってきた光富と目を合わせる。

「せっかく新潟まで来てもらったのに、もうお別れだなんて残念だよ。今度白井さんが来た時は、私と慎太郎……三人で、ゆっくりと夕食を取ろう」

「ありがとうございます」

璃歌がお礼を言うと、煌人が光富に向き直った。

「代表、では来週中に契約書をお送りいたします。白井に連絡させますのでお待ちください。本日は、これで失礼いたします」

「わかった。外まで送ろう」

光富に誘導されて、璃歌たちは外へ出た。

太陽は中天を過ぎて西に傾きかけている。真っすぐ帰れば夕方には東京に着くだろう。

眩《まばゆ》い陽射しに目を眇《すが》めながら、璃歌は光富に向き直った。

「白井さん、次は夏酒だ。待ってるよ」

「はい。わたしも楽しみにしています」

「では、またご連絡――」

「璃歌さん！」

煌人の言葉を遮《さえぎ》るように、慎太郎が店内から走ってきた。璃歌の正面で立ち止まり、風呂敷に包まれた二本の瓶を手渡してきた。

「これ……」

それを見て、慎太郎と目を合わせる。

「さっき話した日本酒だよ。二本、ほしいって言っただろう？」

そうだった。慎太郎からの告白騒動ですっかり忘れていた。

「ありがとうございます。おいくらですか？」

「これは非売品で、懇意にしている居酒屋にプレゼントしているものなんだ。だから気にしないで。璃歌さんに出会えたことに感謝して……」

慎太郎が璃歌の手の甲に触れ、名残惜しげに握る。璃歌は相手の気分を削《そ》がないように気を付けながら、そっと手を引いた。

「ですが――」

「白井さん、息子の気持ちだ。受け取ってくれ」

璃歌は助けを求めて煌人を仰《あお》ぐが、彼は頬を緩めるのみで何も言わない。ただ璃歌を見る双眸《そうぼう》は笑っていなかった。

咎《とが》めるような色が潜《ひそ》むそれから、慎太郎の告白が煌人の耳に届いていたとわかった。でも聞こえていたのなら、璃歌が断ったのも知っているはずなのに……

機嫌のいい光富親子とは違い、怒りを滲《にじ》ませる煌人。

そんな男性たちの間で、璃歌はどういう振る舞いをすればいいのかわからなくなる。しかし、ここには仕事で来ている。光富親子の機嫌を損ねるわけにはいかない。

「ありがとうございます。では、いただきます」

「うんうん。じゃ……気を付けて帰るんだよ」

光富親子が笑顔で手を振る。璃歌たちは彼らに挨拶《あいさつ》してその場をあとにした。

酒蔵から十メートルほど進んだところで、璃歌はふぅーと息を吐いた。

「上手くいって本当に良かった……。今回は百本にも満たない契約で残念だけど、それも仕方ないよね。でも新発見が！」

璃歌は手にした風呂敷の包みを抱え上げた。

「光富さん……あっ、蔵元さんではなく彼の息子、慎太郎さんですけど、彼にすすめられたこれが本当に美味しくて。火入《ひい》れして秋に販売するって話だったから、会議で頑張ってみるのもいいかも」

意気揚々《いきようよう》と話す璃歌とは対照的に、何故か煌人は口を噤《つぐ》んでいる。小橋は璃歌が持つ日本酒を取り上げ、居心地悪そうに明後日《あさって》の方向に顔を向けた。

「煌人さん？　……小橋さん？」

話しかけても二人は口を開こうとしない。とにかく煌人は会社では見ない顔つきをし、小橋は彼に従って静かにしている。

璃歌も小橋に倣《なら》って話しかけない方がいいのかもしれない。とはいえ、あの告白のせいで不穏な空気が漂っているのなら、早く流れを変えた方がいい。

璃歌は小さく息を吐いて自分を奮い立たせると、煌人の袖を引っ張った。

「慎太郎さんのことはどうすればいい？」

そう言った途端、煌人がじろりと見てくる。

「どうしたい？」

璃歌が慎太郎に気に入られようとしたわけではないのに、こんなに不機嫌に、しかも質問に質問で返してくるなんて……

ただ、もしこれが逆の立場だったら、きっとやきもきしてしまう。煌人の気持ちが璃歌にあるとわかっていてもだ。

璃歌は返事を待つ煌人の腕に触れて、手を繋《つな》いだ。

「普段どおりの自分で……仕事相手として接するつもり。仕事と私事は分けるべきだもの。とはいえ、無下にもできないと思ってる。ヘマをして契約に影響が出たらイヤだし」

「そうだな。ただ――」

「ただ？」

煌人が口籠《くちご》もる。璃歌は思うところを全部話してほしくて、掴《つか》んだ手に力を込め先を促《うなが》した。

「俺が知る慎太郎さんはとても真っすぐな気質で、これと思ったら突っ走っていくタイプだ。璃歌が断っても、好意的な態度を取っていれば勘違いするかもしれない。それぐらい純粋な男性だ」

「仕事で来てるから慎太郎さんには冷たくできないけど、きちんと距離は取る。勘違いさせないように気を付ける。それでいい？」

煌人を安心させるために約束するが、彼は浮かない顔をしている。

「問題でも？」

「仕事に集中するのはいい心掛けだ。しかし……そう上手くいくかどうか。厄介な問題を引き起こしてくれたもんだ」

「わたしが⁉」

素《す》っ頓狂《とんきょう》な声を上げる璃歌に、煌人は呆れた表情を浮かべる。小橋は目も合わせようとしないが、煌人に同調して何度も首を縦に振っていた。

「仕事に勤《いそ》しみ、美味しい日本酒を飲む。そんな風に過ごしているだけなのに？」

「それが俺に気に入られた理由だというのを忘れたのか？　女性のどこに惹かれるのか、それは人それぞれで誰にもわからない。慎太郎さんの気持ちも……。だから厄介だ」

厄介って言われても――と、璃歌はこっそりため息を吐いた。

それ以降煌人は口を開こうとしなかったので、璃歌も黙る。観光客や地元の人たちで賑わう通りを抜けて大通りに出た。

タクシーを拾い、そのまま最寄り駅へ向かう。

東京に着く頃には、煌人も取り越し苦労だと気付くだろうと楽観視していたが、東京駅に着いても、観光客や出張中と思《おぼ》しき会社員などでごった返すコンコースを歩いていても、煌人は口を噤《つぐ》んだまま何かを考えている。

「取締役」

璃歌が煌人をちらちら窺《うかが》っていると、急に小橋が口を開いた。

煌人が立ち止まるのに合わせて、璃歌も振り返る。

「僕は一度会社に戻り、日本酒を置いてきます。白井さんは事前に直帰と連絡済みなので、帰社なさらなくて大丈夫です。……取締役、それでいいですよね？」

「ああ。そうしてくれると助かる」

「では、お気を付けてお帰りください」

煌人に告げて璃歌に会釈《えしゃく》すると、小橋は人混みの中に消えていった。

煌人と二人きりになった璃歌は、そっと彼を仰《あお》ぐ。

「えっと……今日は帰った方がいい？」

本当はもっと煌人と一緒にいたい。夕食には少し早いから、まずは肩を寄せ合って手を繋《つな》ぎ、ウィンドウショッピングを楽しみたかった。

でも、慎太郎のことで不機嫌にさせてしまった。特に璃歌が何かをしたわけではないが、無関係とも言えない。

もし煌人に早く帰れと言われたら従うしかないだろう。

「その方がいいのなら、わたしは……っぁ！」

煌人の片腕が腰に回されたと思ったら、ぐいっと彼の傍へ引き寄せられた。

璃歌は驚いて煌人の二の腕に手を置く。そこを押して距離を取ろうとするが、彼は上体を曲げ、吐息が頬に触れるぐらいまで近づいた。

「このまま帰すと思うか？」

「だって、煌人さん、新幹線の中でもずっと黙ってるから」

「璃歌は帰りたいのか？」

帰りたい？　煌人と一緒にいたいのに⁉

璃歌は首を横に振った。

「煌人さんと一緒にいたい」

懇願すると、煌人はふわっと相好を崩した。

それだけで煌人が愛おしくなる。周囲に誰もいなければ、彼の両頬を手で包み込みたいぐらいだ。

「だったら、これから証明してもらおう」

そう言った煌人は、璃歌の肩を抱いて歩き始めた。

正直〝どこへ行くの？〟と訊《たず》ねたかったが、余計な会話で場の雰囲気を壊したくない。

璃歌は煌人の腰に手を回し、彼が誘《いざな》う場所へ喜んでついていった。


——数十分後。

タクシーに乗って到着したのは、煌人のマンションだった。

正直、ここにはいい記憶がない。したくもない日本酒の勉強をさせられて、肉体的にも精神的にもへとへとになったからだ。

煌人から初めて意味深なキスをされた場所でもあるので、特別と言えばそうなのだが……。

璃歌は以前と同じくモダンなエントランスを通り、エレベーターに乗った。そのまま煌人の部屋へ向かう。

「どうぞ」

ドアを開けた煌人に促《うなが》される。

「お邪魔します」

璃歌は恐る恐る足を踏み入れるが、すぐに振り返り、ドアを後ろ手で閉める煌人を見上げた。

「……あの、勉強会とは違うよね？」

一瞬、煌人の目が点になる。そして眉をひそめたのち、彼が横を向いてぷっと噴き出した。

「ちょっと、笑わないで。勉強は本当にイヤなの。もし勉強させるつもりでマンションに連れてきたのなら、わたしは帰る」

璃歌が煌人の胸を片手で押して玄関ドアのノブに手を伸ばしたその時、肩を掴《つか》まれ、彼の方に振り向かされる。

「何？　……きゃぁ！」

煌人が軽く腰を曲げたと思ったら、璃歌の双丘の下に両腕を回した。その流れで、いとも簡単に持ち上げられる。

璃歌は咄嗟《とっさ》に煌人の肩に掴《つか》まってバランスを取るが、少しばたついたせいでヒールが脱げてしまった。

心の中で〝あっ！〟と思ったが、煌人とキスができそうな距離に気付き、すぐに彼のことしか考えられなくなる。

「煌人さん？」

小声で名前を呼ぶと、煌人の目元がほんのわずかに和《なご》んだ。

「わかってないんだな」

「何を？」

「俺が何故……不機嫌だったのか」

煌人はそう言って歩き出すが、璃歌から目を逸らさない。心を覗こうとする強い眼差しに脈拍が上がっていく。

「考えなかったのか？」

「えっと……慎太郎さんがわたしを気に入ったから？」

「俺は、璃歌を気に入った男全員に嫉妬《しっと》するのか？　代表や君の上司、同僚にも？」

煌人の言葉に、璃歌は激しく首を横に振る。

そんなことで煌人が不機嫌になるはずがない。だったらどうして新幹線の中でもずっと黙っていたのだろうか。

煌人の心が知りたくて目を凝《こ》らしていると、彼が璃歌を下ろした。

璃歌は足を踏ん張り、周囲を見回す。

「えっ？」

そこは脱衣所だった。洗面ボウルは二つ設置され、カップルが一緒に使える仕様になっている。正面には鏡が貼られ、反対の面にはガラス張りのドアがあった。その向こうには広々としたバスタブが見える。

「煌人――」

振り返ろうとした瞬間、煌人が背後から抱きつき、璃歌の腹部で手を交差させた。さらに肩に顎《あご》をのせて、璃歌のこめかみにこつんと頭を触れさせる。

そうしながら煌人は、鏡越しに璃歌を見つめていた。

「わかった？」

「な、何が？」

「俺が不機嫌だった理由」

「あっ、えっと……」

璃歌は返事をしなければと思うが、頭の中に霞《かすみ》がかかり、それ以上考えられなくなる。

ポーッとしていると、煌人が璃歌のブラウスのボタンをこれ見よがしに外し、首筋にちゅっと唇を落とした。

煌人はブラウスの前を開け、キャミソールの上に手を広げる。薄い生地のせいで、彼の温もりが腹部に広がっていった。

璃歌が息を大きく吸うのに合わせて、煌人を誘うように乳房が揺れる。彼はゆっくりとキャミソールを引き上げた。

素肌を指でかすめ、そのまま乳房の上まで生地を捲《めく》る。繊細なレース仕立ての白いブラジャーが煌人の目に晒《さら》された。

カップから零《こぼ》れそうな乳白色の山はいつもより盛り上がっている。息をするたびにキャミソールで乳房を押さえられているせいだ。

いやらしい姿態を明るい場所で晒《さら》されてくらくらしてくる。

「煌人さん、……煌人さん」

懇願に似た声を漏らすと、煌人が璃歌の片手を取って持ち上げる。璃歌が力を抜いて従うと、彼の襟足《えりあし》に触れさせられた。

「うん？　ようやく気付いた？」

「わ、わたし……」

何がいけなかったのか、まだ思い当たらない。必死に考えようとするが、それすらできなくなる。

煌人の行為に意識が集中してしまう。

璃歌が喉を引き攣《つ》らせて息を呑むと、煌人は大きく膨らんだ乳房を包み込んだ。柔らかなそこを揉みながら、片手を上腿に置く。

先ほどキャミソールを捲《めく》ったように、スカートの裾を手繰《たぐ》り寄せる。同時にブラジャーのカップを下ろして乳房を露《あらわ》にした。

色付く乳首が目に入り、璃歌は上擦《うわず》った声を上げる。

「は……ぁ、んっ……あっ！」

煌人の手が動き出し、充血して膨れ上がった乳首を指の腹で転がす。耳朶《じだ》の後ろを舐《な》め、双脚の付け根を撫で上げる。

「ンっ！」

軽く触れられて、一気に腰が抜けそうになる。煌人の首を掴《つか》んで必死に堪えた。

「こんな風に璃歌に触れられる男は？」

「あっ……、っんぁ、あ、煌人さんだけ」

璃歌は忍び寄る甘美な疼《うず》きに身を投じて、煌人の名を口にした。

「そうだ。俺は誰が璃歌を好きになっても構わないと思ってる。上司でも、同僚でも、同級生でも、元カレであってもだ。だがこうして璃歌に触れる男は俺だけ。いいな？

「決して他の男が触れるのを許すな」

無防備になった首筋に、煌人が熱烈な口づけを落とす。その痛みを凌駕《りょうが》するほどの悦《よろこ》びが身体の芯を駆け抜けていく。

璃歌は目を閉じて、熱い息を零《こぼ》した。

ようやくわかった。どうして不機嫌だったか……

慎太郎が璃歌を好きになったから不機嫌になったわけではない。彼に手を握られたうえに、煌人に呼びかけられるまで触れさせていたからだ。

もちろん璃歌も慎太郎を退《しりぞ》けようとした。だけど自分の立場を考えてあまり強く拒絶できなかった。

煌人もそこはわかってくれていると思う。

ただ、理解していても感情はまた別もの。だからこそ、煌人は璃歌の口から説明してほしかった。その部分が恋人として配慮に欠けていたのかもしれない。

「ごめんなさい。もう二度と触られないようにする。だって、わたしに触れられるのは、煌人さんだけだもの」

璃歌は鏡越しに謝り、自分の気持ちを告げる。

ようやく煌人の顔つきが和《やわ》らいだ。彼は嬉しそうに璃歌の耳元に口を寄せる。

「それでいい……」

煌人は甘い声で囁《ささや》くと、璃歌の耳朶《じだ》を唇で挟んだ。

「んんっ！」

「璃歌、ここを持って」

璃歌の手に煌人が何かを押し付ける。目線を下げると、それはスカートの裾だった。何を考えているのかわからないが、彼に従って生地を持つ。

「持ち上げていって……」

煌人が一段と魅惑的なバリトンボイスでおねだりする。でも璃歌は動けなかった。この行為の意味がわかり、手が震える。

煌人はそんな璃歌の手を支え、静かに持ち上げていく。璃歌の白い大腿が見えたと思ったら、ブラジャーとお揃いのパンティが現れた。

「こんな……恥ずかしい」

「君のありとあらゆるところが見たい。いいだろう？」

煌人は璃歌に懇願しながら乳房を揉みしだき、パンティの上で静かに指を動かし始める。

我が身を襲う快感にスカートを握り締めるが、煌人の動きを妨《さまた》げることはできない。

煌人の指が花弁の割れ目に沿って動くと、身が焦《こ》げそうになる。

「っん、っん……、は……ぁ」

下腹部の深奥が火照《ほて》ってくる。全身の熱がそこに集中してざわざわしてきた。

煌人に摘まれた乳房の先端は、彼を求めて硬くなっている。

「あ……っ、んふ……ぁ」

「もっとスカートを持ち上げて」

「ンっ！」

煌人のおねだりはまるで魔法のようだ。言葉に魔力があり、自然と従ってしまう。

璃歌が囁《ささや》かれるまま少しずつ手を上げると、淫唇を弄《いじ》る煌人の指の動きが激しくなった。あふれ出た愛液がパンティに浸潤したせいで、生地に引っ掛からずに滑るのだ。

ぬちゅぬちゅと淫靡《いんび》な音が響くにつれて、身体の中心にできた熱だまりが四方に広がる。

璃歌はうっとりと息を吐き、鏡に映る自分を眺めた。

衣服を乱されながら愛される行為は、なんていやらしいのだろうか。恥ずかしくて逃げ出したいのに、璃歌の身体は煌人の蜜戯を受け入れている。

輝く双眸《そうぼう》、誘惑に満ちた半開きの唇、そして蕩《とろ》けそうになっている表情が真実を物語っていた。

「ここがどうなっているかわかるか？」

煌人は璃歌を愛する部分に力を込める。

「ん……う、んくっ……」

璃歌は潤《うる》んだ目で、煌人の指を見た。そこは粘液でいやらしく光っている。

羞恥《しゅうち》と気持ち良さの狭間で、身体を震わせることしかできない。

「もうこんなに俺に呼応してくれてる」

煌人がクスッと笑う。それだけで、璃歌の息遣いが崩れてきた。

「もっと感じさせたい」

煌人はパンティに指を引っ掛け、ゆっくり下げていく。

「あぁ……」

黒い茂みの奥から滴《したた》る蜜液を見せられて、どれほど感じているのかわかった。空気に触れた秘所がひんやりするのも当然だ。

璃歌が喉を引き攣《つ》らせて息を呑むと、煌人は彼の首に触れる璃歌の手を外した。璃歌の肌を舐《な》めるように、背後からブラウスを脱がす。ブラジャーのホックも外し、スカートのファスナーを下ろした。

それらは全て、璃歌の足元に落とされる。

「とても綺麗《きれい》だ……」

煌人が璃歌の腰に触れた手を上へと移動させる。柔らかな乳房を包み、彼の愛撫で硬くなった乳首を指の腹で弄《いじ》った。

「んっぁ……」

大きく息を吸った拍子に、彼の手のひらに乳房を押し付けてしまう。

「君に触れたら、他のことはどうでも良くなる」

ちゅくちゅくっと耳殻や首筋にキスし、肩に歯を立てて甘噛《あまが》みしてくる。

身体を震わせると、煌人は璃歌の手を取り、そのまま洗面台に置くよう導いた。

「璃歌にも俺に夢中になってほしい」

「もう夢中なのに……」

煌人が璃歌の顔の横に身を乗り出し、鏡越しに璃歌の目を見返す。

「ああ、俺を求めて輝いてる。自分を見てみろ」

璃歌の頬に優しく触れる彼に促《うなが》されて、自分の顔を眺めた。

唇はかすかに開き、艶《つや》っぽい女の色香を醸《かも》し出している。

そんな自分を直視できなくなった璃歌は、反射的に煌人に意識を向ける。彼の双眸《そうぼう》にも隠し切れない欲望が渦巻いていた。

間近で煌人の熱を感じた途端、下肢が甘怠《あまだる》くなり、乳房も重力に従って重くなる。

そっと視線を戻して羞恥《しゅうち》を隠すが、それが間違いだった。

鏡に映る璃歌の瞳は煌人に感じさせられて潤《うる》み、頬はピンク色に染まっている。自分の欲情した表情に刺激され、秘所に熱が集中していった。

しっかり立っていられなくなって洗面台に置いた手に力を込めるが、そのせいで乳房が揺れる。男性を誘うように双丘を突き出す艶《なま》めかしい体位に、息が弾んでいく。

「あ……っ、わたし……っん！」

抱きついてきた煌人が、愛液まみれの蜜口に指を挿入した。

「璃歌、璃歌……」

情愛の籠《こ》もった声で囁《ささや》かれて、背筋に甘い電流が走った。璃歌は背を弓なりに反らし、軽く顎《あご》を上げる。

煌人は熟《う》れた蜜壁を、何度も擦り上げた。瓶の底に残った蜜を掬《すく》うかのようなテクニックに、璃歌は身体を前後に揺する。

「あん、あん……んっ、あぁ……や……ぁ」

煌人の愛技に翻弄され、璃歌は淫《みだ》らに喘《あえ》いだ。

先ほどよりも切羽《せっぱ》詰《つ》まった自分の表情を目の当《ま》たりにし、羞恥《しゅうち》からイヤイヤと頭を振る。だけど煌人は容赦しない。蜜壷に埋《うず》める指を一本から二本に増やし、掻き回すように動かした。

そのたびに、空気がまじり合ったじゅぶじゅぶという淫音が響く。

ああ、もう挿れてほしい！　引いては寄せてくる甘美な波に呑み込まれたい！

璃歌は顎《あご》を上げ、こちらを見守る煌人と目を合わせる。

「お願い、もう抱いて……」

「ああ。俺も早く璃歌を愛したい。だが、まだだ」

ま、まだ⁉

璃歌が言葉を発せられずにいると、煌人が絶妙な力加減で花芽を擦り上げた。

「あぁ……」

小さな火花が瞼《まぶた》の裏で花開き、悦《よろこ》びが散っていった。

璃歌は細く長く息を吐き出し、いつの間にか閉じていた瞼《まぶた》を開ける。

ちょうど煌人が上着を脱ぎ、ネクタイをほどいているところだった。

煌人が服を脱ぐ姿に目が吸い寄せられる。それに気付いた彼が璃歌に微笑んだ。温和な笑みに心臓を打ち抜かれた璃歌は、熱の籠《こ》もった息を零《こぼ》した。

煌人は璃歌に見られているのを承知で、時間をかけてシャツのボタンを外す。シャツが動くにつれて、彼の鍛え抜かれた素晴らしい胸筋と腹筋が覗いた。

初めて抱かれた日に目にしているのに、こうして明るい場所で見るとまた全然違う。だから楽々わたしを持ち上げられるのね——と思いながら均整の取れた体躯に見惚《みと》れていると、煌人がズボンを脱いだ。

ボクサーパンツ姿になっても、まったく期待を裏切らない、引き締まった身体をしている。

璃歌は感嘆の息を零《こぼ》して、煌人の自己主張する部分で視線を止めた。

なんという膨らみだろう。ボクサーパンツの前面の生地は大きく引き伸ばされ、形や太さまでくっきりと露《あらわ》になっている。

璃歌を求めて既に準備ができていると思っただけで、口の中が乾燥してきた。カラカラになり、舌が口蓋に付きそうだ。

それを意識すればするほど、璃歌の体温が上昇していく。

その時、煌人がボクサーパンツに指を掛けて一気に下げた。

「……っぁ」

窮屈な生地から解放された煌人自身が、勢いよく跳ね上がる。天を突くそれは、とても雄々しく漲《みなぎ》っていた。

貸し切り風呂で目視した際とはまったく違う生々しさに、くらくらする。

璃歌は目を瞑《つぶ》るが、煌人の赤黒くて立派なものが頭に焼き付いて消えない。それどころか、彼に貫かれる瞬間を待ちわびて、下腹部の奥が気怠《けだる》くなってくる。

そんな璃歌の手を、煌人が掴《つか》んだ。

「おいで」

璃歌が熱っぽい息を吐いて瞼《まぶた》を開けると、煌人は璃歌の手を引いて歩き出した。ガラスドアを開けて浴室に導《みちび》く。

いつの間にか湯が張られており、水面には泡が浮かんでいた。しかも薔薇の香りがする。

「……これって」

「今日は、最初から璃歌をうちに連れてくるつもりでいたんだ。まずはゆっくりお風呂に浸かってリラックスし、日本酒片手に楽しもうと。まさか、陽が沈まないうちに求めることになるとは……」

煌人に誘われてバスタブに足を入れるが、その場に立ったまま背後の浴室パネルに後ろ手でつくように誘導された。彼は向かい合うように立つと璃歌の片脚を持ち上げ、バスタブの縁《ふち》にのせる。

秘所を晒《さら》す恰好に、璃歌の心臓が痛いぐらいに打った。膝を動かして隠そうとするが、足を踏ん張ると滑りそうになる。

「煌人さん？　……どうしてこんな風に？」

「璃歌を愛するためだ」

バスタブの中で膝をついた煌人は瞳をきらめかせて、璃歌を仰《あお》ぎ見た。そして双丘に手を回し、璃歌の大腿を肩にのせるようにして詰め寄ってくる。

何を望んでいるのかを察し、呼吸のリズムが速くなってく。

「あぁ……、煌人さん」

名前を口にすると、煌人が朗《ほが》らかに微笑み、璃歌の黒い茂みを鼻で掻き分け始めた。

腰が引けそうになるが、しっかり双丘を押さえ込まれていて身動きできない。しかもそこを優しく揉んでは、後ろから花弁に指を滑らせ、湿った息を吹きかけた。

「あっ、んんぅ！」

洗面所で軽く達したのもあり、燃え上がった火は鎮火しつつあった。ところがちょっとした刺激で、火は瞬《また》く間に勢いを増す。下腹部奥の熱が上昇し、煌人の訪れを待ち望む蜜口が戦慄《わなな》いた。

璃歌の身震いが止まらなくなってくると、煌人は濡れそぼった媚襞に口づけて舌を這《は》わせる。

「っんぁ！　……あき、と……さん、ダメっ……あっ、あっ……んくっ！」

下肢の力が抜けるぐらい、強烈な快感だった。

そうされるのが恥ずかしいのに、煌人の愛撫は素敵で、もっととせがんでしまいそうになる。

必死に唇を噛《か》み締めると、煌人がこれ見よがしに淫猥《いんわい》な粘液音を立てて、美味しそうにそこを舐《な》めた。温かい感触のみならず、聴覚からも感じさせられる。

「うっ！　……は……ぁ、いいっ……あっ」

煌人の舌使いはとてもいやらしい。しかも微妙な振動を送っては、花蕾を舌先で突いてくる。そうして蜜にまみれて柔らかくなった花びらを、舌の先で押し開いた。

上半身がビクンと跳ねて、璃歌の腰が抜けそうになる。しかし煌人は愛戯を止《や》めない。璃歌が絶え間なく喘《あえ》ぎ続けるまで、あふれてくる蜜液を舌で舐《な》めた。

緩やかな潮が再び渦を巻き、璃歌を愉悦という名の鎖で搦《から》め捕《と》ろうとしてきた。

璃歌はバスタブの縁《ふち》に置いた爪先《つまさき》を丸めて、快い潮流《ちょうりゅう》に身を投げ出す。

「ンッ……、あ……っ、やぁ……」

「もっと淫《みだ》らに声を上げてくれ。乱れて感じてほしい」

「だったらもう……来て。お願い！　一緒がいい」

璃歌は煌人の頬に触れ、切実に訴える。

これ以上自分だけが感じさせられるのはイヤだ。煌人と一つに溶け合いたい！

「そんな風におねだりされたら拒めないな……。もっと璃歌を悦ばせたいのに」

煌人はそう言って立ち上がり、正面から璃歌の茂みを弄《もてあそ》んだあと、指をするりと滑らせた。そのまま淫唇に沿って優しく擦り始める。

「ンっ……はぁ……っ、んくっ」

時折充血して腫《は》れ上がった花芯に触れるせいで、体内に蓄積する熱だまりがどんどん膨れ上がっていく。

「うん……、準備は万端みたいだな」

煌人がクスッと笑みを零《こぼ》した。璃歌は小さく唇を尖らせて煌人の胸を叩くが、すぐに唇を開けて息を呑む。

いきなり片脚を腕で支えた煌人が、ぱっくり割れた花弁に楔《くさび》の先端を捩《ねじ》り込んできたからだ。

「っんぁ、そ、そこ……！」

「わかってる。ここだろう？」

煌人は嬉しそうに璃歌の額に自分の額をこつんと合わせ、腰をぐいっと前に突き出した。

「あ……っ、んぁ……。く、苦し……っんん」

一本足で立つ璃歌を支えると同時に、向かい合って愛し合う立位だ。足元が不安定なのに結合が深いせいで、とても苦しい。

しかもぴっちり包み込んでいるため、煌人の硬さや蜜筒を広げる太さまでわかった。

それは璃歌の温もりを感じて、喜ぶように息づいている。

「ああ、凄《すご》い力で俺を締め付け、腰が抜けそうなほど俺を淫《みだ》らにさせる。何故かわかるか？」

煌人が璃歌の腰に回した手を動かし、滑《なめ》らかな柔肌を上下に撫でる。そのたびに繋《つな》がった蜜口が収縮し、身を焦《こ》がされそうになる。

簡単に達せそうなほど身体は敏感になっている。だけど璃歌と違って、煌人は悦《よろこ》びを得ていない。自分だけが歓喜に浸るのではなく、彼と共に駆け上がり、一緒に絶頂を感じたい。

璃歌は煌人の胸の上で拳を作り、荒波に耐えようと下腹部に力を込める。

しかし、そう簡単にはいかなかった。煌人がゆっくり腰を動かして、璃歌を突き上げ始める。

「璃歌のいやらしい粘液が俺に絡みつく。とても気持ちいい……」

「わ、わたし……っんく！」

蕩《とろ》けるような感覚を知っている身体は、即座に反応を示す。

「あん、あん……っんぅ、は……ぁ、くっ！」

璃歌は煌人の首に両腕を回して抱きついた。

煌人に深奥の敏感な部分を擦られるたびに、火が点いた鋭い矢に何度も打ち抜かれるかのような刺激に襲われる。身が焦《こ》げてしまいそうだ。

煌人の突き上げから逃《のが》れたくて、璃歌は爪先《つまさき》立ちになる。なのに彼は、重力を味方につけて否応なく璃歌の裸体を揺すってきた。

身体が過剰に反応するのを止められない。

「ンッ……、あ……っ、ふぁ……っん、っん」

煌人の律動が速くなるにつれて声がかすれる。璃歌のこめかみに触れる彼の唇が、ほころんだ。

「だんだん熱くなってきた……」

煌人が手を上へと滑らせ、乳房を手のひらで包み込んだ。揺れる乳房を支えるように揉みしだいては、硬く尖る乳首を捏《こ》ねくり回す。

「わ、わたしも……っん、どうにか、なり……そう」

湯の水面が波打って素肌を舐《な》める。膝に泡が貼り付いては伝い落ちていく感覚が、より一層璃歌を過敏にさせた。

「璃歌の喘《あえ》ぎは本当に俺を興奮させる……。わかるだろう?」

璃歌は息を弾ませて、何度も小刻みに頷《うなず》く。

「ああ、凄《すご》い。こんなに夢中になるとは」

煌人は璃歌の頰を鼻で擦《さす》り、湿り気を帯びた吐息で柔肌を撫でる。顎《あご》のラインに唇を這《は》わせるが、口元でぴたりと動きを止めた。

「璃歌は?……俺に夢中になってるか?」

煌人の言葉には熱が籠《こ》もっている。まるで獲物を前にして高揚する肉食獣みたいだ。

そうなるのは、相手が璃歌だから……

「うん。だって、こんなに……好きなんだもの。好きでなければ……っんぁ、こんな風に感じやすく……っん、ぁ……ならない」

璃歌は煌人の額に自分の額を擦り付けて、胸に渦巻く彼への想いを伝える。

「俺もだよ」

そう言うと、煌人は璃歌の唇を塞いで激しく突き上げた。

「んっ、んっ、んっ……ぅ」

璃歌の喘《あえ》ぎは、煌人の口腔《こうこう》に吸い取られる。息を継いでは何度も唇を重ね、煌人が紡ぐ愛のリズムを受け入れた。

煌人の怒張で濡れそぼる蜜壷を掻き乱され、ぐちゅぐちゅと淫猥《いんわい》な音が浴室に響き渡る。

それに呼応して、璃歌の心拍数もどんどん上がっていく。

めちゃくちゃに感じてしまうことに恐怖を覚えながらも、脳の奥を蕩《とろ》けさせる快い潮《ちょう》流《りゅう》に陶酔してしまう。

ああ、どうにかなってしまいそう！　――そう思った瞬間、煌人の腰つきが変わった。

締まる蜜孔を広げる律動から、徐々に微妙な角度をつけて蜜壁を擦る動きになる。

「う、嘘っ、あっ、あっ……ダメっん、感じ過ぎちゃう」

璃歌を襲う快感が強烈になる。それは身体の芯を何度も貫いた。

送られる熱は体内に溜まり続け、じわじわと侵食する。全身の力を失わせようとでもするかのようだ。

璃歌は渇欲《かつよく》を隠せない目で煌人を見る。彼は璃歌が悦《よろこ》びに声を上げる様《さま》を丹念に眺めた。

「とても綺麗《きれい》だ……」

愛情の籠《こ》もった双眸《そうぼう》に、璃歌の心臓が飛び跳ねる。体内で滾《たぎ》る炎を煽《あお》られて、下腹部の深奥がざわざわし始めた。

璃歌は顎《あご》を引き、苦痛に顔を歪《ゆが》ませる。煌人が璃歌の肩を舐《な》め、歯を立てて甘噛《あまが》みした。たったそれだけで、彼自身を受け入れる濡壷がきゅっと引き締まる。

「ああ……っんく！」

「今日はとても感じてる？　俺に合わせて腰が軽く動いてる」

「だって……煌人さんがめちゃくちゃ感じさせてくる……ンっぁ」

有無を言わせない突き上げで璃歌を翻弄していたのに、急にゆったりした拍子に変えて昂《たかぶ》りを抜いた。

「んぁ、いや……」

不満の声が漏れる。煌人自身を逃したくないとばかりに、媚孔がぴくぴく蠢《うごめ》いた。

「煌人さ……ん、やめないで」

璃歌は煌人の鼻に自分の鼻を擦り付けて強請《ねだ》る。

「やめるわけないだろう？」

情熱的に囁《ささや》いた煌人は璃歌の手と腰を掴《つか》みくるりと反転させた。

「あっ！」

目の前の浴室パネルに手を突く体位を求められた。煌人の目に双丘を晒《さら》す恥ずかしい体勢に、脚の付け根が痛いぐらいにじんじんしてくる。

璃歌が肩越しに顔を向けると、煌人が上体を倒して背後から抱きついてきた。

愛撫で重くなった乳房を掬《すく》い、もう一方の手を引き締まった下腹部に広げる。ゆっくりと手を滑らせて黒い茂みを指でまさぐり、蜜戯でぷっくりした花芯を擦り上げた。

「……ンぅ」

痛みに襲われて璃歌の腰が引けてしまう。しかし煌人はさらに割れ目に沿って撫でる。花弁を左右に押し開くと、彼が太い硬茎を捩《ねじ》り込んだ。

「あ……っ、あぁ……」

既に広げられた蜜口は柔らかく、怒張はすんなり収まった。にもかかわらず、璃歌は息が詰まりそうになる。

体位が違うせいだ。これまでとは違う箇所に彼の切っ先が触れている。そこを強く擦り上げられて、何度も尾《び》てい骨《こつ》から背筋にかけて甘い電流が走っていった。

「ああ、どうしよう。は……ぁ、っあ……」

小さく頭を振っては、押し寄せてくる波に身を仰《の》け反《ぞ》らせる。

煌人は璃歌を小刻みに揺らしながら、浅い抽送を繰り返す。そして乳房を揉みしだき、武骨な指と指の間から充血した乳首を覗かせて摘まんだ。

「あん……っ、く、やぁ……ん、ふぁ……」

璃歌は腰をくねらせ、じりじりと忍び寄る情火から逃げようとするが、そうすればするほど熱が蓄積されていく。

「ンっ……ぅ、あっ……」

煌人の愛戯に陶酔し、猫が伸びをするように背を反らせる。すると、彼は律動のリズムを変化させた。

「んぅ……ふぁ……んんっ」

がくっと手の力が抜けて、璃歌の上半身が下がる。そのせいで、太い硬茎で埋《うず》められる角度が変わった。

姿勢が低くなったことで、また違う蜜壁を擦られる。あまりの気持ち良さに、浴室パネルにつく璃歌の手がぶるぶると震えてきた。

「あぁ……っ、ふぁ……っん、っん」

璃歌の腰が抜けそうになるが、それは彼の象徴部分が一段と膨張して角度が鋭くなったせいだ。

これまでよりもさらに硬く感じるのは、彼も切羽詰《せっぱつ》まっている証拠。

わたしと一緒に、煌人さんにももっと乱れてほしい！　――そう思うのに、璃歌は彼を悦ばせるために動くことはできない。それぐらい彼の愛技に、身も心も翻弄されている。

「はぁ……んっ、……ふぁ……あっ、ああ……」

煌人が荒い息遣いで璃歌を激しく急き立て始めた。

湯が跳ね上がるのと同時に、璃歌の嬌声《きょうせい》が大きく響く。まるで協奏するかのような音色に、空気を含んだ粘液音も加わった。

「ああ、璃歌……。もっとだ、もっと感じるまま声を上げてくれ。君の全てがほしい！」

「お願い……これ以上は……っんぁ、ダメ……、ふぁ……んっ、あ……っ！」

煌人は次々にあふれる愛液を掻き出す。彼の腰つきが速くなればなるほど、身を焼く甘美な炎が大きくなる。

「ダメ……、ダメ……、あ……んっ、やぁ……、は……ぁんんく」

快楽の淵《ふち》へ引き摺り込まれそうになり、璃歌は反射的に唇を噛《か》む。だけどすぐに口が開き、誘惑に満ちた声が漏れた。

「まだだ……。もう少し耐えてくれ。ここで終わらせない。今以上の快感を与えたい」

璃歌の耳元で期待させるように囁《ささや》いたのち、煌人は一度浅く腰を引き奥深くに楔《くさび》を打ち込んだ。

太くて硬い昂《たかぶ》りで奥を擦られて、体内で滾《たぎ》る炎が凄《すご》い勢いで増幅されていく。煌人の手で一度達したのに、まだそれ以上のものを求めているのだ。

力強い突き上げを受けて、璃歌の意識が朦朧《もうろう》としてきた。

素晴らしい恍惚感《こうこつかん》に浸りつつも、蜜孔は彼をきつく締め上げる。

「っん……ああ、は……ぁ」

「気持ちいいか？」

「うんっ、は……っ、ンぁ……気持ち、いいっ！」

ぶるっと身体を震わせながら肩越しに振り返り、情熱で潤《うる》む目を向けて想いを伝える。

煌人は艶《つや》っぽい笑みを浮かべて、顔を近づけてきた。

「キスしたい」

わたしもキスされたい――そう心の中で呟《つぶや》き、璃歌は上体を起こして彼を迎え入れようとかすかに口を開く。

その瞬間、狙いすました煌人に、唇を塞がれた。

「ツン……、っんぅ……、んふ……ぁ」

煌人は律動するのと並行して濡れた舌を絡ませる。璃歌を貪《むさぼ》り、深く息をするタイミングさえも奪った。

直後、煌人が璃歌の総身を揺さぶる抽送のリズムを速めた。

体内の熱が急激に膨張し、それは愉悦となって身体にまとわりつく。溺れてしまうのではないかと思うぐらいねっとりしていた。

「あぁ……、いや……ぁんぅ」

璃歌が顔を歪《ゆが》ませると、煌人がより一層追い立ててくる。彼が刻むリズムは息を継げないほど激しかった。

もうダメ、感じすぎてどうにかなってしまいそう！

「ッン、……あ……っ、はぁ、……っぅ」

璃歌は身をくねらせ、四肢の力を奪う渦潮《うずしお》に身を投じた。

「ああ、璃歌。君の何もかもが愛おしい」

煌人の声が情熱的にかすれる。璃歌を穿《うが》つ怒張の具合から、彼もギリギリのところまで押し上げられているとわかった。

煌人の状態を実感するにつれて、歓喜に包まれていく。大きく漲《みなぎ》った硬杭で蜜を掻き出すようにずるりと抜かれ、何度も深奥まで挿し入れられれば尚更だ。

璃歌は瞼《まぶた》を閉じ、どんどん浸透してくる熱に身を投じた。

「あん……っ、もう……わた、し……っ」

ちょっとした愛戯で最高潮に達しそうになる。

咄嗟《とっさ》に浴室パネルについた手に力を込めるが、一番感じる部分を執拗《しつよう》に擦られ、押し寄せる波に抗《あらが》えない。自然と煌人のものをぎゅっと強く締め上げた。

「クッ！　きつ……っ！」

煌人は苦痛の声を漏らしつつも手は緩めない。これ以上ない激しいスピードで璃歌を揺らす。

「んっ、ふぁ……っ、あ……っんもう……ダメ……い、イクッ！」

徐々に涙が浮かび、喘《あえ》ぎも嗚咽《おえつ》に似たものに変わっていく。

もう快楽に耐え切れない。

璃歌がすすり泣くと、下腹部に回った煌人の手で花芽を擦られた。

刹那《せつな》、強い刺激が脳天へと駆け抜け、体内で巡る熱だまりが一気に弾《はじ》け飛んだ。

「ンっぁあ……」

強烈な炎に包まれて、璃歌の身も心も天高く飛翔した。

無音の世界に飛び込むとともに、瞼《まぶた》の裏に眩《まばゆ》い閃光が放たれる。くらくらするほどの色鮮やかな光が射した。

璃歌は身体を硬直させて甘美な潮流《ちょうりゅう》に漂うが、眩暈《めまい》を起こしたように瞬《また》く間に落下していった。

そんな璃歌を追い、煌人が深奥に昂《たかぶ》りを埋《うず》めて熱い精を迸《ほとばし》らせる。

「あぁあ」

煌人が満ち足りた咆哮《ほうこう》を上げ、数回ビクビクッと痙攣《けいれん》する。その振動に胸を震わせて、璃歌は快い陶酔に浸った。

あれほど濃厚な空気に満たされていた浴室は、今では静寂を取り戻し、二人の吐息が聞こえるだけになる。

璃歌が自分の腹部に置かれた煌人の手に手を重ねると、彼はゆっくり腰を引いた。

「は……ぁ」

まだ完全に芯を失わない硬茎が媚孔からずるりと抜ける。あまりにも心地いい感触に、璃歌は軽く背を反らした。

「おいで」

ぐったりする身体を煌人に支えられながら振り返り、腰を落として温かな湯に浸かる。

「ふぅ〜」

璃歌は瞼《まぶた》を閉じて感嘆の息を吐いた。

煌人と愛し合うようになって以降、彼の手ほどきを受けて愛し方を教えられてきた。

好みの体位、嗜好《しこう》、そして感情を露《あらわ》にすることを……

そもそも璃歌は感情を隠す性格ではないし、愛している男性との濃密なエッチも嫌いではない。だから苦など一つもなかった。煌人に愛されているという実感が持てるからだ。

璃歌はふっと微笑み、泡を掬《すく》って首元や肩にかける。そうしながら、湯船の中でこっそり腕や大腿を揉んだ。

それを見抜いた煌人が、クスッと声を漏らした。

「疲れた？」

「心地いい……疲れかな」

頬を緩めると、煌人が急に璃歌の足首を掴《つか》んで自分の方へ引き寄せた。

「無理をさせた償《つぐな》いはする」

煌人はそう言って、驚く璃歌を尻目に優しい手つきでふくらはぎを揉み始める。

「筋肉が強張《こわば》ったのは、俺のせいだし。……それぐらい、俺に感じてくれたという意味だろ？」

煌人が片眉を上げて微笑む。そんな彼を、璃歌はうっとりと見つめた。

確かに煌人は優男《やさおとこ》を演じて女性社員から騒がれている。だが、彼女たちには皆平等に接し、特別扱いはしない。

こんな風に情熱を傾けて大切にする相手は、璃歌ただ一人なのだ。

うん？ 優男《やさおとこ》を演じて？ ——そう思うや否や、璃歌はハッとした。

そうだった。何故煌人が優男《やさおとこ》を演じているのか理由を知りたかったが、ずっと訊けないままになっていた。

今こそチャンスかもしれない。

「煌人さ——」

璃歌が呼びかけた瞬間、彼が手を少しずつ滑らせてアキレス腱のあたりを持った。足を湯から出し、爪先《つまさき》に口づける。

「あ、煌人……っん！」

煌人が爪先《つまさき》を舐《な》めては舌を這《は》わせる。たったそれだけで下腹部奥が重くなり、そこがざわつき始めた。

煌人に絶頂を与えられてからまだ時間が経っていないせいで、ちょっとした刺激でも感じてしまう。

「待って……。わたし、訊きたいことが……！」

「なんだ？　……知りたいことはなんでも教えてやる」

そう言いながら、璃歌の足に執着する。舐《な》めるのみならいざ知らず、口腔《こうこう》に含んでちゅぷちゅぷと音を立てては舌で弄《もてあそ》んできた。

鎮火しつつある火を煽《あお》られて、身を捩《よじ》るほどの疼痛《とうつう》に襲われる。

「っぁ、ダメ……」

璃歌は膝を胸に引き寄せて、愛撫から逃《のが》れた。

煌人がにやりと唇の端を上げる。獲物を発見した肉食獣の如く、その双眸《そうぼう》をぎらつかせて忍び寄ってきた。

堪《たま》らず背を向けて逃げようとするが、そうする前に煌人が腰を上げて身を乗り出す。

悲鳴を上げる間もなく、彼の腕の中に引き寄せられた。

急に動いたせいで湯が跳ね上がり、浴槽から泡が飛び出す。咄嗟《とっさ》に瞼《まぶた》を閉じて避けるものの、それは璃歌の顔にかかった。

「っんぷ！　……も、もう！」

璃歌は手で顔を拭《ぬぐ》い、肩越しに煌人を睨《にら》む。しかし彼は気にしない。璃歌の腹部に回した両腕に力を込めると、肩に顎《あご》をのせてきた。

その勢いで頬にちゅっとキスを落とされる。そうされると、不満などどこかにすっ飛んでいった。

口元をほころばせた璃歌は、煌人の胸に凭《もた》れて彼の手に自分の手を重ねた。

「そうじゃなくて……。あのね、一つ気になることがあって」

「何？」

「煌人さんは、どうして会社で優男《やさおとこ》を演じてるの？」

「優男《やさおとこ》？　……ああ、皆に平等に接してる件か？」

まるでなんでもないように気怠《けだる》げに話し、璃歌の耳朶《じだ》を唇で挟む。

「うん、そう」

背筋を這《は》う痺《しび》れに思わず肩を窄《すぼ》めながらも、璃歌は返事をした。

「別に、深い意味はないけどな」

「意味がない!?」

想像しなかった答えに仰天して、璃歌はさっと背後に目を向ける。煌人は素直に頷《うなず》き、再び璃歌の肩に顎《あご》をのせた。

「単なる処世術だ。俺は酒造メーカーで働いていたが、ヘッドハンティングの話を受けて転職した。知ってるよな？」

璃歌は頷《うなず》く。煌人がヘッドハンティングされて入社した話は、社内では有名だった。

「この件について興味を持つ者もいれば、良く思わない者もいる。そういう状況下で認められるには、ひたすら仕事に没頭するしかなかった」

煌人の言う意味はわかる。普通に入社してきた人たちとは違うからこそ、彼らよりも認められる働きをしなければという重責があったのだろう。

だからといって、それは優男《やさおとこ》を演じる理由にはならない。

「……まだ納得がいかないのか？」

「うん……」

こくりと頷《うなず》くと、煌人が呆れ気味に息を吐いた。

「俺は新入りだろ？　一番大切なのは仕事に励むこと。次に同僚や部下たちといい関係を築くことだ。だが厳しく見られたよ。ヘッドハンティングされるほどの能力があるのかと……。逆に女性社員は転職してきた俺に興味を持った。それが一番面倒だった」

「面倒？」

即座に問いかけると、煌人が脱力するように璃歌に凭《もた》れかかった。

「同僚たちから厳しい目を向けられている状況で、女性社員に囲まれれば、彼らはいい気はしないだろう？　その中に、もし意中の女性がいればどうなる？」

「余計に反感を買う？」

璃歌の返事に、煌人が力強く頷《うなず》いた。

「同僚の恋愛事情なんて知りたくもない。だが俺の行動一つで仕事に支障をきたすかもしれない。だったら、逆のことをすればいいと思ったんだ」

逆のこと——どの女性とも話さないか、もしくは誰にでも平等に接するという意味だろう。そして、煌人は後者を選んだ。

結果、皆に優しい姿勢に女性社員たちは惹かれ、多くの人が煌人に抱かれたいと言い始めた。でも彼は、決して誰かを特別扱いしなかった。だから不協和音を生まなかったのだ。

「ヘッドハンティングされた事実は消せない。色眼鏡で見られるからこそ、俺は慎重に仕事に励む必要があった。他の件で足を引っ張られたくない以上、事前に対策を講じないとな」

璃歌は何度も深く頷《うなず》く。

ようやくわかった。煌人が優男《やさおとこ》を演じていたのは、女性に好かれたいという理由ではない。誰にも興味を持っていないと態度で示していたのだ。

「女性に好かれたくて優男《やさおとこ》を演じていたとしたら、文句を言うところだった」

からかうように言った瞬間、煌人は腹部に回していた手を上げ璃歌の顎《あご》に触れた。そして横を向かされる。

煌人が覗き込んできたため、璃歌は彼に向き直った。

「好かれたいだって？　誰にでもいい顔をする男を好きになる方がおかしい。……璃歌も俺を無視していただろ？」

煌人が片眉を上げて笑う。

璃歌は煌人の両肩に腕をのせ、彼の首の後ろで手を組む。そのまま彼にしな垂れかかった。

「だってわたしは日本酒にしか興味がなかったし。煌人さんがあの噂の取締役だと知ってからは〝触らぬ神に祟《たた》りなし〟と……っん！」

煌人が軽く身を仰《の》け反《ぞ》らせ、璃歌の額を小突いた。

璃歌は額を擦りながら苦笑いする。

「だけどそういう出来事があったから、わたしは煌人さんに惹かれたの。運命だったのかな」

「本当にお前は……」

目を輝かせた煌人は、璃歌の背に腕を回し、素肌を舐《な》めるように上へ滑らせた。

「俺がどれほど夢中なのか、もっともっと教えてやる」

煌人は璃歌を愛しげに抱きしめる。そして顔を寄せて口づけし、繰り返し貪《むさぼ》った。激しく求めることで、自分が発した言葉を証明する。

「んぅ……は……ぁ、あ……んっ」

煌人のキスに応《こた》える璃歌の顔に、自然と笑みが広がっていく。

「笑っていられるのは今だけだ。ベッドでは余裕をなくしてやる」

ついさっき達したのに、もう璃歌をその気にさせて抱こうとしている。求められるのが嬉しくて、璃歌はまたも頬を緩めた。

「……うん。わたしをめちゃくちゃに愛して」

「もちろんだ！」

璃歌のおねだりが嬉しかったのか、煌人が即座に約束する。

「璃歌が身体をくねらせて泣き声を上げても、やめないから。覚悟してて」

そう言うと、煌人は璃歌を抱いて立ち上がった。

璃歌は反射的に煌人の首に回した腕に力を込め、揺れる身体を支える。彼は璃歌に微笑むと、濡れたタイルの上を歩いて浴室を出た。

そのまま煌人は廊下を進んで彼のベッドルームに連れていった。そして約束どおり、再び璃歌の余裕をなくすほど愛したのだった。

第六章

KURASAKIコーポレーションの本社からほど近いところにあるシティホテルのバンケットルーム。会社の行事としてこの部屋で春と秋に開催される日本酒の試飲会には、今回もほぼ全社員が集まっていた。

春の試飲会は自社が取り扱う日本酒の味を新入社員に知ってもらうため、秋の試飲会は日本酒の美味しさを社員たちに味わってもらうために行われる。

今日は金曜日。試飲会が終われば、会社に戻らずに帰宅できる。そのためか、社員たちは心おきなく日本酒を飲んで歓談していた。

煌人は壁際に立ち、まるで合コンのようにテーブルを回る社員たちを観察する。

そんな煌人のもとに、小橋が近づいてきた。

「取締役、新しいものをお持ちいたしました」

日本酒が入った江戸切子のグラスを差し出す。

煌人は空いたグラスを渡して新しいものを受け取り、香りを嗅いだ。かすかに桃に似た甘い匂いが鼻腔《びこう》をくすぐる。

「これはどこの？」

「山口の郷川《さとかわ》酒造です」

「山口？　だったらこれは、璃歌が推薦した酒蔵のものではないな」

そう言えるのは、事前に提出された日本酒のリストに目を通していたためだ。

最近では先に璃歌の名前を探し、彼女がどこの酒蔵に興味を持っているのかを把握するようにしている。

それにしても、この日本酒は璃歌がとても好きそうな味だ。

「試飲会議であれば、間違いなく璃歌が推すだろうな」

「白井さんのおすすめとなれば、文句なしでしょう」

璃歌を認める小橋の言葉が嬉しくて、自然と口元がほころぶ。

その直後、小さな嬌声《きょうせい》が耳に届いた。

煌人は顔を上げ、そちらに目線を向ける。二十代の女性社員たちが華やかな表情で、煌人をこそこそと眺めていた。

煌人が唇の端を上げて会釈《えしゃく》すると、彼女たちははしゃぎ出す。

煌人はそれに反応を示さないまま、小橋に向き直ると笑みを消した。それを見ていた彼は失笑するが、すぐに表情を引き締めて軽く咳払いをする。

「そろそろ仮面を脱ぎ捨ててもよろしいのでは？　既に社内の内情はご存知なのですから」

「変えたら変えたで、いったい何があったんだと別の意味で好奇心を掻き立てる。こういう場合は、何もせず……これまでどおりが一番いい」

「はい」

恭《うやうや》しく頭を下げる小橋の肩に触れて、煌人はそっと彼に顔を近づける。

「試飲会が終われば、小橋も上がっていい。俺は璃歌を誘って出かける」

「承知いたしました」

煌人が頷《うなず》くと、小橋が黙礼して下がる。

それを見計らったように、女性たちが煌人に近寄ってきた。

「取締役、飲んでますか？　よろしければ新しいグラスを持ってきましょうか」

可愛らしい声で媚《こ》びを売る女性社員。

煌人は朗《ほが》らかに微笑んだ。

「ありがとう。まだ入ってるので大丈夫です」

彼女たちと話すのを避けるように、グラスを口に運んだ。

口腔《こうこう》に広がるフルーティな味は、何度も堪能したくなるほど美味しい。

璃歌が傍にいれば、きっと人目も気にせずに目を輝かせて、煌人に日本酒の素晴らしさを伝えるだろう。

璃歌の生き生きした表情がいとも簡単に想像でき、煌人は自然と頬を緩めた。

「本当に美味しい」

そう呟《つぶや》いた時、傍のテーブルにいた男性が歓声を上げた。

「これはいける！」

「ああ、これは美味しい！　海外の方々に好まれるのもわかる。芳醇《ほうじゅん》な香りはワインに似てるが、深みが全然違う。うちのマーケティングチームは凄《すご》いな」

煌人は思わず顔をそちらに向ける。

そこにいたのは二十代ぐらいの男性二人で、グラスを手に話し込んでいた。一人は眼鏡をかけた短髪の男性で、もう一人は髪の毛をアシンメトリーに刈った印象的な男性だった。

二人とも何かスポーツをやっているのか、体形はがっちりとし、話し方はとても溌溂《はつらつ》としている。

妙に気になって注視する煌人に気付かず、眼鏡をかけた男性が顎《あご》でどこかを示した。

「凄《すご》いのは彼女だよ。主査の白井さん」

突如飛び出した璃歌の名前に、目を眇《すが》める。

「彼女が推薦する日本酒はどれも美味しくて、役員たちも白井さんを絶賛してる。知ってるか？」

「何を？」

「マーケティング事業部の野崎部長、いるだろ？　手土産《てみやげ》に日本酒を選ぶ時、白井さんに相談するらしい。彼女がすすめたものは必ず先方も喜んでくれるとか」

「信じられないよな……。あんなに綺麗《きれい》な白井さんが、酒の味がわかるなんて。しかも――」

「酔わない！」

二人は同時に肩を揺らして笑う。

「凄《すご》い才能だよ……。今度、俺も彼女に声をかけてみようかな」

眼鏡をかけた男性の言葉に、煌人の片眉がぴくりと上がる。

「お前も？　実は俺も考えてた。おすすめの日本酒を選んでもらうんだ。そしてお礼に食事に誘ってさ。意外と距離が近づくかも」

「じゃ、今から行ってみる？」

行ってみる？　璃歌との距離を縮めるために？

煌人の心臓が激しく鼓動し、息が詰まりそうになる。

「ああ、行こう！」

煌人は柄にもなく男性社員に声をかけて意識を逸らそうと足を踏み出すが、反射的に動きを止めた。

今後こういう場面に度々居合わせるかもしれないが、その都度出しゃばるのは不可能だ。

煌人は彼女の飾らない姿と、日本酒に対する熱意に惹かれた。先ほどの男性社員もそうだし、杜氏《とうじ》の慎太郎もそうだ。

結局のところ、恋心というのは他人がどうこう言って消せるものではない。はっきりと拒めるのは、想いを告げられた者のみだ。

それはわかっているが、璃歌が男性から言い寄られる光景を目にしたくない。男性が璃歌に興味を持つのも、近づくのも、正直腸《はらわた》が煮えくり返るほど嫌だ。

なんということだろうか。

こんなにも一人の女性に惹かれるようになるとは……。

考えてみれば、璃歌に出会う前はそれほど女性に夢中になった経験がない。

だが璃歌には、愛という名の真綿で包み込み、誰の目にも触れさせたくないと思うほど心を奪われている。そういう感情を抱いた相手は、彼女が初めてだった。

今更ながら、これまでとは全然違う自分に、笑いが込み上げてくる。

煌人はグラスに口をつけてほころびを隠すが、不意に女性社員が傍にいたのを思い出した。

ゆっくりそちらに意識を向けると、二人は静かに煌人を窺《うかが》っていた。

「何か楽しいことでもあったんですか？」

期待するような表情を浮かべる女性たちに、煌人は小首を傾《かし》げてグラスを掲げた。

「これがとても美味しくて。皆さんも、どうぞいろいろな日本酒を味見してきて」

「えっ、ですが――」

「おすすめを見つけたら、教えてくれるかな？　専門の舌を持つ彼らとは別に、選定に関わらない君たちの意見も是非知りたいと思ってるんだ」

煌人が微笑むと、女性たちは目を輝かせて何度も小刻みに頷《うなず》いた。

「もちろんです！　いろいろな日本酒を味見してきますね」

「よろしく」

煌人のお願いに、女性たちは意気揚々《いきようよう》と試飲テーブルに向かう。

煌人は一人になると小さく息を吐き出し、ショットグラスの中身を一気に飲み干した。しばらく空になったショットグラスに視線を落としていたが、先ほどの男性社員が向かった先が気になり、そちらを目で追う。

璃歌に話しかける男性社員の姿が、すぐに飛び込んできた。

男性社員の気持ちがわかるだけに、やはり胸の奥がムカムカしてくる。ただそれを顔に出すほど愚かではない。

追って邪魔をするべきか、それともどんと構えているべきか……

そんなことを考えていた時、ホテルの女性スタッフとマーケティング事業部の係長である篠田が璃歌に近づき、話しかけるのが目に入った。

璃歌は篠田の話に耳を傾けていたが、途中でぎょっとした表情になる。そして傍にいた同僚の女性に話しかけると、ホテルスタッフと一緒にバンケットルームを出ていった。

問題が起こったと察した煌人は、考えるよりも先に歩き出していた。傍を通りかかったボーイのトレーに空のグラスを置き、その足で廊下に出る。

行き交うホテルの利用客の中に璃歌の姿がないかと探すが、見当たらない。

「どこへ行った？」

煌人がぼそっと呟《つぶや》き周囲に目を凝《こ》らしていると、小橋が駆け寄ってきた。

「篠田係長に聞いてきました。フロントで白井さんを呼び出された方がいて――」

「そいつは？」

「光富慎太郎です」

慎太郎が東京に来ている事実に度肝《どぎも》を抜かれ、振り返る。小橋が頷《うなず》くと、煌人は再び正面を向いて歩き出した。

小橋は煌人の速さに合わせて横に並び、顔を近づける。

「詳細はわかりかねます。ですが、現在光富酒造とは別の種類の酒についても取引を検討中なこともあり、篠田係長が彼を優先するようにと言ったそうです」

「わかった」

煌人は人混みを避け、エレベーターではなく階段を使って下りる。ロビーに続く廊下を進むと、遠目にフロントが見えた。

璃歌の姿を探しながらも、半歩後ろを歩く小橋に伝える。

「これから何が起こるかわからない。臨機応変に対応してくれ」

「そのようにいたします」

小橋の返事の直後、一人の男性が、璃歌を外に連れ出そうとしている光景が視界に飛び込んできた。

男性の後ろ姿しかわからないが、その高身長と体格の良さからきっと慎太郎に違いない。

外へ出る前に、どういった用件でここに来たのか、それを聞かなければ……

璃歌の背に触れて歩く慎太郎の方へ、煌人は足早に向かった。

＊＊＊

――数分前。

「えっ？　光富酒造の杜氏《とうじ》が来られているんですか⁉」

試飲会が行われているシティホテルに光富酒造の杜氏《とうじ》が来ていると教えてくれたのは、係長の篠田だった。傍には三十代ぐらいのホテルの女性スタッフもいる。

「どうしてここにいると知ってるんでしょう？」

素朴な疑問に、篠田が頭を振る。

「想像もつかん。取引相手とはいえ、会社の人間が白井さんの場所を伝えるはずはない」

うんうんと頷《うなず》くものの何かが頭に引っ掛かった璃歌は、順を追って記憶を探り始めた。

そういえば、先日電話をした際、光富に全社員が試飲できる行事がシティホテルで行われると伝えた気がする。

「もしかして、犯人はわたし？」

「何か言ったか？」

篠田に訊《たず》ねられて、璃歌は苦笑いして誤魔化した。

「現在、光富酒造とは別の種類の日本酒について取引を検討中だろ？　試飲会はもうじき終わるから、こっちは気にしなくていい。わざわざ光富さんが上京してくれたんだ。彼を優先してくれ。自分の仕事を全《まっと》うしろ」

「わかりました。フロントに行ってきます」

いつまでも慎太郎を待たせておくわけにはいかない。用事があるのなら聞けばいいだけだ。

「ああ、よろしく頼む」

篠田との話が終わると、璃歌は一緒に回っていた由美に意識を向ける。

「あとはお願い」

「大丈夫。任せて」

そう言って由美は、璃歌が手にしていたグラスを取り上げる。早く行けとドアを指す彼女に「ありがとう」と告げて、バンケットルームをあとにした。

急ぎ足でエレベーターに乗り込みフロントがある階で降りる。広々としたロビーを突っ切ると、フロントにいる慎太郎を見つけた。

同時に慎太郎も璃歌に気付く。

「璃歌さん！」

「……慎太郎さん」

璃歌の正面で立ち止まった慎太郎は、満面の笑みを浮かべた。

「来てしまいました」

情熱的に目を輝かせる慎太郎に、璃歌は礼儀正しく会釈《えしゃく》する。しかし心の中では、かなり焦っていた。慎太郎が璃歌への想いを隠そうとせず、大胆に距離を縮めてきたからだ。慎太郎の情熱が衣服を通じて伝わってきた気がして、璃歌は堪《たま》らず半歩後ずさる。

「今日はどのようなご用件でしょうか？」

相手を不快にさせないように注意を払い、慎太郎を仰《あお》ぐ。

慎太郎が璃歌に手を伸ばし、すんでのところで動きを止めた。そして握り拳を作り、身体の脇に下ろす。

「取引について訊きたいことがあって来たわけでもなければ、問題が生じたわけでもないよ」

「だったら、どうしてこちらに？　お仕事は大丈夫なんですか？」

「ああ、大丈夫。今日、東京に来たのは別件なんだ。璃歌さんに会いたかったのも事実だけどね」

その言葉を聞いて、璃歌は緊張から解放された。

「お忙しいのに、わざわざ挨拶《あいさつ》に来てくださったんですね。良かった……。何か問題があったのかと内心びくびくしてて。どうもありがとうございます」

お礼を述べた璃歌は、慎太郎を表玄関へ案内しようと自動ドアを示す。

これ以上慎太郎の時間を奪うと、彼の用事に差し障ってしまう。

気を利かせたつもりだったが、何故か慎太郎は動かない。そっと窺《うかが》うと、彼は璃歌の顔を食い入るように見ている。

「慎太郎さん？」

「実は、懇意にしている造り酒屋が東京と埼玉の県境にあるんです。良かったら璃歌さんに紹介したいなと……」

日本酒の話題に、璃歌の目がきらりと光る。

「うちの日本酒を気に入ってくれた璃歌さんなら、きっと好きになると思う」

「どちらの酒蔵なんですか？」

「萱城《かやしろ》酒造だよ」

日本酒好きのグループから聞いた気がするが、はっきりと思い出せない。だからこそ、余計気になってうずうずしてきた。

「どう？　今から一緒に行かないか？　車なら一時間ちょっとで行けるし」

行きたい！　――と勢い込んで言いそうになったが、慌てて口を閉じた。慎太郎から好意を持たれているからこそ、無闇に返事をしてはならない。

萱城酒造へ行きたいのなら一人で動くべきだ。

「せっかくですが――」

「璃歌さん、行きたいと思ってくれたでしょう？　さあ、行きましょう！」

困惑する璃歌を、慎太郎は気にもしない。璃歌の背に手を添えて歩き始める。

「えっ？　あ、あの……」

「大丈夫。本当に近いからすぐに戻ってこられるよ」

「どこに行かれるんですか？」

突然降ってきた声に、璃歌はビクッと飛び上がる。なんと煌人と小橋が急ぎ足で近寄ってくるところだった。

二人の姿を見た途端、張り詰めていた力が一気に抜けた。

璃歌の隣で立ち止まった煌人は慎太郎に目を向けていたが、小橋は璃歌を安心させるように軽く頷《うなず》く。

「慎太郎さんが来ていると聞き、ご挨拶《あいさつ》に伺いました」

「大嶌さん。うちの担当者ではないのに、こうして降りてきてくださったんですね。わざわざありがとうございます」

慎太郎は微苦笑して煌人を迎え入れる。しかし煌人は彼の表情にも言葉にも動じない。

「光富酒造さんとは、いろいろなご縁があって今に至っております。私も挨拶《あいさつ》に伺うのは当然です。ところで、これからどちらへ行こうと？　……白井さん？」

急に話を振られて、璃歌は煌人に向き直る。

「慎太郎さんはこれからご予定があるそうです」

　煌人が頷《うなず》き、目で〝それで？〟と問いかけてくる。まるで〝予定があるのなら、どうして璃歌を連れて行こうとする？〟と追及しているかのようだ。

「お知り合いの酒造会社……萱城酒造さんに行かれるらしいんです。それで、わたしも一緒にどうかと」

「なるほど」

　そのあとに続く言葉が、自然と想像できる。

　煌人は〝またも日本酒に負けたか〟と言って、璃歌をなじりたいに違いない。

　でもそれは間違いだ。今回に限っては、璃歌の心は揺るぎはしても誘惑に負けなかった。

　この件については、あとできちんと伝えなければ……

「お気遣いくださりありがとうございます。……せっかくなので、慎太郎さんのお言葉に甘えなさい」

　煌人がお礼を言ったのち、璃歌の背を押してきた。

　まさか慎太郎と一緒に行くように言われるとは思わなかった璃歌は言葉を失い、煌人の真意を探ろうとする。

　煌人は女性社員に見せるあの微笑みを浮かべていた。

「そこで白井さんの武器を発揮してきてほしい」

どうしてそんな風に言うのか、全然理解できない。

璃歌が呆然としていると、慎太郎が喜びも露《あらわ》に煌人の手を取ってぶんぶんと振った。

「なんて話がわかる人だ！　大丈夫、どうぞご安心ください。璃歌さんは僕が責任をもってお送りします」

「あき――」

「ああ、申し訳ありません。言葉が足りませんでしたね」

煌人は璃歌の言葉を遮《さえぎ》ると、さも〝言い忘れていました！〟とばかりににっこりした。

「我々は白井の利き酒能力に絶大なる信頼を寄せています。とはいえ、彼女には現場での決定権がないので、基本的に私と一緒に行動することになっているんですよ」

えっ？　そんな話、わたしはこれまで一度も聞いてないんですけど――と、煌人を振り仰《あお》ぐ。しかし彼は璃歌を無視し、慎太郎に向かって申し訳なさそうにしている。小橋に目線で問うと、彼はただ苦笑いを返してきた。

「つまり、大嶌さんも一緒に？」

「酒蔵に行かれるんですよね？　それならばご一緒いたします」

煌人の返事に、慎太郎は落胆《らくたん》の色を隠せなかった。

慎太郎の気落ちした姿が目に入らないわけがない。にもかかわらず、煌人はそこに触れずに小橋に合図を送る。小橋は素早くその場を離れていった。

煌人は礼儀正しく自動ドアを手で示す。

「慎太郎さん、私が車を用意いたします。さあ、こちらへ」

慎太郎は何か言いたげに璃歌を見つめるが、結局何も言わず、煌人に言われるまま外へ出た。

ドアマンがタクシーの方へ案内しようとするが、煌人が手で退《しりぞ》ける。

直後、一台のセダン車がロータリーに進入してきた。運転しているのは小橋だ。ドアマンがすかさず近寄り、後部座席のドアを開ける。

「どうぞ」

煌人が慎太郎に手で示す。慎太郎は気乗りしない様子ながらも、車内に身を滑り込ませた。

ドアを閉めるや否や、煌人が璃歌に顔を寄せた。

「慎重に」

煌人は小声で璃歌に忠告した。

取引先の願いともなれば断れないこともある。そのような状況でも自分の行動に責任を持てと伝えたのだろう。

そう思うのは、煌人の双眸《そうぼう》に璃歌を咎《とが》める色が浮かんでいないからだ。あくまで璃歌を案じる想いが込められている。

煌人の気遣いに自然と胸の奥が温かくなる。

璃歌が煌人と目を合わせて頷《うなず》いた時、ドアマンが先ほどとは反対側の後部座席のドアを開けた。

煌人がそちらに回って腰を下ろす。璃歌も助手席のドアを開け、席に着いた。

「申し訳ございませんが、萱城酒造さんへの道をお教えいただけますか？」

小橋が訊ねると、慎太郎は小声で答える。それを聞きながら、小橋はカーナビを操作した。

その後、小橋が車を発進させてホテルの敷地を出るが、そこで璃歌はふと彼を見つめた。

「そういえば、小橋さんは試飲しなかったんですね」

「ええ。何があってもいいように控えておりました」

さすが煌人のアシスタント。こういう人だから、彼の信頼を得られるのだ。

それにしてもなんて重い空気だろう。後部座席の二人は口を噤《つぐ》んでいる。

ここは一番年下の璃歌が場を和《なご》ませなければ……

「慎太郎さん、何かありましたら遠慮なくおっしゃってください。すぐに車を停めますので」

「璃歌さん、ありがとう」

感じのいい口調で言うが、それ以上話を繋《つな》げようとはしない。璃歌は慎太郎を気にしつつも、次は煌人に意識を移す。

途端、璃歌の胸が高く弾んだ。煌人が璃歌を情熱的に見つめていたからだ。目が合うなり、彼が小さく頷《うなず》く。

璃歌は煌人にも声をかけるつもりだったが、彼が瞳に宿す深い愛情と信頼に何も言えなくなる。

でもそれが心地いい。心が通じていると感じられるから……

煌人に心を奪われ、璃歌はふっと唇をほころばせた。そんな璃歌を、顔を強張《こわば》らせた慎太郎がじっと窺《うかが》っていた。

――約一時間半後。

途中で渋滞にはまったせいで到着予定時刻をかなり過ぎたが、十六時過ぎには無事に目的地に着いた。

太陽はまだ西の空で燦々《さんさん》と照っているが、山に近いこともあり、気温は都心より数度低い気がする。冷たい風がそう感じさせるのかもしれない。

車を降りて周囲を見回していた璃歌は、正面の造り酒屋で目を止めた。外観は昭和を彷彿《ほうふつ》とさせる古い日本家屋だ。隣の門の奥にあるのが酒蔵だろう。

璃歌はそのまま脇にある細い路地に目線を移す。

塀に沿うように酒樽《さかだる》が積まれていて、二人から三人が並んで通れるぐらいの幅しかない。少し危険なのではないだろうか。

多分、空の樽《たる》だとは思うが……

そちらが気になって目を離せないでいたが、パワーウィンドウが動く機械音が聞こえたので、璃歌はゆっくり振り返った。

煌人の合図を受け、小橋が窓を開けたみたいだ。煌人は助手席のドアに触れて、車内を覗き込む。

「あとで連絡する」

「承知いたしました」

運転席に座る小橋が返事をし、璃歌にも軽く頷《うなず》く。その後、彼は車で走り去った。

近くのコインパーキングで待機するらしい。

「璃歌さん、行きましょう」

「は、はい！」

璃歌は先導する慎太郎に続いて、煌人と一緒に暖簾《のれん》をくぐった。

「いらっしゃいませ！」

二十代後半ぐらいのショートカットの女性が、溌溂《はつらつ》と璃歌たちを迎える。しかし慎太郎を見るなり、その美女の笑みが一気に華やかになった。

「慎太郎くん！　来るなんて全然知らなかった。あたし、健吾《けんご》くんから何も聞いてない！」

矢継ぎ早に話しながら突進してくる彼女を、慎太郎は手で制した。

「なっちゃん、落ち着いて」

そう言ってから、慎太郎はくるっと振り返り、璃歌の隣に移動する。そして、なっちゃんと呼ばれた女性を手で示した。

「彼女は萱城酒造で働いている高橋奈津子《たかはしなつこ》さん。なっちゃん、こちらは光富酒造がお世話になっているKURASAKIコーポレーションの大蔦さんと、白井さんだ」

「お友達ではなかったんですね。大変失礼いたしました。光富酒造さんとは杜氏《とうじ》同士が友人というご縁で、あたしも親しくさせていただいてて……」

「酒蔵さん同士が仲がいいって、素敵ですね」

申し訳なさそうにする奈津子に、璃歌は笑顔を向ける。すると彼女は、安堵の表情を浮かべた。

「なっちゃん、健吾を呼んでくれないか？　あと、こちらのお二人に今年の新酒を」

「わかりました。少々お待ちくださいね」

奈津子が受話器を取り上げるのを目の端で捉えてから、璃歌は店内をぐるりと観察した。

光富酒造と同様に、こちらもいい雰囲気を醸《かも》し出している。壁際に整然と並べられた樽《たる》を見て、奥の瓶棚へと視線を移した。

その一画に、酒造りに必要な道具が数多く展示されていた。先が尖った桶、野球グラウンドで使うトンボに似た道具、そして角棒がある。

これらは、どの工程の時に使うんだったかな？　――と思いながら眺めていたが、足音が聞こえて振り返る。トレーを手にした慎太郎が、璃歌の方に近寄ってくる。そこには、擦りガラスのタンブラーが載っていた。

「萱城酒造に寄るたびに土産《みやげ》で持ち帰るほど、僕が好きな日本酒なんだ」

「いただきます」

まず香りを嗅ぐと、柑橘系を思わせるほのかな匂いがした。フルーティなものとはまた違い、甘ったるさがない。一口飲むと、爽やかな香りが口腔《こうこう》に広がっていった。

璃歌は目を見開いて慎太郎を見る。目が合うと、彼が嬉しそうに笑った。

「美味しいだろう？」

「ええ、とても！」

さっぱりした味わいなので、濃い味付けの料理に合いそうだ。

ただこれをうちで扱うのはちょっと難しいかな――と小首を傾《かし》げた時、奥の引き戸が開いて、がっちりとした体格の男性が現れた。頭にタオルを巻いた強面《こわもて》にぎょっとしてしまう。しかしその男性は、慎太郎と目が合うなり破顔した。

男性の優しげな表情に、璃歌は強張《こわば》った頬を緩めた。

格闘家のような体躯と顔立ちだからって怖がるなんて……

璃歌はやれやれと頭を振って反省すると、慎太郎に近づく男性に注目する。

「慎太郎、よく来てくれた」

「健吾、久しぶり。あっ、連絡していたとおり連れてきたよ」

そう言って、慎太郎は璃歌たちを男性に引き合わせる。彼は萱城健吾といい、萱城酒造の杜氏《とうじ》で、慎太郎とは大学時代の先輩後輩の仲ということだった。

二人が話し込んでいる隙に、煌人が顔を寄せて「どうだ?」と訊《たず》ねてきた。璃歌は説明はせず、単に首を横に振る。

煌人は〝何故?〟とか〝その意味は?〟といった問いかけはせず、小さく頷《うなず》いた。

璃歌の真意がわかってくれたに違いない。

柑橘系の爽やかな香りを感じさせる日本酒はとても美味しく、海外でも人気が出ると思う。

日本の柑橘系――カボスやスダチといったものは特に人気があり、日本食レストランで使われることが多いからだ。

だが、この繊細な香りを安定的に出し続けられるかは不明だ。

紀乃伊酒造の件を忘れてはいけない。まずは下調べから始めるべきだろう。

「大嶌さん、少しお話を伺ってもよろしいでしょうか」

「もちろんです。私もいろいろとお聞きしたいですし……」

萱城に促《うなが》されて樽棚《たるだな》の方へ歩き出す煌人。二人はそのまま話し込み始めた。

それを見計らったかのように、慎太郎が璃歌の隣に来て外を指す。

「少しいい？　健吾の代わりに酒蔵を案内してあげる」

「えっ？」

璃歌は煌人を窺《うかが》うが、彼は萱城の話に耳を傾けている。仕事の邪魔をしてはいけない。

ここは自分で断らなければ……

「せっかくのお誘いですが――」

きちんと断ろうとするが、璃歌の手首を取った慎太郎に遮《さえぎ》られる。

「し、慎太郎さん……！」

慎太郎は強い力で璃歌を外に引っ張った。

声を詰まらせる璃歌を連れて向かった先は、先ほど気になった狭い路地だ。

そこでようやく手を離してくれてホッとするものの、慎太郎と二人きりなのが気になって仕方がない。

璃歌は痛みが走る手首を撫でながら周囲を見回し、再び樽《たる》が積まれた棚に視線を戻した。

五段もある棚には樽《たる》が埋まっている。滑落《かつらく》防止のロープが張られているが、どうも心許《こころもと》ない。

璃歌は顔をしかめ、そこをじっと見つめていた。

「璃歌さん」

慎太郎に呼ばれて、璃歌は彼に目を向ける。

しかし、こちらを凝視《ぎょうし》する慎太郎の表情を見て凍り付いてしまう。これまでとは違い、とても張り詰めた面持《おもも》ちだったからだ。

徐々に場の空気が緊迫していく。それに比例して、璃歌の手のひらがじわじわと湿り気を帯び始めた。

「あの……、新しい酒蔵さんを紹介してくれてありがとうございます」

璃歌は場の空気を和《やわ》らげたくて、咄嗟《とっさ》に感謝を述べる。それでも慎太郎の顔つきは変わらない。

「お礼よりも、聞きたいことがある。答えてくれる？」

「な、なんでしょうか」

「付き合ってるの？　……大嶌さんと」

前触れもなくいきなり個人的な話をされて、璃歌は内心動揺してしまう。

一瞬〝どうしてそう思われたんですか？〟と言って誤魔化そうと思ったが、口を開きかけたところで言葉を呑み込んだ。

　相手は取引相手である光富酒造の杜氏《とうじ》。仕事に支障をきたさないためにも無難な言葉で濁《にご》す方がいいと理解している。でも彼は、璃歌への想いを告げている。

　冗談で言っているのならいざ知らず、こうして真剣に答えを待つ慎太郎には、誠実な態度で答えた方がいいのではないだろうか。

　璃歌への想いを断ち切り、新たに前を向いてほしいから……

「本当のことを教えてほしい」

「……おっしゃるとおりです」

「やはりそうですか。お二人は恋人同士……しかしそれは今の話で、未来はわからない。何かが起こって別れるかも。そうなれば、僕が璃歌さんの男に……。そう思いませんか？　何故なら、僕たちの方がわかり合えるから。日本酒の話なら、彼より僕との会話の方が弾むでしょう？」

　慎太郎の言葉に、璃歌は困惑する。

　煌人が恋人だと認めたのに、それでもなお慎太郎と付き合う可能性があると思っているなんて……

　このままでは悪い方向に勘違いするに違いない。きちんと言葉にして、本音を伝えるべきだ。

「確かに日本酒に通じる慎太郎さんとのお話は楽しいです」

「ですよね！　僕たちはとても話が――」

「合います。だけどそれだけです」

璃歌は慎太郎の言葉の続きを繋《つな》げて、彼の望みを断ち切る。

「会話が弾むのは素晴らしいですが、それのみではダメなんです。大蔦さんは……わたしを幸せにしてくれる。もっと彼の話を聞きたい、語り合いたいと思ってしまう。そう思える男性は、大蔦さんただ一人なんです」

「やめてくれ！」

唐突に叫んだかと思ったら、慎太郎は大股で璃歌に近づき、璃歌を胸に引き寄せた。

あまりにも突然だったため、璃歌の頭の中が真っ白になる。

「璃歌さんが他の男を好きだとしても僕は――」

そう言った瞬間、慎太郎が顔を寄せて璃歌の唇を塞いだ。

「ンっ……！」

柔らかな感触に目を見開き、慎太郎の抱擁《ほうよう》から逃《のが》れようと両手をばたつかせる。反撃されると予想していなかったのか、彼が怯《ひる》んだ。

それを見逃《みのが》さなかった璃歌は、慎太郎の肩を思い切り押し返して後ろへ下がる。

これで安堵できるはずだった。

ところが反動が強すぎたせいで体勢を整えられない。璃歌は後ろへよろけて、思い切り背中を壁にぶつけてしまった。

「うっ！」

息が止まりそうな衝撃に胸が痛くなる。視界が徐々に狭まり、暗闇に包まれそうになった。

その時だった。

「危ない！」

煌人の叫び声に、璃歌はハッとしてそちらに顔を向ける。慎太郎から数メートル後ろの場所に、彼が立っていた。

「あき、と……」

煌人の顔を見て、喜びが込み上げる。

しかしそんな璃歌とは対照的に、煌人は必死の形相で走り出した。呆然と立ち尽くす慎太郎を乱暴に手で押し退けて、璃歌に飛び掛かってくる。

「璃歌！」

「きゃあ！」

煌人にタックルされ、璃歌の身体全体に衝撃が走った。直後身体が回転するようにコンクリートの上を勢いよく転がっていく。

「……っぅ！」

璃歌は堪《たま》らず声を上げるが、身体に走る痛みはそれほどではない。

ホッとしたのも束の間、何かが地面に落ちる鈍い音が響く。

恐る恐る瞼《まぶた》を開けると、目の前に煌人の顔があった。彼の上に乗って覆《おお》いかぶさっていたのだ。そんな璃歌を、彼はしっかり抱きしめている。

状況を掴《つか》めないまま、璃歌は即座に上体を起こす。

「だ、大丈夫？」

「ああ。俺のことより璃歌は？　大丈夫だったか⁉」

煌人が璃歌の目をじっと覗き込む。そこにあるのは焦りや心配、不安といった様々な感情だ。

「うん、大丈夫。でもいったい何が……？」

璃歌は煌人から視線を外して、周囲を見回す。

目に飛び込んできたのは、地面を転がる無数の樽《たる》と倒れた木棚。

その惨状を見て、ようやくわかった。

璃歌はよろめいて壁に背中を打ち付けたと思ったが、そうではなく、あの樽《たる》が積まれた棚にぶつかったのだ。

もし煌人が璃歌を突き飛ばし、守ってくれなかったら、落ちてきた樽《たる》に頭をぶつけ、棚の下敷きになっていたに違いない。

そうなった時の光景が脳裏に浮かび、身体が震えた。

それを消すように頭を振った璃歌は、ゆっくりと地面に手をつき、煌人の隣に移動した。すると煌人がすぐさま上体を起こして立ち上がり、璃歌の手を取る。

「立てるか？」

「うん。……ありがとう」

煌人の助けを借りて立った璃歌は、問題ないと頷《うなず》く。すると彼は表情を緩めて、璃歌のスカートやブラウスについた砂を手で払ってくれた。

「良かった……。棚が揺れ始めたのを見た瞬間、生きた心地がしなかった。……どうして助けようとしなかったんです？」

そう言って、煌人が璃歌の背後へ目線を移す。璃歌も振り返り、硬直して動けずにいる慎太郎を見つめた。

慎太郎は顔面を蒼白にし、目をギョロつかせている。握り拳を作った手は震えていた。

「男として言わせていただきます。好きな女性が目の前で危険な目に遭おうとしているのに助けないとは……。どういう了見ですか!?」

煌人は低音を響かせて、慎太郎を厳しく問い詰める。

「ぼ、僕は……」

慎太郎は顔を歪《ゆが》ませつつも何かを訴えるように口を開く。だけど言葉は出てこない。

突如煌人が慎太郎に向かって、一歩進み出る。慎太郎と璃歌の間に立ち、彼の視界から璃歌を隠した。

「白井とは、私よりも慎太郎さんの方が近かった。好きだと言いながら、愛する女性を見捨てた。身を挺《てい》して守ろうとしない男に、彼女を……璃歌を渡せない！」

煌人が力強く宣言し、前を向いたまま背後にいる璃歌に手を差し出す。素早く握ると、彼が歩き出した。そして慎太郎の真横で立ち止まる。

「萱城酒造さんをご紹介くださってありがとうございました。萱城氏には、また寄らせていただくと伝えました。既にご挨拶《あいさつ》は終わりましたので、白井と私はここで失礼いたします」

慎太郎はずっと俯《うつむ》き、立ち竦んでいる。その姿を見ていられなくなった璃歌は、彼から二メートルほど離れたところで、煌人の手を引っ張って足を止めた。

驚いた煌人が振り返り、璃歌の真意を探ってきた。そんな彼を心配させないように〝安心して〟と目で訴える。それから背後に顔を向けた。

慎太郎の想いには応《こた》えられないが、取引相手である彼とはわだかまりを作りたくない。

「慎太郎さん！」

璃歌に呼ばれて、慎太郎がさっと面《おもて》を上げる。彼の瞳には、まだかすかに恋慕が見え隠れしていたが、璃歌と目を合わせるうちにどんどん消えていった。

そうさせてしまったことを心苦しく思いつつも、璃歌は慎太郎を真っすぐ見返す。

「告白してくれてありがとうございました。わたしが〝一生この人しか愛せない〟と気付けたように、慎太郎さんにも必ずそういう女性が現れるはず――」

「他の女性の話はしないでくれ！　僕は本気で璃歌さんを愛してたんだよ！　……そう、愛してたのに君を助けられなかった、自分の腕を守ってしまった。こんな僕に君を想う資格はない！」

慎太郎は荒々しく吐き捨てて、璃歌から顔を背ける。

「ここは僕が責任をもって片付けておきます。あと……勝手を申しますが、今回の件は水に流し、これからも仕事上のお付き合いをお願いできないでしょうか」

声を詰まらせて、煌人に懇願した。

「そのつもりでおります。今回の件はあくまで私事。光富酒造さんとは末永くお付き合いさせていただきたいと願っています。では、失礼いたします」

頭を下げる煌人に続いて璃歌も黙礼するが、慎太郎の表情は見えない。

煌人の言葉に、慎太郎が何をどう感じているのか想像もつかなかった。でもこれでいいのかもしれない。慎太郎との件はここで終わらせるべきだからだ。

「璃歌」

萱城酒造から数メートル離れると、煌人が握った手に力を込めて、傍へ引き寄せた。

「どこも怪我してないか？」

「全然。煌人さんが助けてくれたから……」

そう言った途端、先ほど煌人が身を挺《てい》して助けてくれた光景が甦《よみがえ》った。

この先、決して忘れない。煌人が璃歌を助けるために身を投げ出してくれたことを……

そっと寄り添って煌人の腕に縋《すが》ると、彼が大きく息を吐いた。

「いろいろあったが、なんとか丸く収まったな」

「うん」

思い切って慎太郎とはどうあっても恋愛関係にならないと伝えた。にもかかわらず、彼は諦《あきら》めなかった。ところが不慮の事故で、ようやく彼は手を引いてくれた。

もし璃歌が慎太郎を振り払った際、樽《たる》が積まれた棚にぶつからなければ、彼はまだ璃歌を追い続けていたかもしれない。怖い経験をしたが、結果的にこれで良かったのだ。

璃歌は甘えるように煌人の手をぎゅっと握る。

ようやく安心できたせいか、無性に煌人の傍にいたかった。

小橋に連絡をしたら、彼はすぐに車で迎えに来るだろう。そうしたら、いちゃいちゃできる時間は終わってしまう。

このまま帰るのはイヤだな。もっと一緒にいたいな——と、煌人との甘い時間を願っていた時だった。

「離れ難いな……。せっかくだから、こっちで泊まっていくか？」

まったく同じことを考えていた璃歌は、言葉を失うほど驚愕《きょうがく》した。煌人を窺《うかが》うと、彼が〝どう？〟と片眉を上げて問いかける。

「君と愛し合いたい」

「わたしも……」

璃歌が煌人の提案に頷《うなず》いた途端、彼の双眸《そうぼう》に欲望に似た光が煌《きら》めいた。彼はスマートフォンを取り出し耳に押し当てる間も、璃歌から目を逸らさない。

「俺だ。以前奥多摩にある旅館で……そう、そこだ。空いていたら予約を入れてくれないか？　ああ、それで構わない。……さすが小橋だな。じゃ、よろしく頼む」

煌人は璃歌の肩を抱き、大通りへ誘《いざな》う。

「小橋さんはなんて？」

「彼に任せていれば大丈夫だ。以前から気になっていた旅館があって。とても景色が素晴らしいんだ。でもそれだけじゃない。……地酒が飲める」

煌人の言葉に、璃歌は目を爛々《らんらん》と輝かせる。

「地酒！」

「飲ませてやるから、楽しみにしてて」

「うん！」

璃歌は煌人に微笑みかけて、彼と一緒に歩き出した。

下着や使い慣れた化粧品といった宿泊に必要なものを、お互いに買い求めたのち、煌人が大通りを走る空車のタクシーを止める。

「長距離ですが――」

そう前置きした上で、煌人は住所を告げた。

「ありがとうございます！」

運転手は上機嫌でカーナビをセットする。そうして車を奥多摩の方向へ走らせた。

車窓の景色が、次第に街並みから田園へと変わっていく。山の稜線《りょうせん》が近くなり、新緑も深くなってきた。

太陽が西に傾き闇が迫る頃には、車は蛇のような山道に入っていく。

以前もこういう光景を眺めた。和歌山で行われた城下祭りで偶然煌人と会い、その後紀乃伊酒造の接待を受けるために老舗《しにせ》旅館へ向かったあの日だ。

煌人との関係は、あの日を境にがらりと変わった。それも素晴らしい方向に……

今夜はいったいどんな風になるのだろうか。

期待に胸を躍《おど》らせながら、璃歌は自然の美しさを眺めていた。

終章

山道を上《のぼ》り始めて約三十分後。タクシーは、目的の旅館の前で停車した。

多摩川《たまがわ》の傍に建つ純和風の旅館はとても趣《おもむき》があり、素晴らしかった。屋内は広々としており、ロビーには畳が敷き詰められている。行灯《あんどん》、格子の天井、額縁に収められた見事な書など、どれをとっても目を奪われる。

でも璃歌の興味を引くのは、やはり煌人だ。

カウンターで宿泊手続きを終えた煌人は、四十代ぐらいのふくよかな仲居と一緒に璃歌の方へ歩いてきた。璃歌は腰を上げて彼を迎える。

「行こう」

「こちらへどうぞ」

多摩川に沿って作られた長い回廊からは、ガラス越しに自然の景色を眺められる。明日の朝には、美しい山々を望めるだろう。その素晴らしい光景を楽しみにしながら移動し、案内された部屋に入った。

「どうぞごゆっくりお寛《くつろ》ぎくださいませ」

仲居が静かに離れていくのを目の端で捉えつつ、璃歌は室内の内装を見回した。

なんと囲炉裏《いろり》付きの和室だ。しかも雪見障子《ゆきみしょうじ》もあり、とても風雅な造りになっている。奥に見えるベッドには、ふんわりした羽毛の上掛けが掛かっていた。とても柔らかそうなそこで寝るのが楽しみになる。

あそこに煌人と寝転がったら、どれだけ気持ちいいだろうか。

その瞬間に思いを馳《は》せて口元をほころばせた時、背後から抱きつかれた。璃歌の腹部に腕を回した煌人が、耳殻に熱いキスを落とす。

「待って、まだ仲居さんが――」

「もう出ていった。チェックイン時に部屋への案内だけでいいと伝えていたんだ。夕食も二十一時にするように手配した。それまでの時間は、俺たちのものだ……」

煌人が璃歌の耳元に唇を押し当てるたびに、身体が期待で震え上がった。彼の胸に身を任せ、腹部に回された手を握ってうっとりと目を閉じる。

「璃歌……」

情熱でかすれた声が璃歌に火を点ける。身体の芯がじりじりと焦《こ》げるのがわかるほどだ。

このまま煌人の愛撫に身を任せたくなる一方で、今回は自分から動きたいという欲望が込み上げてきた。

璃歌は煌人の腕の中でくるっと身体を回転させて向かい合い、彼の首に手を回した。踵《かかと》を上げながら顔を傾け、深い交わりを求めて彼に口づける。

「んぅ……」

唇を甘噛《あまが》みしては挟み、煌人の全てがほしいと伝える。すると彼が璃歌を味わい始めた。下唇を捲《めく》り、薄い敏感な内膜に舌を這《は》わせたのち、濡れた舌をするりと口腔《こうこう》に滑り込ませる。

璃歌は煌人を迎え入れ、彼の動きに合わせて舌を絡めた。

「あん……っふぅ」

口腔《こうこう》に広がるかすかな柑橘系の香りに、鼻腔《びこう》を刺激される。

ああ、酔ってしまいそう——と思ったところでハッとし、璃歌は仰《の》け反《ぞ》って煌人を躱《かわ》した。

「煌人さん」

「うん？」

返事をしながらも再び璃歌にキスしようとしてくる。璃歌は咄嗟《とっさ》に煌人の唇に指をあてた。

「今、気付いたけど、萱城酒造さんとのお話は——」

「保留にしておいた。そうしてほしかったんだろう？」

あの時は無言で目を合わせたのみだったのに、璃歌の意図を読み取ってくれるなんて……

煌人が璃歌の背を優しく上下に撫でる。璃歌は彼の頬に指を走らせた。

「わたしを信じて、契約の話を持ち出さなかったの？」

「ああ。璃歌を信頼しているからな。多分、紀乃伊酒造の件を思い出したんだろ？」

見事に言い当てられて驚くと同時に、何も言わなくても心が通い合っている事実に嬉しくなる。

「うん」

璃歌は唇をほころばせたが、しばらくすると神妙な気持ちになった。

「なんだか無条件に信じられるのも少し怖いな」

「何故怖いんだ？　それぐらい璃歌を信頼しているということだろ？　今では、璃歌のためならどんな望みでも叶えてあげたいと思うほどなのに」

どんな望みでも？　何を言ってもいいという意味？

璃歌は煌人を見つめて、小首を傾《かし》げた。

「じゃ……わたしが地方の幻《まぼろし》のお酒を飲みたいって言ったら、忙しくても一緒に行ってくれるの？」

「もちろん」

煌人の即答に、璃歌の胸の奥が震える。

「それが離島で、日帰りが無理な場所だったら？」

「スケジュールを調整して付き添う」

煌人は欠片《かけら》も悩まない。璃歌が頼めば無理な注文でさえ叶えてくれるつもりなのだ。

煌人の素直な気持ちを聞いて、自然と頬が緩んでいく。

「だけどわたしにとって一番飲みたい日本酒は、煌人さんの家で飲んだ……〝蜜香の星砂〟よ。あの味が忘れられない」

この先もたくさんの美味しくて価値のある日本酒を飲む機会があるが、絶対〝蜜香の星砂〟には勝てない。

煌人に初めて唇を奪われ、感じさせられ、彼を強く意識させられた日本酒なのだから……

璃歌はゆっくり背伸びをして、吐息が煌人の唇をなぶるぐらいまで近づいた。

「来年、また飲ませてくれる？」

煌人が璃歌の顎《あご》の下に指を添える。そして、ぐいっと仰《あお》がされた。

「そんなに気に入った？」

まるで子猫を可愛がるかのように顎《あご》の下を撫でられると、璃歌の呼吸の間隔が徐々に短くなっていく。それを目《ま》の当たりにした煌人の双眸《そうぼう》が、欲望で色濃くなった。

ああ、早く愛されたい！

璃歌は背伸びして、煌人にそっとしな垂れかかる。二人の唇が触れるか触れないかの距離で止まり、間近で見つめ合う。

「……好き」

「ああ、璃歌……」

煌人の声音は妙に艶《つや》めき、璃歌の全ての感覚を刺激する。今から二人だけの世界へ誘《いざな》おうとするかのようだ。

早く飛び込ませて——そう願うと、煌人が少しずつ動いて璃歌に唇を重ねた。

「ンっ……ぅ」

煌人に貪《むさぼ》られて、心臓が早鐘を打ち始める。それに呼応して、もっと、もっとという望みが生まれた。璃歌は自《みずか》ら首を傾けて、彼との深い繋《つな》がりを求める。

「これからも俺を見つめてくれ……」

煌人の隠さない本音に、璃歌は喜びで胸がいっぱいになる。

我慢できなくなって煌人を抱きしめると、口づけが甘くなった。食べ尽くす勢いで貪《むさぼ》られ、身体の芯がふにゃふにゃになる。

「んふ……ぁ、は……っ」

思わずふらつくと、背中に回された煌人の両腕に力が込められる。璃歌を支えながら執拗《しつよう》に唇を求め、二人の間に隙間ができなくなるほど逞《たくま》しい胸に引き寄せた。

途端、硬くなった煌人のもので下腹部を強く突かれる。それは大きく漲《みなぎ》り、すぐにでも璃歌を貫けそうなぐらい硬い。

煌人の昂《たかぶ》りに嬉しさが込み上げてくる。それぐらい、璃歌が早くほしいのだ。

「ああ、璃歌……！」

唇を触れ合わせては、璃歌の下唇を舌で優しく舐《な》めてくる。その愛戯に喉の奥が痙攣《けいれん》して苦しくなってきた。息を継ぐと、煌人の舌がぬるりと滑り込む。

口腔《こうこう》を舐《な》められ、吸われ、いやらしく舌を絡められた。

璃歌の下腹部の深奥に熱が集まり出し、煌人の胸板に潰《つぶ》された乳房が異様に張り詰めてきた。

「あっ……んぅ、はぁ……煌人、さ……ん」

「今すぐに、璃歌がほしい」

口づけの合間に囁《ささや》き、器用な手つきで璃歌のブラウスのボタンを外していく。スカートからその裾を引き出し、肌を舐《な》めるようにして脱がされる。

「あ……っ、はぁ……、煌人さんも……」

煌人とキスを交わしながら、璃歌は彼の上着を脱がせた。ネクタイを掴《つか》んで彼を引き寄せると、結び目に指を入れてそこを緩める。ネクタイの片方を抜き取り、畳の上へ捨てた。

「脱がせてもらうのは初めてだな」

煌人が声を弾ませる。それだけで、彼への想いが膨れ上がる。情熱に駆られた璃歌は、急いでシャツのボタンを外し、床に散らばる上着やネクタイの上に落とした。

その間も煌人は璃歌の唇を求めてくる。ちゅっと触れ合わせては吸い付き、我慢できないとばかりに柔らかい唇を唇で挟む。

璃歌を愛するたびに増幅される、煌人の情欲。それに煽《あお》られて、体内で燻《くすぶ》る火がどんどん燃え上がっていく。

「っ……は……ぁ、っんぅ！」

悦《よろこ》びに包まれるまま、璃歌は煌人のズボンに手を伸ばす。だが、そこに触れるよりも前に彼が動いた。璃歌の脇腹を撫で上げ、大きな手を背中に回す。ブラジャーに触れたところでぴたっと止めた。

煌人がクスッと笑い、璃歌の耳朶《じだ》を唇で挟んで引っ張る。

「フロントホックか」

璃歌が「うん」と返事するや否や、煌人が軽く上体を離す。

璃歌の額に自分の額を擦り合わせて、ブラジャーの上から乳房を包み込んだ。煌人の手で作られる胸の谷間を故意に見せられて、恥ずかしくなる。

璃歌が頬を上気させて目線を脇へ逸らすと、彼が熱い息を零《こぼ》した。

「璃歌のどこもかしこも好きだ」

そう言われて、璃歌の息が弾み、胸が大きく膨らむ。煌人の手を押し返すほどだ。

「直《じか》に触らせてくれ」

煌人は手際よく片手でフロントホックを外した。薄いレースのカップがはらりと分かれ、愛撫を待つ乳房が露《あらわ》になる。

「とても綺麗《きれい》だ」

柔肌に手を滑らせ、乳房を両手ですくい上げた。そこを揉みしだいては揺らす。

空気に触れた乳首が瞬《またた》く間に硬く尖ると、煌人が指の腹でねちっこく擦り、乳房の形が変わるまで捏《こ》ね回した。

快い刺激に耐え切れず、上半身がビクンと跳ねる。

「っ……んぅ、あ……はっ！」

「俺の手に吸い付いてくる。とても柔らかい」

煌人は息を吐いて璃歌の素肌を湿らせ、鼻筋、唇、顎《あご》のライン、そして鎖骨へと唇を這《は》わせる。それに並行して、ゆっくりと膝を折った。乳白色の乳房に唇を寄せ、充血して屹立《きつりつ》する頂《いただき》を口に含む。

「あぁ……、は……ぁんぅ」

「気持ちいい？　璃歌のここ、とても甘くて……俺を夢中にさせる」

舌で弄《もてあそ》んでは甘噛《あまが》みし、ちゅぱちゅぱっと音を立てて美味しそうに舐《な》める。

「あっ、あっ……んっ、は……ぁ」

煌人が舌先を出して弄《いじ》るせいで、視覚からも感じさせられてしまう。

なのに、もっと愛する人の愛戯を受けたいという欲望が生まれる。

璃歌の全てを与えたい、璃歌を煌人の色で染めてほしい……

煌人への愛で胸がはち切れそうだ。

璃歌は感じるまま、ブラジャーの紐を腕から滑らせて落とす。早く煌人と結ばれたい一心で、彼の髪を指で梳《す》いて頭を掻き抱いた。

「煌人さん、好き……好きっ！」

煌人への想いを告げると、乳房にむしゃぶりついていた彼が口元を緩めた。

「そうだ。もっと俺を好きになってくれ。君の甘えた声を俺だけに聞かせてくれ」

そして懇願に似た口調で愛しげに名前を囁《ささや》かれて、璃歌の身体は炙《あぶ》られたチーズのように蕩《とろ》けそうになった。

「あぁ……ダメっ……、はぁ……」

煌人が少しずつ両手を下げていく。パンティの上から双丘を揉みしだき、舌で硬くなった先端を舐《な》め回した。

「あっ、あっ……んふぁ……」

璃歌は軽く上体を後屈させて片手で口元を覆《おお》うが、喘《あえ》ぎは大きくなる一方だ。

快楽の潮流《ちょうりゅう》に揺られながら、そっと目を開けた。

煌人は全身全霊で璃歌を愛そうとしている。璃歌もどれほど彼を好きなのか、どれほど求めているのかを伝えたくなってきた。

でも璃歌にできるのは、煌人の求めになんでも応《こた》えることのみ。

「あぁ……んく、あ……ん」

璃歌は心地いい愉悦に身をゆだねた。

煌人に点けられた火が広がるにつれて、愛蜜があふれてくる。彼が少しでも指を走らせれば、いやらしい音が聞こえてしまうだろう。

その瞬間を想像してしまい、秘所に熱が集中して戦慄《わなな》いた。

早く煌人がほしくて、口から不服の声が漏れる。

「わかってる……」

璃歌の心情を読んだ煌人が、パンティに指を引っ掛けて下ろしていった。

思っていたとおり、びしょ濡れになったそこに空気が触れてひんやりする。

璃歌は羞恥《しゅうち》に見舞われながらも、熱い眼差しを向ける煌人の肩に手を置き、脚を動かしてパンティを脱ぎ捨てた。

「璃歌は誰にも渡さない」

「わたしだって……煌人さんを誰にも奪われたくない」

煌人の頬に指を走らせる。すると彼が璃歌の腰に腕を回し、吸い寄せられるように下腹部に口づけた。瞼《まぶた》を閉じ、意味深に長く唇を押し付ける。

祈るような煌人の仕草に、璃歌の胸がときめいた。

ああ、早く激しく貫かれたい。めちゃくちゃに感じさせてほしい！

もう我慢がならなくなり、璃歌は煌人をぎゅっと抱きしめる。

「煌人さん、お願い。わたしを抱いて……。早くほしい……っぁ！」

璃歌の懇願に目を輝かせた煌人が、勢いよく璃歌を抱き上げた。

突然すぎて一瞬唖然としたが、すぐに璃歌は煌人の首に両腕を回して肌をぴたりと合わせる。乳房が押し潰《つぶ》されても気にしない。彼の鼓動を胸に感じながら、うっとりと彼を見つめた。

「すぐに抱いてあげる……」

甘やかな声で耳をくすぐられる。既に煌人に愛される悦《よろこ》びを知っているため、自然と身体が期待して震えた。

そんな璃歌の首筋に煌人が唇を落とし、一番感じやすい柔肌を舐《な》め上げてきつく吸う。

「ツン……っ！」

吸われる痛みが快感となり、尾《び》てい骨《こつ》から腰へと甘い潮流《ちょうりゅう》が駆け抜けた。

璃歌はうっとりしながら熱い息を零《こぼ》し、視界に入った部屋の窓の向こう側を眺めた。

部屋から望む空は闇に包まれている。天空を飾る星の輝きが見事だ。しかも自然の景観を損ねない行灯《あんどん》がまた綺麗《きれい》で、璃歌の口から何度も感嘆の息が零《こぼ》れた。

「素敵……あっ」

ぼそっと呟《つぶや》いた直後、煌人が静かに腰を落として璃歌をベッドに横たわらせた。

これから煌人に抱かれると思っただけで、ぞくぞくした高揚感が背筋を駆けていく。

煌人は璃歌の裸を愛でながら、ポケットからコンドームを取り出して唇に挟むと、躊躇《ため》いもなくズボンを脱ぎ捨てた。

ボクサーパンツを押し上げる彼の硬そうな昂《たかぶ》りに目を奪われる。しかも限界に近いのか、生地にはわずかに染みができていた。

その事実に、璃歌の心臓がとんでもないぐらい強く弾む。息ができなくなりそうなほどだ。

「んっ……」

堪え切れずに喘《あえ》いだ時、煌人がボクサーパンツを下げた。

圧力から解放された煌人の屹立《きつりつ》したそれは、勢いよく跳ね上がる。彼が身動きしても首《こうべ》を垂れずにしなやかに揺れた。

「あ、煌人さ……」

璃歌が囁《ささや》くのと同時に、煌人がラミネートフィルムを歯を使って破る。コンドームをつけようとするのを見て、璃歌は上体を起こした。

「わたしにさせて……」

煌人の手元からコンドームを奪う。

どんなに欲望が高まっても、きちんと避妊をして璃歌を守ってくれる煌人。今日はそれを璃歌がして、彼を悦ばせたい。

「今日は初めてのことばかりだ」

煌人の声が悦《よろこ》びで上擦《うわず》る。璃歌は膝立ちのまま目線を手元に落とした。

充血して膨らんだ先の部分から、液体がにじんでいる。しかも璃歌に見られて、孔がぴくぴくと戦慄《わなな》いた。

璃歌は興味津々《きょうみしんしん》で顔を近づけ、先っぽに口づけた。

「……っく！」

煌人が息を詰まらせる。璃歌は頬を緩め、先端をぺろりと舐《な》めてから顔を離した。

「いきなりやってくれたな」

煌人は驚喜《きょうき》を隠し切れない様子で璃歌の耳殻を撫で、そのまま首筋に指を走らせる。

もっととせがまれている気がした璃歌は、煌人の怒張に手を添え直すと、まるでアイスキャンディのようにペロペロと舐《な》め上げた。

舌を広げ、裏筋にも這《は》わせていく。

煌人が奥歯を噛《か》み締めたような声を絞り出す。璃歌の拙《つたな》い愛戯に感じてくれているのだ。

「ああ、璃歌……！」

それがわかると、璃歌の体内で渦巻く欲望が膨張してきた。乳房が痛いほど重くなり、張り詰め、象徴的なところに添えた手も小刻みに震え出す。

璃歌は煌人を悦ばせたくて頭を上下に動かした。

煌人の息遣いが弾んでくると先っぽを咥《くわ》えた。硬茎を舌先で包んでは、唇で先っぽを刺激する。

初めて経験する愛技のせいでなかなか上手くいかないが、雄々しい楔《くさび》を唾液で濡らし、切っ先に向かってスライドさせた。

煌人に気持ち良くなってもらうためだけに、刺激し続ける。圧迫を強めたり弱めたりしていると、徐々に彼の吐息が荒々しくなってきた。

煌人の興奮に、歓喜と期待が下腹部の奥で湧き起こる。媚孔からとろりとした蜜液が滴《したた》り落ちてきた。

璃歌は腰をくねらせ、軽く内腿を擦り合わせる。

その時、煌人が腰を突き出した。

「……っ！」

喉の奥を突かれて、嘔気《おうけ》が込み上げる。堪《たま》らず璃歌が顔をしかめると、煌人がおもむろに腰を引いた。

「んっぁ……」

大きくて硬くなった煌人のものが、口からぽろっと飛び出す。唾液がいやらしく糸を引き、やがてプツンと切れた。

璃歌に愛撫された昂《たかぶ》りは粘液で艶々《つやつや》に光っている。それを見ていると、小さな窪《くぼ》みが口を窄《すぼ》めるみたいにきゅっと締まった。

「これ以上されたら、……すぐにイキそうだ」

煌人の素直な言葉に、璃歌のドキドキが止まらなくなる。早く彼に愛されたいというように秘所が疼《うず》いた。

「璃歌もだろう？　俺に満たされたいと、身体が訴えているんじゃないか？」

「……うん」

璃歌は我が身に起きていることを隠さず、正直に煌人が早くほしいと訴える。

「ほら、つけて」

煌人は欲望を宿した目で、璃歌にコンドームを催促してきた。

璃歌は息を弾ませて、赤黒くて逞《たくま》しい煌人自身に手を添え薄いゴムを載せる。指を下げていき、根本付近で手を離した。

「これで大丈──」

そっと目を上げて問いかけた途端、璃歌は煌人にベッドに押し倒された。

「今度は璃歌の番だ。俺が誘《いざな》おう」

煌人は璃歌の片脚を肘に引っ掛けて持ち上げた。蜜を零《こぼ》す花弁を露《あらわ》にすると、彼は腰を動かし、硬杭の先端で媚襞を擦り上げる。

何度も割れ目に沿って動かされて、煌人を求めて媚襞がいやらしく痙攣《けいれん》し始める。

「ンっ……！」

璃歌は恥ずかしさから手の甲で口を覆《おお》うが、自然と艶《なま》めかしい声が漏れてしまう。

「可愛い声で啼《な》かれるだけで堪《たま》らない……」

煌人は笑みを浮かべ、悠然と腰を前に突き出した。

ぬちゅぬちゅと音を立てて、蜜孔に捩《ねじ》り込んでいく。

四方八方に広げられる感覚に、璃歌は顎《あご》を突き出して軽く仰《の》け反《ぞ》る。すると、煌人が璃歌の膝を上から押さえ付けて律動を始めた。

「あ……っ、そこ……ぁ、はぁぅ」

大きく股を開かせられたせいで皮膚が突っ張り、煌人の硬くて太い硬直をリアルに感じる。

最初は浅い部分で抽送していたが、璃歌の息遣いが大きくなるにつれて、煌人はどんどん深奥まで穿《うが》った。

常とは違う体位のせいか、貫かれるたびに快い潮流《ちょうりゅう》が生まれる。それは熱を帯び、渦を巻き始めた。

「あ……っぅ、や、ヤダ……」

あまりにも強い刺激に、腰が甘怠《あまだる》くなる。璃歌は身をくねらせながら上掛けを握り締めた。

「璃歌、回すぞ?」

「えっ?」

焦点の定まらない目を煌人に向けた時、何が起こったのか理解できないまま、いつの間にか横を向かされていた。璃歌の後ろに回った彼が、その体位で璃歌を突き上げる。

「あっ、あっ、……嘘っ、あ……んぅ」

璃歌の膝の裏に腕を差し入れて持ち上げると、煌人は松葉の枝が交差するように絡ませてきた。角度や深さを調節しつつ奥深くまで貫き、敏感に反応する密壁を擦り上げる。

「……っ、んぁ、……っぁ」

煌人は男剣を埋《うず》めては退《ひ》き、また少し奥へと挿入しては濡れそぼる鞘《さや》に埋《うず》める。

「ダメ……っ、あ……っ、んふぁ……や……ぁ」

背後から愛された経験はあるが、この体位は初めてだった。煌人の大腿や、男性の象徴的なものが普段と違うところに触れて、いつも以上にドキドキが止まらない。

璃歌が大きく息を吸うと、煌人がしなやかな動きで璃歌の腹部を手で覆《おお》う。そしてその手を黒い茂みへと滑らせてきた。そこを掻き分けて剥《む》き出しの花芯を軽く擦り上げる。

「あっ！」

璃歌の身体がビクンと跳ね上がる。煌人にも振動が伝わったのか、彼が笑った。

「気持ちいい？」

煌人の吐息で耳朶《じだ》の裏をなぶられ、璃歌の喉の奥が引き攣《つ》る。にもかかわらず、彼は執拗《しつよう》に花蕾を弄《いじ》り、蜜壁に先端を擦り付けてきた。

なんともいえない快感に、璃歌は爪先《つまさき》をぎゅっと丸めて必死に耐える。しかし容赦ない愛戯に翻弄され、快い波に足元を攫《さら》われそうになった。

「あ……っ、っんふ……ぁ、うう……っ」

「ここか？　ここがいいんだな？……俺をもの凄《すご》く締め上げてくる」

そう言うと、煌人は腰を回転させては穿《うが》つ。さらに璃歌が一際喘《あえ》ぐ場所を探し出し、集中的に攻めてきた。

「ああん！　んぅ……、はぁ……ダメっ、んんぅ、あっ、やぁ……」

璃歌を虜《とりこ》にする淫《みだ》らな行為に、身体に溜まる熱が際限なく膨らんでいく。

璃歌の息遣いが弾み、胸が痛むほど心臓が早鐘を打つ。その拍動音は耳元でも鳴り響き始めた。頭の芯が痺《しび》れてくらくらする。

「ダメ、ダメ……ああ、んっ、んっ……はぁ……んぅ！」

絶え間なく押し寄せる情火に淫らな声が止まらなくなる。手の甲で押さえても、エロティックに愛されるので、それはくぐもるどころか大きくなった。

「璃歌……、璃歌……っ！」

煌人の腰の動きが愛液の助けを借りて滑《なめ》らかになる。そのまま煌人は楔《くさび》をスムーズに深奥に埋《うず》めた。

あれほど大きく漲《みなぎ》っていたのに、璃歌の蜜筒に包まれている煌人のものはより一層硬さも太さも増していた。敏感な皮膚を無理やり引っ張られる苦しさが、璃歌を襲う。

「あん、あん……っんふ、ぁ……あっ」

璃歌は上半身を少し捻《ひね》り、柔らかな枕に顔を押し付けた。ところがそうしたことで、これまでと違う蜜壁を突かれてしまう。

もう脚に力が入らない！

「くっ……！　そんなに締め付けられたら持たない」

「来て、お願い！　……あっ、わたし……あんぅ、や、それ……や、ヤダ……！」

煌人が手を引いたと思ったらふくらはぎを持った。そして上体を起こし、別の角度から璃歌を突き上げ始める。

煌人が繰り出す動きに合わせて、璃歌の喘《あえ》ぎもリズミカルになる。

「っん、っん、っん……あっ、きと……んぅ」

誘惑に満ちた艶《つや》っぽい声音に煽《あお》られたのか、煌人が容赦ない腰つきで璃歌を攻め立てた。

「そうだ！……そうだよ、璃歌。そのまま……駆け上がって」

璃歌が目を上げると、煌人は璃歌の顔に釘付けになっていた。彼の瞳に宿る欲望を見て、頭の中が真っ白になるほど心を揺さぶられる。

さあ、その先に飛ぶんだ！——と伝えてくる眼差しに魅了され、璃歌の心拍が速くなっていった。

「は……っ、くっ……、もうダメ！」

小さな火はどんどん燃え上がり、今では身体中を覆《おお》うほどの炎と化している。駆り立てられた熱は、ちょっとした刺激で破裂しそうだ。

なのに、煌人は容赦なく攻め立てる。璃歌の体内で膨れ上がる熱を攪拌《かくはん》しては感じさせ、璃歌を快楽の坩堝《るつぼ》に引き摺り込もうとしてきた。

璃歌が枕に顔を押し付けてイヤイヤと頭を振る間も、甘い電流が身体中を駆け巡り続ける。この痛苦から解放される方法はたった一つしかない。

「お願い、もう……わたしをめちゃくちゃにして……。イかせて……っ」

「そんなお願いをされたら、俺は……っ！」

煌人は切羽詰《せっぱつ》まった表情になると、璃歌の脚を支えてさらにスピードを上げていった。ぐちゅぐちゅと淫靡《いんび》な音を立てて、挿入の角度を変えては蜜壷の深奥を穿《うが》つ。しかも璃歌が一番感じる部分を執拗《しつよう》に擦り上げた。

「つんぁ……っ、もう……わた、し……っ」

もう限界だった。璃歌の頬は紅潮し、唇から漏れる吐息は熱をはらみ始める。最高潮へと導《みちび》く潮流《ちょうりゅう》に抗《あらが》えない！

「あっ、あっ……ダメッ……ンッ」

璃歌は必死に思いを伝える。すると最後の詰めとばかりに、煌人は抽送のリズムを速め、璃歌の双脚の付け根に根元をぶつけるほど強く突き上げた。

徐々に煌人の息遣いが荒くなり、璃歌の嬌声《きょうせい》と協奏する。

「いや……ぁ、もう……い、イク！」

もう耐え切れないとすすり泣くと、煌人が再び花芽を指で強く擦った。

刹那《せつな》、璃歌の体内で膨張した熱だまりが弾《はじ》け飛ぶ。

「つんんぁ……っ！」

璃歌は顎《あご》を上げ、身体を覆《おお》い尽くす爆熱に身を投げ出して天高く飛翔した。

色鮮やかな閃光が瞼《まぶた》の裏を射すと同時に耳鳴りがし、周囲の音が消えていく。強烈な絶頂感に身を震わせていると、やがて極上の心地いい温もりに包み込まれた。

でもそれは長続きしない。支柱を失い、璃歌の身体と心は一気に急降下していった。

「はぁ、はぁ……」

四肢の力が緩やかに抜けていき、璃歌は息を弾ませながらぐったりとベッドに沈み込む。

その直後、煌人が激しく突き上げた。璃歌の深奥に精を迸《ほとばし》らせて、数回ビクンビクンと身体を痙攣《けいれん》させる。

「……っんぅ」

伝わってきたのはさざ波のような振動だが、一度達した身体は敏感になっており、璃歌の腰に鈍い疼《うず》きが走った。

璃歌が閉じていた瞼《まぶた》を開けると、ちょうど煌人が璃歌のふくらはぎに口づけていた。

煌人は幸せそうな面持《おもも》ちで璃歌と目を合わせたのち、腰を引く。

ずるりと抜ける感触にまたも快感に襲われて、璃歌は身をくねらせた。力の入らない手を上げて口元を覆《おお》い、うっとりと息を零《こぼ》す。

本当に素晴らしかった。あまりにも良すぎて泣きそうになったほどだ。

そんな璃歌を煌人はしっかりと最後まで導《みちび》いてくれた。璃歌の悦《よろこ》びを引き出し、愛を伝えてくれた行為を思い出すだけで、胸が高鳴る。

その時だった。

「璃歌」

名前を呼ばれて目を上げると、煌人が璃歌に覆《おお》いかぶさってきた。

触れるか触れないかの軽いタッチで、汗ばんだこめかみに貼り付く璃歌の髪をやんわりと払う。

「とても素晴らしかった」

煌人は二人の身体が密着するように上体を傾けて、満ち足りた声で囁《ささや》いた。

「わたしもよ。とても身近に煌人さんがいるんだって感じられた」

璃歌が告げると、煌人は口元をほころばせて璃歌の頭に自分の額をこつんと触れさせる。

煌人に優しくされて、璃歌は幸せな気持ちで満たされていく。

堪《たま》らず煌人の背に両腕を回した。乳房が彼の胸板に押し潰《つぶ》されるが、まったく気にならない。むしろ彼の心音で心が和《なご》む。

「好き、好きよ……」

「俺もだ。決して誰にも渡さない」

煌人の独占欲に喜びを感じながら顔を上げ、彼の唇に軽く口づける。にこっとして、また唇を重ねると、そこが柔らかくなった。彼が幸せそうに頬を緩めたのだ。

しかしほんの数秒後には表情を引き締め、璃歌を一心に見つめる。

「早くゴムをつけなくてもいい日が来るのを祈ってる」

ゴムをつけ? ゴムって? ——と思った時、ほんの少し緊張の面持《おもも》ちをした煌人が、軽く腰を動かした。男性の象徴的な先端で大腿を擦られる。

「……っぁ!」

それはまだ芯があって硬い。ちょっとでも刺激を与えれば、瞬《また》く間に漲《みなぎ》るだろう。

あんなに激しく愛し合ったのに、まだ満足していないなんて……。

頬が羞恥《しゅうち》で上気するとともに、唇の端が上がっていく。そこでやっと煌人自身とゴムが結び付いた。

璃歌は言葉が出ないまま、煌人の目を見返す。

もしかしてコンドームのこと? 璃歌と直《じか》に結ばれる日が来ることを望んでいると?

それでついさっき、愛し合う直前に……璃歌の腹部に意味ありげなキスを?

「俺の言っている意味がわかる? 近い将来、璃歌とはそういう関係を築きたい。そして……俺たちに望まれて生まれてくる子を見たいって言ってるんだよ?」

璃歌との未来を希望する言葉に、胸の奥がカーッと熱くなる。煌人に愛されている時に沸き起こるものとはまた別の喜びに包み込まれた。

「うん……。わたしも煌人さんと同じ夢を追いたい。ずっと、ずっと……」

素直に感情を吐露するや否や、煌人が璃歌を愛しげに抱きしめて横に転がり出す。

「きゃあ！」

目が回って悲鳴を上げる璃歌を、煌人が彼の上にのせた。

璃歌は瞬《まばた》きするものの、愛情に満ちた煌人の双眸《そうぼう》を目の当《ま》たりにして自然と口元が緩んでいく。

「今すぐにとは言わない。未来は二人で決めるべきだから。ただ、璃歌は俺のものだという証《あかし》を贈りたい」

そう言うなり、煌人は璃歌の左手を取って薬指に口づけた。

「ここを独占してもいいか？」

煌人の唇が触れた部分には、まだ何もない。だけどそこはじんじんして、熱を持ち始めていた。まるで見えない花が咲き誇っているかのようだ。

煌人の愛の花が……

「うん」

璃歌は胸を震わせて頷《うなず》く。

ほんの数ヶ月前までは、日本酒探しが一番で恋愛は頭の中になかった。ところが煌人と出会ったことで、いろいろと覆《くつがえ》された。

自分の未来を捧げてもいい、ずっと一緒にいたいと思える男性に出会えたのは運命だろう。

これからもいろいろあるかもしれないが、璃歌の傍には煌人がいる。彼と一緒なら、どんな壁があっても乗り越えられるだろう。

二人の未来が定まるその日まで、煌人と手を携《たずさ》えて一歩、二歩と進み続けていけば、きっと素敵な門出《かどで》を迎えられる。

「愛してる……」

煌人の告白に胸が高鳴る。璃歌も彼への想いを伝えようと、至近距離で見つめた。

「わたしも愛してる」

想いを伝えると、煌人の頬が柔らかくほころぶ。

二人の呼気が間近でまじり合うのを意識しながら、どちらからともなく唇を重ねた。

くちゅくちゅと唾液の音を立てて舌を絡め合い、情熱的に想いを伝える。

そうして二人は甘い言葉を囁《ささや》いては肌を触れ合わせ、ベッドの上で四肢を絡ませた。

揺るぎない愛を誓ってキスをし、二人は何度も微笑み合ったのだった。

書き下ろし番外編

暴かれて愛でられて

春の訪れを感じ始めた、三月上旬。

同期の女性——秘書の佐々木真希《ささきまき》と経理部の小林美澄《こばやしみすみ》と飲みに行く約束をしていた璃歌は、仕事終わりに彼女たちと合流して六本木《ろっぽんぎ》へ向かった。

金曜日の夜ともなれば、どのお店も大盛況。璃歌たちが入った多国籍バルも同じだったが、セミロングの毛先を巻くお嬢さま風の真希が事前に予約を入れてくれたのもあり、すんなり入店できた。

二人とは三ヶ月に一回ぐらいに集まり、料理に舌鼓《したつづみ》を打っては社内情報や恋愛の話をする。この日も同じで、彼女たちは社内の出来事を、璃歌は酒造巡りで得たおすすめ日本酒を教え、それらの話題に花を咲かせた。

次第にアルコールが回ってテンションが上がってきた頃、真希がため息を吐いた。

「清水《しみず》先輩も公《おおやけ》にしたらいいのに。社内恋愛が禁止されてるわけじゃないんだから」

同僚の名前を出し、ローストビーフとアボカドのユッケを口に放り込む。

「そうだけど、後輩と付き合ってるってバレたら、仕事がやりにくくない？」

こけし人形のようなショートカットと赤い口紅がとても似合う、クールビューティーの美澄が返事をする。

璃歌は二人の話に〝うんうん〟と相槌《あいづち》を打った。

それでわたしもまだ黙ってるんだよね。もし〝抱かれたい男一位〟の煌人さんとの関係を知られたら、絶対に社内で大変な目に遭うもの——と思いながら、小さく息を吐いた。

実は煌人との関係は、仲がいい同僚や同期にまで秘密にしている。目の前にいる真希と美澄にもだ。

たとえ打ち明けても、彼女たちは決して悪いようにはしない。それはわかっているが、相手が煌人だけに璃歌も踏み切れないでいた。

いつの日か、恋人を紹介できる日がくればいいが……

璃歌はビールグラスに手を伸ばすと、それに口をつけた。

ライムとカルダモンのエキゾチックな香りが鼻に抜け、芳醇《ほうじゅん》な味わいが口腔《こうこう》に広がっていく。日本酒とはまた違う海外ビールの味に口元がほころんだ、その時だった。

「ああ、大嶌さんに抱かれたいな」

真希の口から飛び出した名前に驚き、璃歌はビールをぷーっと噴き出してしまった。

「ちょっと、汚いわね」

美澄が苦笑いし、ナプキンを手渡してくれる。璃歌は「ありがとう」と言って濡れた口元を拭《ぬぐ》い、おずおずと真希を窺《うかが》った。

「どうしていきなり……大嶌、さん？」

「いきなりじゃないよ。毎回話題に出てるじゃない。……あれ？　今日の反応っていつもと違う？　もしかして、璃歌も彼に抱かれたいと思うようになった⁉」

「ま、まさか！　わたしは今でも日本酒が一番だし……。そんな誰もが大嶌さんに興味を持つと思うのは間違ってる」

璃歌は早口でまくしたてて、空笑いした。

「つまり、誰もが大嶌さんに興味を持つはずないと思うのね？　そこまで言うんだったら、賭ける？」

賭け？　――と小首を傾《かし》げる璃歌に、真希がにやりと口角を上げた。

「美澄は、大嶌さんに抱かれたいと思っているのかどうか」

「別にそんな真似をしなくても、直接美澄に訊けば良くない？」

「普通に訊いたら、賭けにならないでしょ。せっかく面白い流れになってきたのに」

「面白いって……」

璃歌は苦笑いするが、真希はこの賭けを逃さないとばかりににっこり微笑む。

「勝率は五分五分。難しくないでしょ？」

確かに、美澄がどう思っているのか賭けるだけで、何も難しくない。確率は二分の一なので、正しい方を選べば済む話だ。

「でもいったい、何を賭けるの？」

璃歌は眉根を寄せて、おずおずと真希を見つめ返す。

「それはね、相手が望むことを受け入れるの」

「望むこと？」

「そう。璃歌が勝ったら……そうね、岩手の純米大吟醸酒をあげてもいいよ」

「純米大吟醸酒！」

璃歌は思わず身を乗り出した。口腔《こうこう》に広がる日本酒の旨みを想像するだけで、生唾が溜まっていく。

「地元の造り酒屋でしか売られていないものなんだって。知り合いからもらったんだけど、まだ開けてないんだよね」

「か、勝ったらくれるの？」

「もちろん」

クスッと美澄が小さく笑うのが聞こえたが、璃歌の頭の中は日本酒のことでいっぱいだった。

ああ、どんな純米大吟醸酒なのだろうか。

既に勝った気でいる璃歌は意気揚々《いきようよう》と「賭ける！」と答えた。

「よし、決まり！」

真希が美澄に合図を送ると、彼女はスマートフォンを取って何かを打ち込む。直後、璃歌と真希のスマートフォンが鳴った。

「答えを送ったよ」

美澄は涼やかな表情で答えて、再びビールを飲み始める。

「さあ、どっち？」

真希に返事を促《うなが》されて、璃歌はごくりと生唾を呑み込んだ。

美澄は自分に興味のない男性と関係を持ちたいと思う女性ではない。相手を追いかけるより、自分を好きな男性を虜《とりこ》にするのが好きだ。つまり〝抱かれたい男一位〟の煌人など、美澄の眼中にはない。

「抱かれたいと思ってない」

璃歌はそう断言し、真希は当然ながらその逆を告げた。二人の答えが出揃ったところで「せぇ～の」と合図を出し、一緒にスマートフォンを掴《つか》んで液晶画面を見た。

答えを目にするなり、璃歌の顔から血の気が引いていく。何故なら〝抱かれたい〟とあったせいだ。

「ヤッター、勝った！　じゃ、あたしが望むことを受け入れてね」

「何？　いったい何をさせるの？　あっ、ちょっと……美澄も大嶌さんに抱かれたいと思っていたなんて、聞いてないんだけど！」

いそいそと立ち上がって伝票を掴《つか》む真希に言い、腰を上げた美澄に訴える。

「当たり前でしょ。相手は〝抱かれたい男一位〟の取締役。興味があるに決まってる。さあ、出るわよ」

美澄が淡々と言い放つと、二人は颯爽《さっそう》と歩き出す。そうなると璃歌もあとを追うしかなくなり、渋々席を立った。

「女ってすげぇ～」

隣のテーブル席で食事を楽しむ、同年代ぐらいの男性の声。きっと〝抱かれたい〟云々の話を聞かれていたのだ。

頬を熱くさせながら、璃歌は二人に続いてそそくさとお店を出た。

複合施設がある方角へ進み、裏路地にあるランジェリーショップに足を踏み入れる。

そこには、目を覆《おお》いたくなるほどセクシーな下着ばかりが飾られていた。

これが、道すがら真希から告げられた〝望むこと＝男性を悩殺《のうさつ》するセクシーな下着を身に着けて、帰宅すること〟だった。

「こういう透《す》けてるのって、彼氏が好きなんだよね～」

「でもさ、こっちの方が燃えない？」

「それ、いいね！」

店内の雰囲気に尻込みする璃歌と違い、彼女たちは奇抜なデザインにはしゃぐ。

二人は下着として機能しないものを、彼氏の前で着けているの!? ああ、わたしには絶対無理！——と、璃歌は少しずつ後ずさりする。しかし、その瞬間を見計らったように真希が振り向き、手にしたハンガーを璃歌の胸に合わせてきた。

「これがいい！　璃歌に似合いそう」

なんと大事な部分を覆《おお》う面積が極端に小さい、セクシーな下着だった。

「待って。それは下着の役目を果たしてない……」

璃歌が目を見開くと、真希が小首を傾《かし》げてにやりと笑う。

「大丈夫、誰かに見られるわけでもないんだし」

真希の言うとおりだが、これを着けるには勇気がいる。

「ねぇ、璃歌にはこっちがいいと思うんだけど、どう？」

美澄が差し出したのは、総レース仕立てのガーターセットだ。こちらの方が、まだ生地の面積は大きい。

どうせ身に着けなければならないのなら……

「それにする！」

「決まり！　さあ着替えてきて。精算はあたしたちがしておくから心配しないでね」

「ではこちらへ」

スタッフが手で示す。

璃歌は込み上げてきた生唾をごくりと呑み込んで、試着室に入った。


——数分後。

璃歌がおどおどして試着室を出た途端、店内で待つ真希と美澄が振り返り、璃歌を凝視《ぎょうし》する。そして、楽しそうに目を輝かせた。

「うんうん、いい感じ。いつもと違って、ちゃんと女を意識してる」

「何を言って……」

璃歌は誤魔化すものの、実際は完全に意識していた。

というのもパンティはTバックで、大事な部分が隠れているとは言い難いからだ。感覚ではノーパン状態だ。上半身も同じで、少し動くだけで乳房の頂《いただき》がはみ出るのではないかと不安になる。

こちらの方が生地があると思ったのに、まさか全然違ったなんて……

鏡に映った自分の妖艶な下着姿を思い出し、璃歌の頬が羞恥《しゅうち》で上気してきた。それは顔だけでなく、身体中が火柱になったみたいに熱くなる。

そんな璃歌の様子に、美澄がぷっと噴き出した。

「さあ、帰ろっか」

「ありがとうございました」

スタッフに見送られて外に出ると、冷たい風が吹いて身体に纏《まと》わりついた。それはスカートの中にまで入ってきて、璃歌の意識はセクシーな下着に向かう。

璃歌が羞恥《しゅうち》に見舞われる中、真希と美澄はずっと楽しそうにしていた。最寄り駅に到着しても同じだった。

「じゃ、このまま帰ってね。週明けに感想を聞かせてもらうから」

璃歌はうんうんと頷《うなず》くと、二人に手を振って別れた。

「早く帰ろう……。もうやだ」

家に着いたら真っ先に脱ぎたい——そんなことを思いながらスマートフォンを取り出したその時、着信音が鳴り響いた。

なんと煌人だ。

「な、な、何⁉」

セクシーな下着を着けている件は煌人は知らないはずなのに、狙いすましたかのようなタイミングで鳴った電話に、思わず璃歌は吃《ども》ってしまう。

『今日は同期と飲み会だろ？　何時頃に終わるかなと思って』

「もう終わって、今帰る途中なの」

『終わった!?　まだ二十一時を過ぎたばかりなのに？』

「う、うん。あの……」

『じゃあ、これから会わないか？　俺が璃歌の部屋に行ってもいい――』

「来ないで！」

『……どうして？』

「どうしても！　またね！」

低くなった煌人の声音に、璃歌の心臓が痛いほど打ったが、急いで電源をオフにする。

ごめんなさい。着替えたら電話をかけ直すから許して！　――と心の中で謝り、満員電車に乗り込んだ。

電車の揺れに合わせて、薄いレース地がズレて乳首を刺激してくる。さらにはＴバックが食い込んできた。

頬の火照《ほて》りが収まらないぐらい身体が敏感になっていく。璃歌は軽く俯《うつむ》き、両手をしっかり握り締めた。完全に周囲を遮断し、自分の殻に閉じ籠《こ》もる。

数十分後に最寄り駅に到着すると、璃歌は先を急いだ。しかし駅を出てバスに乗車している間も、降りてマンションに向かっている間も、艶《なま》めかしい息が漏れた。

こんな状態で煌人と会ったら、きっとバレていただろう。

セクシーな下着を身に着けているせいで、欲情を煽《あお》られたと……

璃歌はセキュリティを解除してエレベーターに乗り込み、目的の階で降りる。共用の外廊下を曲がったところで、ようやく安堵の息を吐いた。

「さあ、早く着替え――」

不意に言葉を呑み込んだ。何故なら玄関の前に煌人がいたためだ。

「あ、煌人さん⁉」

驚くと同時に羞恥心《しゅうちしん》が湧き上がり、身体の芯が一気に燃え上がった。

「どうしてここに？　来ないでって言ったのに」

「ああ。だから気になった。璃歌に何かあったのかなと。……心配で」

「ごめんなさい」

璃歌が心配で寄ってくれたのに、なんという言い方をしてしまったのか。

素直に謝るものの、正直このまま帰ってほしいという気持ちの方が大きかった。でも難しいだろう。煌人が〝じゃあ〟と言ってあっさりとこの場をあとにするはずがない。

「部屋に入れてくれないのか？」

「あっ、そうよね」

どうしよう。どうすれば煌人さんに気付かれずに着替えられる？　――と思いながら歩き出した時、いきなり突風が吹いた。

スカートがふわっと巻き上がり、下半身が無防備になる。急いでスカートを押さえるが、そのせいでバランスを崩してふらついてしまった。

「キャッ！」

すぐに煌人が動き、璃歌の腰に腕を回して支えてくれる。

「ありがとう」

璃歌はお礼を言って、姿勢を戻そうとした。しかし、煌人が黙ったまま璃歌をぎゅっと抱きしめる。照れながら振り仰《あお》ぐと、何故か彼が璃歌を凝視《ぎょうし》していた。

「どうしてノーパン、ノーブラなんだ？」

「えっ？　なんでそんな……」

璃歌は仰《の》け反《ぞ》って訊《たず》ねる。そこで双丘に煌人の手が置かれているのを感じて、息を呑んだ。

触っただけで知られるなんて！

璃歌は頬を上気させながら、煌人の胸を強く押して距離を取った。

「いったい何があったんだ？」

煌人の双眸《そうぼう》に宿るものが、徐々に冷たくなる。そこに怒りに似た火が揺らめいた。

「誰かに、何かをされた……のか？　酒の場で!?」

「違う！」

璃歌は慌てて言って、口を閉じる。共用廊下で押し問答を繰り返せば、近所迷惑になってしまう。

「来て」

璃歌はドアの鍵を開け、煌人を家の中へ誘った。

先に狭い廊下を進み始めると、不意に手首を掴《つか》まれ、煌人の方へ振り向かされた。さらに壁を背にして押さえ込まれる。

「さあ、下着を着けていない理由を話して」

二人の身体が触れ合い、煌人の体温が伝わってくる。その熱のみならず、璃歌の心を知ろうとする彼の眼差しに、再び恥ずかしさが込み上げてきた。

たまらず顔を背けて、照れを隠すように手の甲で口元を覆《おお》う。

「着けてる！　でも煌人さんが勘違いしたのもわかる。だって――」

とうとう観念した璃歌は、同期とした賭けに負けてしまったこと、その罰ゲームを受けたことを、包み隠さず話した。

「……女って恐いな」

璃歌は恨めしそうに煌人を睨《にら》み付ける。

「全て煌人さんのせいなんだからね。〝抱かれたい男一位〟のせいで女子が……っ！」

急に煌人が背後の壁に片手を置いて、顔を近づけてきた。

「見たいな」

「な、何を？」

吃《ども》りながら訊《たず》ねると、煌人はにやりと口角を上げ、ゆっくりと姿勢を低くする。彼の顔の位置がどんどん下がり、腰に添えた手も大腿へと滑っていった。

直後、スカートの裾を捲《めく》り上げる。

嘘！

「待って、待って、待って！」

「待たない」

璃歌は軽く上体を曲げて煌人の肩に触れ、そのまま押し退《の》けようとする。でも双脚の付け根にひんやりとした空気を感じて、身体が固まった。

「ヤダ、恥ずかしい……！」

小声で訴えるのに、煌人の目はセクシーな下着に釘付けになっている。

「素敵だ」

そう言われると思わなかった璃歌は、大きく息を呑んだ。煌人を凝視《ぎょうし》すると、彼はなんと秘められた部分に顔を寄せ、生地の上からキスをした。

「……っん！」

唇が触れたところには、まだ熟《う》れていない蕾がある。なのにたったキス一つで腰が砕けそうだ。

「璃歌の同期が選んだ、Tバックとお揃いのブラジャーも見たい」

「ダメよ。見られたら、わたし――」

「見たい。璃歌の全てを……。もうこんな風になっている璃歌を」

そう言って、煌人が秘所に指を這《は》わす。

「あっ……」

身体の芯を走る甘い電流に喘《あえ》ぎを漏らすと、煌人が手を上げた。指の先が光っている。

その意味がわかると、尾てい骨あたりが疼《うず》いて下肢がガクガクしてきた。

「でも恥ずかしい……」

「何故？　恋人同士なのに。さあ、璃歌の全てを見せてくれ」

煌人が立ち上がり、璃歌の肩を抱いて廊下の先にある部屋へ誘おうとする。

璃歌は唇を引き結び、煌人に〝本当に恥ずかしいの〟と目で訴えるが、彼は双眸《そうぼう》を輝かせて璃歌を見つめてくる。

そこに愛情が込められていたら、もう何も言えない。

煌人の思いに応えたいという自分もいるから……。

煌人に頭に軽くキスをされると、璃歌は頬を染めながら彼の背に手を置き、部屋へ続くドアを開けたのだった。

日本酒の輸出をおこなう商社で働く璃歌《りか》はプライベートで訪れた酒蔵でなんと強盗に遭遇！　運よくその場にいたオレ様イケメンの男性に助けられて事なきを得るが、事件の後に璃歌は、彼が自分の勤める会社の取締役である煌人《あきと》だと知る。会社での優しい彼との正反対の一面を知った璃歌は面倒事の気配を感じて、彼に関わらないことを決意。ところがそんな璃歌に煌人は興味を持ったらしく、情熱的にアプローチしてきて……

B6判　定価：770円（10%税込）
ISBN 978-4-434-33903-5

自分が大企業の御曹司・遥斗《はると》のフィアンセ候補だと知った、呉服屋の令嬢・詩乃《しの》。候補から外してもらう道を探すべく、遥斗の勤める会社に潜入したら、ひょんなことから彼の秘書にさせられてしまった！ これはチャンスだと考えた詩乃は、素性を隠したまま、遥斗が他のフィアンセ候補と結ばれるよう画策する。しかし、詩乃が他の女性を推せば推すほど、遥斗は詩乃のほうが気になるらしく、すべてを暴こうと迫ってきて……!? 結婚したくない令嬢と、どうしても彼女を逃したくない御曹司の駆け引きラブ！

B6判　定価：704円（10%税込）
ISBN 978-4-434-33464-1

本書は、2022年6月当社より単行本として刊行されたものに、書き下ろしを加えて文庫化したものです。


この作品に対する皆様のご意見・ご感想をお待ちしております。

おハガキ・お手紙は以下の宛先にお送りください。

【宛先】

〒150-6019 東京都渋谷区恵比寿4-20-3 恵比寿ｶﾞｰﾃﾞﾝﾌﾟﾚｲｽﾀﾜｰ 19F
（株）アルファポリス　書籍感想係

メールフォームでのご意見・ご感想は右のＱＲコードから、
あるいは以下のワードで検索をかけてください。

アルファポリス　書籍の感想　検索

ご感想はこちらから

エタニティ文庫

完璧《かんぺき》なケモノ紳士《しんし》に狙《ねら》われています。

綾瀬麻結《あやせまゆ》

2024年6月15日初版発行

文庫編集－熊澤菜々子・大木 瞳
編集長－倉持真理
発行者－梶本雄介
発行所－株式会社アルファポリス
〒150-6019 東京都渋谷区恵比寿4-20-3 恵比寿ｶﾞｰﾃﾞﾝﾌﾟﾚｲｽﾀﾜｰ19F
TEL 03-6277-1601（営業） 03-6277-1602（編集）
URL https://www.alphapolis.co.jp/
発売元－株式会社星雲社（共同出版社・流通責任出版社）
〒112-0005 東京都文京区水道1-3-30
TEL 03-3868-3275
装丁イラスト－炎かりよ
装丁デザイン－AFTERGLOW
（レーベルフォーマットデザイン－ansyyqdesign）
印刷－中央精版印刷株式会社

価格はカバーに表示されてあります。

落丁乱丁の場合はアルファポリスまでご連絡ください。

送料は小社負担でお取り替えします。


ISBN978-4-434-34022-2 C0193